網紅家庭

以及黑特網紅那些事

Hate Follow :A Novel

艾琳·昆恩-孔 Erin Quinn-Kong 著
郭庭瑄、陳培儀 譯

獻給我的父母，
他們早在我開始動筆前就相信我有能力寫書。

獻給我的孩子，
他們給了我靈感和動力，促使我寫下這個故事。

01 惠妮

一切看來完美無暇。

惠妮・高登環顧家中寬敞的起居空間，為她一手打造的奢華冬季仙境感到自豪。屋裡的聖誕樹不是一棵，也不是兩棵，而是整整三棵——一棵有光彩奪目、深淺不同的金色裝飾；一棵從燈串到樹頂星都是一片純白；第三棵矗立在後方露臺，俯瞰泳池，繫滿復古玻璃飾品，讓她想起諾曼・洛克威爾畫裡的往日美國風情。壁爐架掛著繡有姓名的格紋聖誕襪，襯著熊熊燃燒的爐火；樓梯欄杆點綴聖誕紅花圈與閃爍的白色燈光；餐桌上擺放精緻餐具，準備迎接充滿節日氣氛的晚宴派對。眼前的畫面，與惠妮兒時夢想中的聖誕節一模一樣，很適合今天下午的節慶拍攝。一想到要拍攝大量照片，產出年末的社群內容，她的頭就有點暈。

喇叭開始高聲播放經典歌曲〈All I Want For Christmas is You〉。旋律一出，她的十歲雙胞胎女兒克洛伊、夏綠蒂，以及三歲的小兒子梅森開心尖叫，在廚房繞著蘿西阿姨轉。蘿西是惠妮的么妹，在奧斯汀念大學，暫時住他們家。空氣中瀰漫濃濃的巧克力香，看樣子蘿西烤了餅乾。惠妮暗自希望孩子別把她精心挑選的衣服弄髒。

她瞄了一下手錶。米亞人呢？一個小時前就放學了，從學校走回家只要二十分鐘。她沒回來就沒辦法拍。惠妮的百萬IG粉絲都很愛看他們的家庭照。

「惠妮，我們準備好囉！」攝影師大喊。他在後門廊布置第一個拍攝場景，汗水在他前額泛著微光。雖然他們拍的是冬天的照片，但在十月炙熱的陽光底下，德州奧斯汀依舊悶熱，氣溫高達攝氏二十七度。

「我馬上過去。」惠妮抓起茶几上的手機。沒有米亞的簡訊或未接來電。惠妮精心策劃這場拍攝，只盼大女兒能夠參與。她討厭讓大家乾等。

至少她交往六個月的男友艾斯站在房間另一端的吧檯前，待在他該待的地方。吧檯上佇立著三個聖誕胡桃鉗娃娃，掛滿繽紛的金蔥彩帶。艾斯正在啜飲他的招牌雞尾酒：波本威士忌加冰。她現在真的很想喝一杯。拍完照，她要倒上一大杯紅酒，或許再配一塊餅乾，好好獎勵自己。

他倆眼神交會的瞬間，惠妮綻出燦爛笑容。艾斯，是她希望這次拍攝臻至完美的原因之一。過去幾個月，她一直有意無意透露，自己跟一名身材高大的金髮男子約會，放上刻意抓角度的照片，吊吊粉絲胃口，就像這張只拍到他稜角分明的下顎線，那張是他從背後擁抱她等等。她準備好在所有社群平臺宣告艾斯是她男友。她打算在不帶任何節慶色彩的中性背景前，跟他拍幾張合照，這樣無論什麼時候公開

（最好是大家忙著過節前），都有美美的照片可以發。

就在這個時候，前門咿呀敞開，氣氛霎時改變。

「米亞？」惠妮提高音量。

一聲嘆息證實了她的猜想。是她女兒沒錯。

惠妮興奮地走向玄關，等不及想知道她十五歲的大女兒對這些聖誕裝飾有何看法。她繞過轉角，映入眼簾的卻是米亞淡漠的臉色。

「你穿什麼？」米亞瞪大雙眼。

這問題應該是我問你才對，惠妮心想，一邊打量女兒那身寬鬆的T恤、牛仔短褲和綁在腰間的帽T。但她不得不承認，身為一個三十七歲的四寶媽，不管她往臉上塗多少精華液，都無法擁有米亞自然澎潤、散發青春光澤的好氣色。

惠妮低頭望著自己身上那件深綠色蕾絲七分袖連身裙，搭配緋紅色尖頭高跟鞋，以及色系相襯的唇膏——她為今天的拍攝準備了好幾套衣服，這只是其中之一。助理蓋比正在餐廳一角仔細熨燙所有單品，每一件整潔俐落、沒有半點皺摺，隨時可以換穿。

「你不喜歡？」惠妮翹臀，雙手叉腰，一副洋洋得意的樣子。

「今天不過是十月隨便一個週四，不覺得太浮誇了嗎？」米亞皺起眉頭。

「才不會呢，傻孩子。」惠妮揚起微笑，撥了一下肩膀上大多是接髮的深棕色大波浪。「今天要拍聖誕照，記得嗎？」她女兒臉色一沉。

糟糕。米亞不高興。這種情況似乎愈來愈頻繁。雖然惠妮曾說米亞有個老靈魂，但她最近的表現，在在反映出一個青春期少女的模樣。

「來嘛，很好玩的。」她摟著米亞的肩膀。「這些裝飾怎麼樣？」

米亞沒有回答，甩開她的手，逕自離去。惠妮的胃一沉。她幾乎可以看見厚重的烏雲在女兒頭頂盤旋。米亞不會輕易讓步，但惠妮需要她妥協，他們必須在短時間內拍一大堆照片。

惠妮還沒開口，她那值得信賴的梳化兼二十年老友陶妮，從轉角處走來。一如往常的「正式休閒風」，上半身黑色襯衫、完美妝容、復古指推波浪黑色捲髮，下半身是刷破牛仔褲、卡駱馳紮染印花洞洞鞋。看到米亞，陶妮輕快地小跑步上前。「小妞，最近好嗎？」一邊把米亞拉進懷裡，輕輕抱了她。

米亞露出這幾週以來第一個笑容，嘴角旋即撇下。「很累。」她那雙碧綠色眼眸，訴說陰鬱和哀傷，臉上寫滿疲憊。

惠妮胸口一緊。她知道米亞這陣子常熬夜念書，準備生物小考。

「考試怎麼樣？」惠妮問道。「補習有幫助嗎？」

米亞還來不及回答，就被攝影師亂入打斷。「可以開始了嗎？」聽起來有點惱火。

「再一下下！」惠妮轉向女兒。「你的洋裝在樓上。很漂亮哦，你最喜歡的顏色。我們只要拍幾張全家照就可以了，好嗎？」

「不好，」米亞用不屑的眼神看她。最近她耍酷裝冷漠的技術愈來愈精湛了。「我要睡一下。」

惠妮硬是擠出一抹微笑，希望米亞不要在外人面前鬧。「哎呀，別這麼愛發牢騷。拍個照幾分鐘的事而已。」

米亞的表情改為憤怒與堅決。「我們都很清楚，要花好幾個小時才能拍到『完美的照片』——」她比出引號手勢，「今、天、無、法。」

「你給我聽好，」惠妮嘶聲說。她不想讓別人覺得自己很不專業，而米亞正一步步把她逼到死角。「我是告知，不是請求。快上去換衣服，然後下來做妝髮。」

「有沒有搞錯？」米亞眼底閃過一絲怒火。「我又不是你的員工。」

「你怎麼會變成這樣？」惠妮沒好氣地甩舉雙手，討厭自己的嗓音挾帶抱怨。「你以前很喜歡拍照啊。」

她回想起上次勞動節假期的拍攝。起初米亞看起來悶悶不樂，拒絕化妝，可是過沒多久，她開始大笑，還跟弟弟妹妹一起在鏡頭前擺姿勢。惠妮認為女兒近日情緒低落，可能是因為剛升上高中的緣故。

米亞向來不太會應對生活中的改變。

「哇，媽，」米亞冷笑一聲。「你還真了解我呢。」

惠妮窺見女兒臉上的憤怒。陶妮想必也看到了。「好了好了，」陶妮走到母女倆中間打圓場。「大家都放輕鬆一點。」

這場騷動引起在場所有人的注意，包括攝影師。他對身旁的助理搖搖頭；對方年紀看起來跟米亞差不多。

「都還好嗎？」艾斯帶著一貫無憂無慮的笑容走向她們。

「米亞不想拍照。」惠妮按摩隱隱作痛的太陽穴。

「好啦，米亞，別這樣，」艾斯安撫。「你的紅髮拍起來一定很美。」米亞有一頭濃密豐盈的紅銅色長髮，漂亮又顯眼，許多路人會把她攔下來稱讚，讓她很不知所措。

米亞大翻白眼，連試著掩飾都懶。

惠妮瞪著女兒，雙臂交叉抱胸。「沒必要這麼沒禮貌。」她停頓片刻，思考下一步該怎麼做。「如果你不拍，我就罰你禁足三週。」

米亞發出空洞的笑聲。「你在家的時間少到根本不能阻止我出門好嗎！」惠妮還來不及回應，米亞轉身衝上樓，跺步踏過走廊，用力甩上臥室的門。

惠妮揉揉前額，淚水在眼眶裡打轉。她也覺得好累，而且頭痛欲裂。

「別擔心，寶貝，」艾斯摟她的腰。「少了她，還是能拍出好照片啊。」

「相信我，事情沒這麼簡單，」她發出無奈的哀嚎。「大家會留言狂問『米亞呢？米亞在哪？』接著有人開始腦補，猜她沒出現的原因，或者罵我是個壞媽媽，因為我沒有把她拉來一起拍。」

「又不是世界末日。」陶妮溫柔抓著惠妮的手臂，將她帶到客廳的臨時化妝椅，讓她坐下。「我們一邊補妝，一邊腦力激盪，想想要怎麼跟粉絲解釋為什麼照片裡沒有米亞。」

「那我去看看那些餅乾。」艾斯對她們挑挑眉。「要拿什麼嗎？」

「沒關係，先不用。謝謝。」惠妮微笑望著艾斯一派輕鬆走向廚房。

她用面紙輕壓眼下，看著鏡中的陶妮。「我還以為這次我們會玩得很開心。」她吸吸鼻子。「我搞不懂她在想什麼。」

「她今年十五歲，」陶妮把頭歪到一邊，「你忘了這個年紀有多難熬嗎？」

惠妮想起自己在德州狹長帶念高中的第一年。父母總是不在家；他們一天工作十六個小時，賺的錢卻只能勉強糊口。每天放學，惠妮會先走到小學，接四個弟妹，確認他們好好吃飯（有時只能用煙燻臘腸三明治和玉米罐頭果腹）、乖乖洗澡，然後才有時間寫功課，上床睡覺。她和米亞一樣是成績優異的好學生，卻因為忙著照顧弟弟妹妹，始終沒有機會發光發熱。與她過去的苦相比，拍幾組照片聽起來宛如置身天堂。

她忍不住打了個寒顫，將回憶趕出腦海。「不過就是擺拍，有那麼嚴重嗎？」

「高中生活我到現在都還記憶猶新，就像昨天一樣。」陶妮兩三下就幫惠妮補好口紅。「那段時期對每個人來說都很複雜，如果你媽剛好是個正妹網紅，那就更麻煩囉。」

惠妮臉頰發燙。她知道陶妮單純想哄她開心，但還是很感謝她的讚美。

「讓她休息一下吧，」陶妮伸出溫暖的雙手，搭著她的肩，「她也過得很辛苦。」

淚水再度湧現，刺痛惠妮的眼睛。她的視線飄向壁爐，那裡有她和米亞、雙胞胎及她先生麥可的合照。她知道米亞還沒走出喪父之痛。將近四年前，麥可意外驟逝。有時感覺好像是上輩子的事。

等等，今天是幾月幾號？

「哦，天哪。」惠妮摀住嘴。「週二是麥可忌日。我忙到都忘了。我真是個混蛋。」她從椅子上起身。「我得和米亞談談。」

她話才剛說完，鏡中就多了攝影師的身影。他站在陶妮旁邊，看起來氣炸了。「該開拍了。」他敲敲手錶。「你們只預約三個小時，已經浪費快一個小時了。」

惠妮望向樓梯，心揪了一下。她真的很想，也很需要跟米亞聊聊，向她說聲抱歉，她不該忘了這個徹底改變人生的日子。但攝影師的表情告訴她，一秒鐘也不想等。

她重重地嘆口氣，決定讓米亞小睡一下。拍攝結束後，她會跟女兒好好談談。

「我準備好了。」惠妮挺直肩膀。「今天只有年紀比較小的孩子會一起拍。」

「了解。我們開始吧。」攝影師匆匆跑回相機前，設備已經固定在腳架上。

「嘿，孩子們！」她用開朗的語調呼喚克洛伊、夏綠蒂和梅森，三人正在客廳跟艾斯與蘿西玩。「誰想要禮物啊？」她很早以前就知道，要讓小朋友流露幸福快樂的表情，祕訣就在於「新玩具」。聖誕樹下的禮物都是給孩子的，每人各三份，米亞當然不例外。

惠妮笑著看梅森迎面衝來，蘿西緊跟在後。這個剛學會走路的小小孩，猶如一輛迷你麥克卡車。可是還來不及跑到她身旁，梅森就被自己的腳絆倒，整個人往前撲，額頭用力撞上地板。聽見他嚎啕大哭，惠妮的心一沉。

她急忙奔向兒子，周遭的世界逐漸淡去。「噢，寶貝。」她一把將他抱起，仔細察看那張小臉。沒有流血，也沒有傷口，只有前額紅了一塊。「摔得不輕啊。」梅森在她懷裡啜泣，她撫挲他的背溫柔安撫。「我想我們需要冰棒和冰敷袋，你覺得呢？」

梅森的臉紅得像甜菜。他顫抖著深吸一口氣，點點頭。「橘子冰棒。」

「沒問題，小傢伙。」惠妮親吻他的臉頰。

她抱著梅森轉身走向廚房，攝影師一個箭步擋在面前。「可以開始了嗎？已經很晚了。」

「給我們五分鐘好嗎？」她舉起一隻手，火大地看著他。「然後就開始拍。」

攝影師簡單點頭，悻悻然回到相機前。

惠妮翻白眼，心裡記上一筆，以後絕對不會再找這位。他到底要她怎樣？把孩子丟在地上不管嗎？

梅森情緒平復，開心地吃著冰棒，惠妮將他交給蘿西。蘿西抱著梅森，噘起嘴唇，對著他的臉吹出響亮的噗噗聲，逗得他尖聲大笑。惠妮捏捏蘿西的手臂，再次感謝她的陪伴和幫忙。她那主修資訊工程，聰慧又溫暖的妹妹，總是能讓一切好轉。

問題解決後，惠妮去找雙胞胎女兒，兩人坐在茶几旁玩牌。這對姊妹很擅長在混亂中找樂子。她們光著腳，身穿灰色亮片洋裝，洋紅色髮箍將玫瑰金長髮往後攏，七彩指甲油在她們的腳趾閃閃發光。她好愛這種隨興的感覺。「你們看起來美呆了！準備拆禮物、拍照了嗎？」

克洛伊和夏綠蒂高興地從地板上跳起來。至少她們喜歡拍照。

「走吧。」她牽起克洛伊的手，克洛伊立刻握住夏綠蒂的手。這對雙胞胎總是形影不離。

母女三人就這樣手牽手牽手，走向聖誕樹，艾斯、蘿西和梅森緊隨在後。

兩個半小時後，他們終於拍完五組照片，除了陶妮，其他人都已經離開。艾斯回家準備搭明天早上的飛機，蘿西在餵孩子晚餐，惠妮替自己倒一杯紅酒。

「要喝嗎？」她問摯友。

「不了，我該回家了。」陶妮拖著化妝箱走向門口，停下腳步，給惠妮一個擁抱。「今天的照片很棒。現在的你，完全不是我以前認識的十八歲鄉下俗。」

惠妮噴笑。「這倒是真的。」初次見到陶妮，她剛從高中畢業，從生活了一輩子的小鎮來到奧斯汀。同輩在念大學，惠妮很高興自己找到工作，在德州大學奧斯汀分校附近的運動酒吧當服務生。陶妮是她的同事，大惠妮七歲，蓄著超酷的貼頭辮，妝容完美。她很照顧惠妮，教她怎麼去慈善二手商店挖寶，幫她開銀行帳戶。惠妮很崇拜她，至今依然。

「你們兩個沒事吧？」陶妮對著樓梯點點頭。米亞的房間就在樓上。

「喔，嗯。」惠妮露出憂傷的微笑。「我覺得自己很糟，竟然忘了麥可的忌日。」她痛苦地皺起臉。「我不知道當一個青少年的母親有多難。一個吻和一枝冰棒，顯然沒辦法讓情況好轉。」

陶妮揚起嘴角，棕色眼睛裡透著和藹。她咯咯笑了起來。「會變得更難，但也會變得更簡單。」陶妮有兩個孩子，一個今年高三，另一個大二。「我知道你很沮喪，不過，如果你希望米亞長大後跟妳感情很好、很親近，你要從現在開始努力，試著了解她和她的情緒。」

親近。惠妮想起米亞小時候老愛摸摸她、黏著她。不管她在準備晚餐、摺衣服，甚至上廁所，無一例外。那時她願意付出一切換取個人空間，現在她卻開始擔心，母女之間的距離會不會愈來愈遠？

陶妮轉動門把，將惠妮從臆想拉回現實。「改天見囉？」

惠妮給了陶妮一個擁抱，關上門。她轉身邁向樓梯，深吸一口氣，決心向女兒好好道歉，因為她忘了她父親的忌日，也忘了家裡每年的小儀式：一邊聊對他的愛和回憶，一邊吃他最喜歡的早餐當晚餐。**我不該忘的，麥可，真的很對不起**，她雙眼緊閉，拇指摩挲手腕內側。這是他們想離開派對或擺脫煩人對話的暗號，如今成了一種惦念，提醒她麥可的溫柔撫觸。

她拾級而上，一顆心撲通狂跳。

叩、叩。她用指關節輕敲米亞的房門。沒有回應。「米亞？你醒了嗎？」她等了一下才推開門。只見床上空無一人，原本應該在睡覺的米亞完全不見蹤影。

惠妮望向門口，難以置信地搖搖頭。米亞溜出去了。

HateFollow.com
吐槽網紅與部落客的線上論壇
酸民黑粉討論區

94嘴秋 10月12日 晚上7:36

有人看到惠妮的聖誕預告嗎？墨綠色蕾絲洋裝配紅色高跟鞋？？？要確欸。

血拼療法＆彩虹 10月12日 晚上7:42

有啊，那個穿搭真的不行。

布鹿斯威利 10月12日 晚上8:05

那套要幾千鎂吧。我不想講，但我真的很懷念從前那個率真的惠妮。

俗氣外露 10月12日 晚上8:17

我也是！限動幕後花絮沒有米亞耶。看來她已經厭倦每天二十四小時都有鏡頭對著她的臉。

02 米亞

家裡經常人來人往的好處，就是可以輕輕鬆鬆地溜出門，不會被發現。

跟媽媽大吵一架後，米亞跑回二樓房間，躺在床上生悶氣，努力忽略媽媽準備的拍照服飾。那件莓紅色派對洋裝就掛在衣櫃門上，上半身蕾絲，下半身塔夫綢，華麗漂亮，但完全不是她的風格。現在的她偏愛黑色簡約，她媽媽卻一點也不在意。

有時她真的很討厭這棟房子和屋裡的人。應該說，討厭媽和她交往的那個做作油條男。她超愛梅森跟蘿西阿姨，克洛伊和夏綠蒂也很棒，只是看到她們喜歡打扮得像洋娃娃，拍網美照，就讓她覺得煩。米亞拿枕頭蒙臉，悶聲尖叫。

就連這個房間也讓她一肚子火。媽媽特別找來設計師打造，以奶油色為基調，搭配說是「薰衣草紫」和「薄荷綠」的雙色裝飾，每個角落、每個細節都很美。米亞告訴他們「她愛死這個房間了」（不這麼誇張的話，媽媽會很失望）；她真正想做的是在牆上貼滿哈利・史泰爾斯的海報、百老匯票根和夢想清單，最後得到的卻是裱框畫和同色系書架。

樓下傳來嘈雜的樂音與尖聲笑鬧的噪響。米亞摀住耳朵。這麼吵誰睡得著？她掏出口袋裡的手機，轉身趴在床上，傳訊息給摯友卡蜜拉：可以去你那邊嗎？快被家人逼瘋。

卡蜜拉幾乎秒回。**當然可以。我媽在做吉拿棒。**

她們幼稚園就認識了，卡蜜拉媽媽的吉拿棒，米亞從小吃到大。**我現在過去！**她回。

米亞跳下床，抓起後背包，把一件T恤、內衣和一條乾淨的牛仔褲塞進去。她知道卡蜜拉的爸媽會留她吃晚餐，有時飯後她和卡蜜拉一起寫功課，甚至乾脆睡在那。她很喜歡在他們家過夜；空間舒適、溫暖又安靜，沒有助理或攝影師，沒有其他兄弟姊妹。在那裡，她才能真正放鬆。

米亞小心翼翼打開門，躡手躡腳踏進走廊，沿樓梯而下。刺耳的聖誕組曲換歌瞬間，她猛地駐足，屏住呼吸。音樂再次響起，她踮起腳尖走過最後幾道階梯，從前門溜出去。

不知怎的，從她家到卡蜜拉家這段短短路程，突然變得好漫長。米亞搖搖頭，踢著路邊的小石子。今天真的有夠不順。她已經熬夜苦讀，生物小考還是拿C；再來是愚蠢的拍照，還有跟媽媽吵架。米亞不敢相信媽竟然對爸的忌日隻字未提。家裡沒有一個人談起這件事。父親離開時，克洛伊和夏綠蒂年紀很小，不怪她們，梅森還在媽媽肚子裡。有時她忍不住想，整個家是不是只有她還在乎爸爸。

午後陽光曬得她汗流浹背。米亞停下腳步，將背包扔在人行道，把最愛的墨綠色西北大學帽T從腰間解下，塞進包包。那是她爸爸的母校，也是她的第一志願。如果她能維持好成績的話。或許其他人不在意，但以前是一件再輕鬆不過的事，如今卻變得複雜難解，讓她備受煎熬。高中生活把她教訓得很慘。要是她連這些都搞不定，怎麼有辦法當心臟科醫師？

她把背包甩回肩上，繼續沿著人行道走。

終於，她繞過最後一個轉角，來到卡蜜拉家的街道。經過馬路兩側蒼翠的樹木，瞥見賈西亞家的藍色平房時，米亞不禁露出笑容。她對這棟小房子的愛，比對一年前搬進去的新家多上百倍。新家住宅——好啦，應該說豪宅——有褐色磚牆、黑色百葉窗與典雅的白色梁柱，看起來就像直接從建築雜誌去背，移到現在的地址。前門上方還有一座似乎沒什麼必要的小陽臺，但媽很喜歡。「很適合拍照耶！」第一次參觀新家時，她就興奮地說。

卡蜜拉的家小巧溫馨，感覺住在那裡的是一個真正的家，不是在社群媒體上擺拍、故作完美的假面家庭。

想到自己剛才當眾發火，把氣氛搞僵，米亞心裡湧起一陣羞愧。她嘆了口氣。也許她應該跟大家一起拍照才對，媽一定會很高興。可是她今天沒那個心情。生物考砸加上沒人提起爸爸的忌日已經讓她夠難過了，還要她陪笑拍照？她真的無法。

米亞匆匆跑上通往卡蜜拉家的小徑，好希望自己能回到從前。回到爸爸離世之前；回到媽媽成為奧斯汀人氣最高的網紅，買下一棟豪宅，開始整天容貌焦慮之前。不過至少他們還住在舊家附近。她經歷了那麼多，如果還要她轉學、離開卡蜜拉，她一定會崩潰。

米亞連門都沒敲。賈西亞夫婦把她當成第二個女兒，對她視如己出，而她也把他們當作家人，就像第二個爸爸媽媽。她推開前門，油炸麵團與糖粉的香氣撲鼻而來。她深呼吸，感覺身體和大腦立刻平靜下來，好像整個人陷入世界上最大、最深的擁抱，身體和腦袋瞬間平靜了不少。

「我來了！」她一邊大喊，一邊穿過寬敞的客廳，朝廚房走去。

「嘿。」卡蜜拉坐在廚房流理臺前，抬起頭跟她打招呼。她穿著奧斯汀城市極限音樂節短版上衣、寬鬆的束口褲和亮橘色運動鞋，深色長髮隨意紮成一個凌亂的髮髻，耳朵上的金色圓圈耳環閃爍微光。米亞真希望自己也能像她一樣，隨便穿就很時尚。

「在幹嘛？」她坐到卡蜜拉旁邊的凳子上。

「唉，英文作文。不知道要寫什麼。」卡蜜拉一臉煩躁，從盤子裡抓了一根吉拿棒，沾巧克力醬。

「我在體驗食物療法。別客氣，自己來。」

「謝啦。」米亞拿起熱呼呼的吉拿棒。卡蜜拉媽媽煮飯給她的次數，比她媽媽煮的次數還多。

「嗨，南瓜籽。」卡蜜拉的媽媽伊娃抱著一疊乾淨的白色衣物，從洗衣間走出來。聽到伊娃叫自己的小名，米亞很開心。小學二年級，她在校園舞臺劇扮演南瓜籽，伊娃直到現在都還覺得那是她看過最可愛的東西之一。「最近好嗎？」

「嗨，伊娃。」幾個月前她們升上高中，卡蜜拉媽媽堅持要米亞直呼她的名字。她很快就習慣了。

米亞把今天發生的鳥事一五一十告訴她們。「我不想拍什麼愚蠢的聖誕照，我媽對我很不爽。」

「哇！聖誕拍攝？」卡蜜拉尖叫。「告訴她我很願意。只是我凹凸有致的身材和充滿拉丁風情的外表，跟其他人氣質不搭。」

「可惜我們沒辦法交換家人，」米亞笑著搖頭，這句話她講過很多次了，「我要留下來吃吉拿棒。」這就是為什麼她們倆超級合拍。卡蜜拉是個充滿自信的舞者，喜歡成為全場焦點；米亞的人生目標是低調再低調，避開眾人目光。上網搜尋「宅宅」，說不定會有她的照片。

「拍照真的那麼糟？」伊娃拋給她一個微笑，站在瓦斯爐前攪拌大鍋裡的東西。看起來好像是湯。

「其實還好。」米亞揉揉鼻子。「但我討厭她每次都預設我一定會做，從來沒問過我的意願。我也有自己的事要忙啊。」米亞沒有提起媽媽忘了爸爸的忌日。她不知道為什麼。大概是因為這個話題會讓她情緒激動，她不喜歡這樣；她也不想讓伊娃和卡蜜拉覺得她媽媽很糟糕，就算她理應被譴責也一樣。

「聽起來你需要跟你媽談一談，讓她知道你的感受。」伊娃倚著流理臺，若有所思。「你們長大了，有權安排自己的時間。」

「意思是我不用做家事了？」卡蜜拉吃東西吃到一半，「我真的不想把時間花在掃廁所上。」

「哈，想得美，小姐。」伊娃伸手越過流理臺，捏女兒的臉。「分擔家事是義務。」

「討厭。」卡蜜拉皺一下鼻子。

「晚上要留下來吃飯嗎？」伊娃拿起洗衣籃，望向米亞。

「嗯，謝謝。」米亞感激地點點頭。

「傳簡訊跟你媽說一聲。」她往臥室走。「我要去收衣服，然後回房間躺。我大概是被哪個孩子傳染。都是那些小細菌害的。」伊娃在附近幼稚園工作，整天與病毒為伍。

她離開廚房，卡蜜拉和米亞噗哧一笑。「你媽超棒。為什麼我不能有像她一樣的媽媽？」米亞說。伊娃與惠妮截然不同，身材豐滿，個性親切溫柔有愛心，還燒得一手好菜。

「她是很棒啦。」卡蜜拉聳聳肩。「不過，要是她和你媽媽一樣，拿到免費的化妝品和衣服，我也不介意。」

米亞發出抱怨，輕輕推她一下。

「說說而已。」卡蜜拉用手指沾取盤中剩下的巧克力醬，放進嘴裡舔了舔。

幾個小時後，米亞和卡蜜拉、伊娃，以及卡蜜拉的爸爸奧馬爾一起享用了美味的墨西哥玉米湯，度過晚餐時光。他們圍坐在餐桌旁，分享今天的喜怒哀樂，聊得很起勁。感覺真好。好正常。米亞如果現在回家吃飯，通常只有她、弟弟、妹妹和蘿西。她很愛阿姨，但她想念她的母親。媽媽一週有好幾天晚上都跟艾斯出門，不是出席媒體活動，就是參加派對或是約會。媽媽在家時，總是忙著照顧弟妹，特別是每到吃飯時間就調皮搗蛋的梅森。媽媽很少問她學校的事，也不太關心她的生活。米亞敢說，要是她哪天突然人間蒸發，絕對沒有人會注意到。

她和卡蜜拉幫忙收拾餐桌後便上樓寫功課，伊娃和奧馬爾在客廳看電視播的律政劇。

她們並肩坐在凌亂的床上，打開筆電。卡蜜拉埋頭寫討厭的英文作文，米亞專心解代數方程式。她勉強做完幾道題目，思緒不斷飄向稍早與母親的那場爭執。米亞已經跟媽媽說晚上會在卡蜜拉家吃飯；察看手機，想確認她有沒有回訊息。

代我向伊娃和奧馬爾道謝。
對不起，讓爸爸的忌日就這樣悄悄過去。
是我不對，沒有藉口。
（但還是希望你出門可以說一聲）

米亞喉嚨一緊。媽還記得。她用運動衫袖口擦擦眼淚。

「你沒事吧？」卡蜜拉問道。

「沒事。在跟我媽傳訊息。」

她簡單帶過，沒多做解釋。卡蜜拉轉回螢幕，繼續與作文奮戰。十年交情讓她心裡明白，等米亞準備好，想說的時候就會說了。

米亞開始打字：**沒關係。今天的事對不起。**

她猶豫了一下。她真的感到抱歉嗎？媽老是要她拍照，讓她放上部落格。但有問過她願不願意嗎？她按下刪除鍵。噠、噠、噠，剛才那段文字刪得一乾二淨。

她重新輸入：**希望拍攝順利。抱歉跟你吵架……**但又馬上刪掉。提到拍照好像怪怪的。吵完架，應該是媽要主動關心、確認她沒事才對吧？這不是父母的職責嗎？她望向卡蜜拉，猜想她大概沒有像她這樣苦惱過，不曉得怎麼回媽媽的訊息。

米亞將注意力轉回代數作業。方程式的 x 和 y 在眼前發散飄移。題目不難，是她的大腦停止運轉了。她需要睡覺。

「累炸。可以在這過夜嗎？」米亞知道其實不需要開口，感覺還是問一下比較有禮貌。

「當然可以。」卡蜜拉點點頭，直盯電腦，看都沒看她一眼。

「你最好了。」米亞用膝蓋輕輕頂了一下卡蜜拉的膝蓋。有這樣的好友真的很幸運。卡蜜拉抬起頭，對她吐舌做鬼臉。

米亞哈哈大笑，再度拿起手機，打算跟媽說今晚不回家。她舒服地蜷靠在鬆軟的枕頭上，眼皮愈來愈重。米亞在開始打瞌睡前火速敲下幾個字：累壞了。今晚住卡蜜拉家，然後按下傳送鍵。
她翻身，將手機放到床頭櫃。這時，螢幕亮了。是她媽媽傳來的訊息：好。晚安，愛你。

03 惠妮

早上八點半，惠妮上完教練課，用新款去角質洗面乳洗臉——某個品牌送給她的禮物，希望她寫體驗心得——穿上她答應粉絲要嘗試的男朋友風牛仔褲。做大家的早餐，和雙胞胎擁抱——蘿西把她們送到學校，再去大學上課——然後送梅森去托兒所。

這是他們家的日常，只是有一個人缺席。儘管米亞不喜歡早起，惠妮還是很想念有她在的時候。想念她一邊狼吞虎嚥吃著貝果，一邊含糊不清地咕噥，用少少幾個字回答問題。她希望她們能好好談一談，但她知道有時候米亞需要空間。

惠妮和助理蓋比一起坐在餐桌前，暫時把和米亞的爭執拋到腦後。她和蓋比正在為部落格和社群準備下週內容。

「昨天謝謝你幫忙。」惠妮喝了第二杯咖啡。通常，她只允許自己喝一杯（加兩湯匙脫脂的半對半鮮奶油——對，她量過了），但今天注意力特別渙散，因此破例喝第二杯。就是一種「謝天謝地，終於週五了」的概念。「我們在節慶連假前完成照片。現在只要專心產出文字內容。」

「這次作品很棒。」蓋比推了推鼻梁上的粉紅色眼鏡，撥開前額的深色瀏海，一副正經八百的模樣。「期待下週跟Amazon時尚部門開會，討論你的膠囊衣櫥系列。我需要做什麼準備嗎？」

惠妮微微挺胸坐直。這個聯名系列是她踏入網紅界的最大成就之一，另一個是她跟Sephora合作的彩妝，上架兩小時銷售一空。「幫我找一下其他網紅的照片？想避開大家都在穿的柔和色系與花卉圖案，我想選擇明亮濃豔的寶石色系和大膽印花。」

雖然衣服不是惠妮親自操刀設計，但她決定剪裁、顏色、印花和布料。她很高興自己的名字出現在吊牌上，而且每賣出一件，她都能拿到分潤抽成。

「好。」蓋比打開筆電，在長長的待辦事項加上一筆。「我看到你上傳了接下來兩週的社群待發內容。太棒了。」

「謝謝。」惠妮微笑。像她這樣的網紅，有些依賴團隊幫忙發想。無論是IG、TikTok上的貼文，還是週報與部落格文，每一個字都出自她筆下，她為此感到自豪。她很懂得撰文的藝術，能夠在自嘲、真誠與粉絲期待之間取得完美平衡，這正是她的追蹤者想要的。過去幾年，她開始製作影音內容，這都要拜經紀人泰勒碎唸施壓所賜。她在TikTok上的觸及率遠低於IG，但她很喜歡看雙胞胎跳舞的可愛影片，或是一些生活小撇步、育兒心得，為她的社群內容帶來嶄新的面向。

蓋比繼續細數待辦事項。「週一有三篇業配文，Colorful Calendars手帳、Blacksmith皮革背包和

Skinny 迷你雞尾酒禮盒。週二，Nordstrom百貨穿搭文。宣傳細節我會再順一遍，確認我們有達到廣告主的要求。」

「好。」找到蓋比幫忙真的很幸運。她德州州立大學畢業，主修報刊雜誌新聞，二十四歲的她聰明又有創意，勤奮得令人咋舌。惠妮以前被助理扯過後腿——對客戶無禮，或在合約犯明顯錯誤——她想把冷靜、專業的蓋比留在身邊，愈久愈好。

大家都認為網紅是個不需動腦的工作，拍照，寫寫文字就好。雖然惠妮的確在做這些事，但大多數人不知道業主是捧著高達五位數的報酬。每筆委刊都有特定規範和細節，包括要多少篇社群貼文、部落格文章、Reels、TikTok和限動，介紹哪些產品，以及宣傳的具體內容，同時盡可能讓一切看起來自然。要處理的瑣事多如牛毛。她很感激有蓋比，讓她不至於遺漏任何關鍵。

她唯一的同事是泰勒，負責談贊助、處理合約。惠妮幫泰勒取了個綽號叫「小鬼椒」。她是那種前一秒稱讚你的口紅顏色，下一秒訓斥咖啡師做錯單的人。

惠妮看了看錶。她約好一小時後與泰勒通話，得先寫點東西。「還有其他要討論的嗎？」

「沒了。我要去手工藝品店找萬聖節靈感。」蓋比收拾手機、文件和水瓶。「我會在午餐前回來。哦，記得拍早餐，下週『我的一日飲食』貼文要用。粉絲一定會喜歡。」

「我忘了。」惠妮小嘆一聲。腦中閃過一小時前她在廚房水槽旁，塞進嘴裡的兩個甜甜圈。但她不能讓粉絲知道。「我有優格和莓果，可以很快重新做一份。晚點也會徵求限動問答。」

「好極了，他們愛死這些互動了。」蓋比朝前門走去。「我先走囉，需要什麼就傳訊息給我。」

「好！」惠妮想表現得像蓋比一樣爽朗，結果卻失敗了。她還在想和米亞的爭吵，以及她為什麼忘了麥可的忌日。

前門喀噠關上。惠妮回到工作室。她腳步悠緩地來到書架前，手指滑過書脊，直到瞥見她要找的東西。她抽出一本相簿，坐到辦公椅上。看著內頁收藏的照片，她不禁喉嚨一緊。麥可，她親愛的丈夫。從結婚那年起，她每年都會親手做一本照片集。這本是為了慶祝父親節而做的。書頁上貼滿了麥可與孩子的身影，全都是她最喜歡的照片——米亞出生那天，麥可望著她的小臉蛋，眼神溫柔有愛；米亞初次見到襁褓中的雙胞胎妹妹；雙胞胎第一次在附近的德墨餐廳品嚐酪梨醬。看到珍貴的回憶逐頁展開，惠妮懷念起從前的生活。她二十歲時認識麥可，當時的她年輕、天真。麥可比她大兩歲，聰明、認真、有自信，帶給她安全感。

翻開下一頁，映入眼簾的是她最愛的照片。六個月大的雙胞胎坐在麥可膝上，米亞從背後摟著麥可，雙臂幾乎緊緊勾住他的脖子。父女四人臉上綻出大大的笑容，快樂溢於言表。

惠妮打開手機相簿，往下滑，找到同一張照片，上傳IG，開始輸入文字內容。

這週，我親愛的麥可離開四年了。

看著他和女兒的照片，我幾乎可以感覺得到他就在我身邊。

生活繼續流轉，但無論是今天，還是往後的每一天，我們都很想念他，直到永遠。

惠妮發布貼文不到幾秒，粉絲開始留言。

好美的懷念文。此刻他一定在天上看著你和你們可愛的孩子。

我先生十年前因惡性腫瘤走了，我到現在還是很想他。謝謝你讓我覺得自己不是一個人。

我很佩服你的堅強。願你和麥可的美好回憶能帶來一點安慰。

惠妮讀著那些溫柔真摯的文字，視線逐漸模糊。她真的很愛她的粉絲。無論大家對網紅有何看法，她都知道，自己一手打造的社群總是有特別的意義。

她抹乾眼淚，看了一下手錶。再過二十分鐘就要跟泰勒通話，她得趕在這之前查看電子郵件。她決定再讀一則留言，然後放下手機，打開筆電。

她掃過最新留言，一陣寒意從她手臂直竄至背脊。一位名叫珍‧曼弗德的女性寫道：

我不確定現在提這個時機點對不對……

上週末我老公說他左臂有點刺痛，我想起你先生心臟病發的事，所以當下直接送他去急診，結果發現他動脈阻塞，必須立刻手術！謝謝你救了他一命。

惠妮忍不住打字回覆：

珍！你的留言讓我起雞皮疙瘩。知道你先生平安無事真是太好了，非常感謝你的分享（抱）

惠妮搖搖頭，往後靠著椅背，一股暖意漫過胸前。她做夢也沒想到，自己居然可以救人。

她回想起八年前的某個夜晚，她坐在電腦前，登入匿名網路空間，毫無保留傾吐心聲，訴說家裡有個每天用問題轟炸她的七歲女兒，以及老是坐不住的兩歲雙胞胎，為人母的她面臨許多困境和掙扎。當時不像現在這樣，很少有媽媽寫育兒經驗。她坦承，自從雙胞胎出生，她已經兩年沒好好睡了，幾近身心崩潰；她渴望婚姻重燃火花，可是在家照顧三個小孩、度過漫長的一天後，她只想癱在沙發上，吃洋芋片，看Netflix。有時她真的很懷念雙胞胎出生前，家裡只有她、麥可和米亞的日子。他們感情很好，惠妮在養育女兒的過程中感受到滿滿的快樂。她對每個孩子的愛都是一樣的，但和第一個小孩相處的時光格外特別，難以言喻。

很快，惠妮的部落格吸引不少「懂她」的媽媽，累積一票死忠粉絲。她完全沒料到自己會爆紅。麥可死後，惠妮的世界崩塌瓦解；她想寫下這一切，她也需要寫下。網友喜歡她的文字，也理解她的感受。接著，贊助商開始找上門，她發現可以透過這樣的方式賺錢，讓她和孩子過上舒適寬裕的生活。很少有工作能讓人在家帶小孩，同時賺進好幾桶金。真的。大把大把的鈔票，多得離譜。

現在，她還把一個人從鬼門關救回來。太不可思議了。

就在這時，她的手機響了。她希望是米亞打來問問題，或是聊聊天。但她不認識這個號碼。

「喂？」

「嘿，姊！最近好嗎？」是她弟。那個快三十歲，卻連份工作都保不住，酒也拿不穩的傢伙。

「嗨，布蘭登。」她起身，開始踱步。布蘭登只有在需要「什麼」的時候才會打電話。通常是錢。

「怎麼了？」

她弟弟清清喉嚨。惠妮可以聽見背景傳來的叫喊和撞擊聲。「呃……」

「有事快說。我在等電話。」

「我昨晚被捕了。」

惠妮停下腳步，跌坐在沙發扶手上。「不會吧！你保證不會再發生了。」

「我知道，我知道。」她想像她弟正在撥弄和她一樣紅褐色的捲髮。他還是個蹣跚學步的小孩時，她喜歡在他洗完澡後幫他梳頭。他的臉還是一樣圓、眼神還是一樣皮。他還是什麼事都想逃避。「但這次不是我的錯。我幫一個朋友，結果和警察有點誤會。」

儘管布蘭登遠在六百五十公里之外，還是能從惠妮的語氣，讀出她的不開心。「你有打給史黛芬妮或湯姆嗎？」他們妹妹嫁給一個棉花農，懷著一個女嬰。在高中當體育老師的弟弟也有自己的家庭。布蘭登待在家鄉。惠妮是唯一離開的人。

「沒耶，你也知道他們兩個沒錢。」

惠妮突然感到口乾舌燥，她走到冰箱，拿了一瓶飲料。大部分家庭平常不會接到從監獄打來的電話，但當你有一個像布蘭登這樣的弟弟時，這種事在任何一個週五都會發生。沒必要拐彎抹角。「你需要多少？」她問，喝了一口氣泡水。

「一萬。」

惠妮被嗆到。「什麼？」她氣急敗壞，「開什麼玩笑？你到底幹了什麼好事？」

「我被控妨害秩序，因為是第二次，所以二千五百元交保，剩下的是，呃，還賭債。」

賭博。就跟爸爸一樣。惠妮感覺胃酸開始灼燒。她永遠不會忘記那些夜裡，爸爸在二十一點賭桌輸掉一週的菜錢，或是把房租拿去賭馬，媽媽對他大吼大叫。每次，父親都會哭著保證不會再犯。母親因為這樣必須排更多班，把家事全丟給惠妮。幾個月後，父親又會重蹈覆轍。

布蘭登談起撲克錦標賽和律師費，喋喋不休說個沒完；惠妮抬頭望向天花板，不敢相信歷史重演。

這就是她盡可能遠離原生家庭的原因。她的家人總是把她捲入他們的麻煩事裡。

再說，她連拿不拿得出一萬美元都不知道。一串又一串數字閃過腦海。

新屋房貸：每月八千美元

德州奧斯汀天文數字般的房產稅：每年兩萬九千美元

全家人的醫療保險：每月兩千五百美元

蘿西的大學學雜費（本州生優惠方案）：每年一萬五千美元

蓋比的薪水：每年三萬兩千美元

梅森的托育費用：每月一千三百美元

信用卡費：每月三千美元（這還是她有特別控制、注意當月開支的時候）

她不想討論的債務：每月兩千美元

除此之外，她還要替四個孩子存大學教育基金，支應所有日常開銷，飲食、服裝、水電、電話和網路，林林總總她一人扛。惠妮在心裡把這些數字加起來，感覺一袋袋沙包壓上肩頭，好沉好重。

「我不確定手頭有沒有這麼多。」她的聲音不帶一絲情緒。

「姊，算我求你！」布蘭登突然拉高音調，不若先前淡定。「我沒有其他人可以拜託。」

她也一樣，沒有人可以求助。

其實還有一筆金額可觀的支出，惠妮忘記算進去了：珊蒂住在養生村的租金。兩年前父親辭世，她意識到母親需要陪伴，更需要有人幫忙煮飯打掃，因為母親的雙手受嚴重關節炎所苦，很多家事都沒辦法做，於是她讓母親搬進養生村，費用由她負責。惠妮很願意也很樂意幫助媽媽，可隨之而來的經濟負擔大到就像是背了二胎房貸。不過，畢竟她一直沒時間回老家，出這筆錢能稍稍減輕她的罪惡感。

也許她能利用這點來談條件。「好，我會匯錢給你，只要答應我一件事——接下來到年底最後一週，每個週六都去看媽。」惠妮知道其他住在市區的手足常到養生村探望母親，但布蘭登兩、三個月才去一次。「而且到那裡要打給我，讓我跟媽說話。」

這下換布蘭登嘆氣了。「不是吧老姊，到年底？大概還有十週欸。」

「每去一次，我就給你一千。很划算吧。」

布蘭登發出抱怨。「是沒錯啦。」他停頓一下。「謝了，姊。絕對是最後一次……我保證。」

「最好說到做到。」惠妮很懷疑，但人總得抱持希望。「明天再跟你和媽聊。」

「啊，糟糕……明天？」布蘭登沉默片刻。「明天我可能有事欸。」

「一萬你到底要不要？」

「要，當然要。」他聽起來有氣無力，似乎拿姊姊沒轍。

「那明天我再跟你和媽通電話。下午兩點。」

「好好好，兩點。拜啦，老姊，再次感謝。」

「不客氣。」惠妮掛斷電話，嘆了口氣。弟弟很清楚，她一定會幫忙；「家人必須互相扶持」，那種親情羈絆太深了。

她坐在沙發上，搓揉隱隱作痛的額頭。她得打通電話給會計師，確認自己有錢金援。她花的似乎永遠比賺的多。看來得問問泰勒，有沒有辦法幫她爭取到幾張新的贊助合約。

她把臉埋進掌心。龐大的財務壓力讓她喘不過氣。她一輩子都在為錢煩惱，只有和麥可在一起的那幾年例外。那時她太過天真，抱著鴕鳥心態，將一切交由麥可，完全不曉得他們入不敷出，也不知道他投資失利。他們負債累累，而她一無所知。

麥可去世後，她花了好幾個月才弄清楚錢都花到哪去，又欠了誰多少——這些都發生在她悲慟欲絕、獨自撫養三名兒女，肚子裡還懷著第四胎的時候。她每天都像在大海中漂游，在一波波來襲的狂浪間掙扎著想要呼吸。當時的她發誓，再也不會在經濟上依賴男人。

電話鈴聲響起，打斷了她的思緒。是泰勒。很準時。

該回去工作了。

HateFollow.com

麻麻鬆一下 10月13日 上午9:56

惠妮又PO文消費死掉的老公，想必是需要錢錢來付帳單嘍。

94嘴秋 10月13日 上午10:15

對啊，腦粉愛慘了。居然還有人說惠妮救她先生的命！真的是煩不煩。

撩人小釣手 10月13日 上午10:17

任何利用已故配偶衝流量的人都該被取消。

94嘴秋 10月13日 上午10:19

這樣有很多網紅都要取消餒。

權勢凱倫 10月13日 上午10:20

她還在限動提到「祕密計畫」。有人要猜是什麼嗎？我覺得是亞馬遜聯名。

奧莉喂呀・魏爾德 10月13日 上午10:27

亞馬遜聯名+1，就跟其他網紅媽媽一樣。呵，還真有梗。

04 米亞

社會研究課，米亞盯著窗外發呆，這是今天最後一節課。她不知道大家在討論什麼，也不知道自己應該學什麼。時間一分一秒流逝，她滿腦子想的都是下課鐘聲響就能回家。媽媽肯定又嘮叨個沒完。

湯普金先生說他要播放《獨立宣言》的影片。至少這會占用接下來的上課時間。

當老師設好影片排序時，米亞覺得有東西打到她肩膀。是揉成一團的廢紙。

「嘿。」有人在她身後低語。是奧莉薇亞・班克斯，她是班上最受歡迎的女生，也是最惡毒的女生之一。她臉上帶著和柴郡貓一樣的微笑。「我在IG看到你媽。」米亞臉頰發燙。奧莉薇亞從來不跟她搭話。可能是因為米亞的社交階級比她低得太多。

「如果她是『網紅』——」奧莉薇亞勾勾手指，比出引號手勢，就像米亞昨天對她媽媽做的一樣。

「為什麼你穿得這麼難看？」

坐在她們周圍的人都在偷笑。奧莉薇亞一臉得意。她從小學起就一直是個小霸王。

米亞還來不及回答，湯普金先生就把燈關掉，開始播放影片。米亞坐在椅子上，拉緊她的西北大學帽T。她的胃湧起一股灼熱感。她從來沒有想過，學校同學會關注她的母親，或是看她的部落格。為什麼？他們不可能想學她媽媽的育兒之道或是穿搭吧？

米亞的心涼了半截。哦，不會吧。難道媽一直在發她的糗事？

影片裡的人喋喋不休地談論《獨立宣言》的三個目的，而米亞滿腦子只想從媽那裡獨立。她已經不記得上次看媽媽的部落格或IG是什麼時候的事了。通常，她會竭盡所能不去點開那些網站。但聽到奧莉薇亞的挖苦諷刺，她意識到她必須確認她們是不是握有她的把柄。

影片結束，最後一次鐘聲響起。所有人走向教室門口，興奮討論著週末要做什麼。奧莉薇亞和她的朋友們擋在門邊。

深吸一口氣，米亞從她們身旁擠過去，準備迎接奧莉薇亞尖酸刻薄的評論。

「替我向你媽媽打聲招呼。」她身邊的女孩咯咯笑了起來。

米亞低頭，不想理會奧莉薇亞和她爪牙的笑聲。她和卡蜜拉戲稱她們是「濾鏡女孩」，因為她們老是拿手機自拍。米亞敢說奧莉薇亞的相簿滿滿都是不自然的光滑美肌和嘟唇照。

米亞低頭穿過走廊，避免跟其他人眼神接觸，徑直走向置物櫃。

打開置物櫃，米亞看到她和媽媽的照片，那是幾年前《漢密爾頓》在奧斯汀演出時拍的。媽媽的經紀人弄到了前排座位。那是個美好的夜晚。媽媽有把這張照片發到網路上嗎？有可能。很有可能。經紀人八成為了「社群內容」才幫她們爭取座位。這個想法讓當時的感動變得廉價。米亞拿起生物課本，準備整個週末都要苦讀，用力關上置物櫃。

「哇，」卡蜜拉朝她走來，「你還好嗎？」

「沒事。」她拉上背包拉鍊，還沒想好要怎麼告訴卡蜜拉奧莉薇亞的事。「很期待週末。」

「知道了。」卡蜜拉打開她的置物櫃，上面貼滿她和米亞、她和父母的合照，以及珍妮佛・羅培茲的照片。她是卡蜜拉的偶像，卡蜜拉想成為那樣的巨星。唯一的問題是她不會唱歌，也不會演戲。但她會跳舞，而且非常投入。「要走了嗎？」

米亞點頭，和她最好的朋友一起踏出校門。兩人很有默契地往卡蜜拉家的方向走。卡蜜拉週五沒有舞蹈課，米亞也還沒準備好面對母親。她得先完成一些調查才行。

在學校外面的草坪上，高一、高二生三五成群，有的在閒晃，有的在等家長來接。年紀更大的風雲人物都往停車場走，跳上名車。米亞聽到人們談論即將到來的德州大學橄欖球賽，週末在ACL Live的大型演唱會，但她沒有打算去看。

「你知道我在想什麼嗎？」在離開學校的路上，卡蜜拉看起來很興奮。「我的生日」。

「不是二月嗎？」那是四個月後的事了。

卡蜜拉點頭如搗蒜。「爸媽要幫我舉辦十五歲成年禮。很棒吧？雖然規模小，不那麼盛大，我還是很期待。我一直在考慮要不要編支舞。會不會很奇怪？」

米亞不太清楚墨西哥傳統成年禮在幹嘛，但她知道她的閨蜜是個很棒的舞者。「完全不會。」

卡蜜拉繼續嘰嘰喳喳地說個不停，米亞真希望自己能像她一樣有自信。她最討厭在十五歲生日成為眾人焦點。但她很高興她的好友很開心。

米亞十五歲生日的前一個月，惠妮想舉辦派對，但被她拒絕。取而代之的是，她與卡蜜拉和家人，一起去她最喜歡的德墨餐廳吃墨西哥捲餅。餐後，服務生端著淋上鮮奶油的特蕾斯蛋糕，唱起生日快樂歌。媽媽和卡蜜拉歡呼。米亞恨不得自己像墨西哥乳酪一樣，原地融進座位裡。

「真希望我能找到一件洋紅色亮片禮服。翡翠綠也可以。我穿寶石色真的很好看。」二十分鐘後，她們走進卡蜜拉家大門，卡蜜拉還在聊她的生日派對。

她們把背包放在地上，脫下鞋子。等著伊娃一如往常笑臉迎人，從轉角處走出來。但屋裡很安靜。

「你媽媽呢？」米亞問。

「我不知道。」卡蜜拉皺眉走進客廳。「媽？」

「在這。」伊娃的嗓音從臥室傳來。

卡蜜拉循著聲音的方向走，米亞留在原地。她在她媽媽的臥室感到彆扭——自從艾斯開始在家閒晃——所以她不打算闖進好友父母的房間。

卡蜜拉柔聲與母親交談幾句，關上門，回到客廳。「媽一定感冒了。她正在休息，晚點會拿點零食。等等過來打招呼。」

拿起優格，她們走向客廳。「四點了。」卡蜜拉說：「你知道的。」

「《茱兒芭莉摩秀》。」她們異口同聲地說。

節目二〇二〇年首播時，她們就開始追了，從未間斷。儘管茱兒的年紀比她們的媽媽都大，但她很酷。她們喜歡看她訪問名人、討論時事，分享她的時尚妝髮。今天的來賓是超人氣網紅艾蒂森・蕾，以及米亞媽媽很喜歡的家政女王瑪莎・史都華。她們要調製「陰森」萬聖節雞尾酒。尚恩・曼德斯是音樂嘉賓。

「哦，我喜歡他。」卡蜜拉躺在沙發上。

米亞坐在她旁邊聳聳肩。「他又不是哈利・史泰爾斯。」

米亞不喜歡趕流行，她喜歡沉浸在小說、音樂或書本的世界。除非把身兼音樂人、演員、劇作家、製片和導演等多重身分的創作才子，林－曼努爾・米蘭達也算在內。他是個天才。還有哈利，他性感又有才華。

吃完優格，米亞走到背包前，拿出筆電。「寫作業？」卡蜜拉盯著電視。

「沒有啦。」米亞坐在斜對面的椅子上。她不想讓卡蜜拉看到螢幕。

打開新視窗，米亞做了一件好久沒做的事：瀏覽媽媽的個人官網。她瞄了一下最上方的頁籤：時尚、生活方式、居家裝飾、家庭，她點擊最後一個。有各式各樣的育兒文章，包括一張梅森只穿T恤和超人內褲，露齒笑的照片，標題是「輕鬆訓練幼兒如廁的五個小技巧」。她皺眉，媽為什麼要放那張照片？太……私人了。再說那根本不是真的。梅森不喜歡如廁訓練，現在還是一樣。

「怎麼了？」卡蜜拉轉頭看米亞，瑪莎・史都華正在調「血腥霉麗[1]」。

米亞搖了搖頭，轉身確保電腦螢幕不在卡蜜拉的視線範圍裡。

她的心如打鼓般砰砰狂跳。她發現了一篇以秋季願望為題的文章，媽媽洋洋灑灑列出想和家人一起做的所有事，從摘蘋果到去南瓜田；一篇以克洛伊和夏綠蒂為主角的雙胞胎穿搭紀錄；以及媽對於重新開始約會的反芻思考。**噁心**。

不僅如此：她們生日派對和家庭旅行的文章；以兄弟姊妹個性分析選禮指南；甚至有一篇特別描寫媽媽第一次送米亞去高中的感想。米亞完全不曉得！至少媽沒有放真實的照片，當時的她緊張得發抖，噁心得要命。媽用的是幾個月前隨意拍的全家福。米亞記得她和雙胞胎一起扭動，臉上洋溢燦爛的笑容。她從來沒有想過，除了留作紀念，她的母親還會把這些照片拿來做其他用途。

---

1 譯註：原文為 Bloody Scary，從 Bloody Mary 血腥瑪麗變化而來。

她到現在才發覺，媽媽分享了這麼多關於她和她們家的事。

她需要從頭開始。米亞向下捲動到底，狂按返回鍵，直到看到第一篇：「終於可以喘口氣：我們家雙胞胎兩歲囉！」時間是八年前。米亞知道媽媽開始寫部落格，是因為當時很少有家長分享帶雙胞胎的經驗。兩個不睡覺的嬰兒、兩倍的哭聲和尿布、兩張要清潔的嬰兒餐椅、兩個寶寶同時學走路（和搞破壞）。但直到米亞爸爸突然過世，媽媽突然爆紅，部落格訂閱人數激增。

想到爸爸的死，米亞的胃都要扭轉了。媽媽該不會公開講過這件事吧？天啊，不。她的手在鍵盤上顫抖。她該繼續找嗎？她看了看卡蜜拉，她正沉醉在尚恩・曼德斯的歌聲。往下滑，滑，滑。剎那間，米亞胸口一緊，螢幕上有個標題寫著：「我丈夫死了。我不知道該怎麼走下去。」

喘口氣，米亞很慶幸卡蜜拉選擇現在上廁所。她點擊連結，開啟文章，閱讀母親對父親說的話。

不敢相信我會寫這篇文章，我深愛的麥可三天前去世了。週日，他去慢跑前還在廚房親了我一下。但他再也沒有回家。有人發現他倒在人行道，幫忙叫了救護車。急診室醫生說他因為突發性心臟病當場死亡。

有一件事我沒說，我懷孕十一週了。週六我們拍了幾張照片，打算下週和親朋好友以及大家分享。現在他再也見不到寶寶了，永遠不知道是男孩還是女孩。如果他或她，有麥可的眼睛或笑容那有多好。我們本來應該一起迎接新生命，而我現在卻要和我的丈夫，我孩子的父親永別。這種悲痛讓人難以承受。

我覺得自己好像在一場無法醒來的惡夢。沒有他，我該怎麼辦？我有三個孩子，即將有第四個，沒有工作。麥可沒有其他保險，只有工作的一般投保，幫助不大。他才三十五歲，我們選擇存錢買房而不是保險規劃。我們以為自己很聰明、很謹慎。怎知會遇上這樣的事？

我以為我們會永遠在一起，我們都以為。我再也無法牽起他的手、吻他的唇，我不知道該怎麼走下去。他再也不能和孩子共度時光，再也不能給壓力大的我一個溫暖的擁抱。

這個週末就是他的葬禮。我知道我應該穿喪服，低調地哭，跟每個人握手，跟每個人說「謝謝」。但我只想躺回床上，一覺不醒。為什麼會發生這種事？要怎麼做才能讓他回來？哦，麥可，好想要你回到我身邊。

米亞讀到母親令人心碎的字句，豆大的淚珠如雨般滴到鍵盤上。她拉下帽T，用袖口擦臉和鼻子，擦拭鍵盤上的淚滴。

米亞對葬禮毫無印象，但她記得母親當時的樣子。她表現得非常堅強，和每個人握手。米亞一直緊緊抓著媽媽的黑色裙襬，直到奶奶拉開她。她轉而黏著奶奶。

米亞陷入沉思，看著母親的文章，發現「葬禮」一詞是藍色的，帶有底線，似乎與其他內容有關。她點擊下去，倒吸一口氣。還有另一篇，滿滿都是父親葬禮的照片，一張又一張，這是她家人的隱私，卻這樣任憑全世界瀏覽。米亞能聽見血液在耳內奔流鼓動，全身變得滾燙。**媽怎麼能這麼做**？父親是她最敬愛、最低調、最謙遜的人。他絕對不會同意的——她知道媽媽也很清楚。

當她滑到頁面底部時，她再次倒抽了一口氣。

「怎麼了？」卡蜜拉拿著香蕉問她。

米亞沒有回答。她臉上默默流下兩行清淚。

「怎麼了？」卡蜜拉聽起來很驚慌。

米亞不知道該怎樣描述這可怕的一幕，她指著螢幕。父親躺在棺材裡。旁邊，十一歲，穿著黑色天鵝絨洋裝、一頭紅髮綁成法式辮子的米亞，悲慟欲絕，放聲大哭。

這次輪到卡蜜拉倒抽一口氣。「見鬼了。」

米亞點點頭，抽泣。**真的是見鬼了**。

父親走得太突然——醫生說他的心臟病是「奪命殺手」——直到在葬禮看到遺體，她才真的覺得父親離開這個世界。沒有人告訴她棺材是打開的，米亞當場嚇到。她崩潰。就像靈魂出竅。她甚至不記得那天有人拍照。但網路上的人不會知道這些。

米亞只知道，葬禮後，她連續幾個月都在做惡夢，夢到父親蒼白的、死去的臉。現在，媽媽讓她重溫當時的恐懼。

「還好嗎？」卡蜜拉把手搭在米亞肩膀上。

米亞深吸一口氣，試圖平復翻騰的胃，慢慢搖頭。她從椅子上跳起，跑到走廊盡頭廁所嘔吐。

米亞坐在冰冷的瓷磚上。幾分鐘後，一陣輕輕的敲門聲。

「米亞？」卡蜜拉問道。

米亞站起來，洗手。「我沒事。」但鏡子中那個眼窩浮腫、雙眼發紅的女孩卻不同意。

她打開門，看著好友，努力忍住淚水。

卡蜜拉把她拉進懷裡。「我很抱歉。」

「我根本不知道有這些照片存在。」米亞低聲說。

「你沒看過她的部落格？」卡蜜拉的聲音帶著一絲懷疑。

米亞後退一步。「不，我的意思是……我當然知道。但我沒有關注她的IG。」

卡蜜拉驚訝地看著她。「你沒有？」

「沒有。她開始和艾斯約會，我就取消關注了。」那些擺拍的照片讓她難以忍受。特別是當她得知媽媽是認真交往時，簡直讓人崩潰。「而且你知道我幾乎沒在看IG。」

米亞打量她的好友。「你有追蹤她？」

「有。但我追蹤很多人。」卡蜜拉在IG大約有兩千名粉絲。「我發誓我從沒看過那些照片。我看過其他東西。我沒有說，是因為我以為你知道，以及你不想聊。」

米亞的胃一陣抽搐。她的好友一直在讀她的資訊，誰知道有什麼，而她竟然一無所知。她覺得自己受到侵犯。她以前怎麼從來沒有注意到？

「真不敢相信你居然沒有關注你媽。」卡蜜拉說。

「這是她的工作──僅此而已！」米亞雙手一攤。「你對你爸爸的工作了解多少？」

卡蜜拉皺眉。「他是律師助理。」

「我知道。但這意味什麼？他都在做什麼？」

「不知道。」

「沒錯。」她用手捂住臉。「為什麼我的媽媽不能像其他人的父母一樣，做一份普通的工作？」

「你打算怎麼辦？」卡蜜拉一邊問，一邊慢慢走回客廳。

米亞雙臂抱胸，坐在沙發上。「我不知道。」她像是被剝開，露出她的臟腑、她的細胞和她最私密的想法。「我不敢相信那些照片已經放在那裡四年了。」

米亞思考的時候，卡蜜拉沒有說話。

「我今晚能待在這裡嗎？我沒辦法回家。」

卡蜜拉摸了摸她的手臂。「當然可以。」

米亞輾轉反側好幾個小時，用枕頭壓住自己的耳朵，試圖掩蓋卡蜜拉打鼾的聲音。每次她閉上眼睛，都會想起父親的遺照，他蒼白、僵硬的臉，還有自己哭到漲紅、寫滿悲痛的表情。

她無法控制自己的思緒，只好悄悄下床，拿起筆電。螢幕的藍光在她臉上閃爍，她打開Google，搜尋媽媽的名字。她實在不忍心再看那篇文，但她知道有其他媒體報導過媽媽。還有什麼是她不知道的？

她按下確認鍵，頓時五雷轟頂：竟然有二十九萬六千筆結果。怎麼可能？媽只是四個孩子的母親，在德州奧斯汀寫寫育兒經，分享到Target百貨的試衣體驗而已！誰會看她文章……三十萬次？

頭兩筆搜尋結果是媽媽的IG和臉書。米亞點擊IG帳號，第一眼看到的是爸和雙胞胎的合照。

「怎麼回事？」她喃喃自語，瞥了卡蜜拉一眼，確認沒有吵醒她。

媽是在早上發布的，說她的丈夫在四年前的這週去世了。她告訴她的粉絲，米亞的爸爸是一個多麼忠誠的丈夫和父親。但她並沒有告訴他們，她忘了向自己的女兒確認丈夫去世的確切日期。

米亞咬緊牙關，重新查看搜尋結果。在IG和臉書之後，是媽媽的部落格、TikTok和Pinterest。接著是育兒網站、生活風格網站和悲傷關懷網站有關媽媽的故事。米亞揉揉眼睛，不敢相信。

她打開新分頁，在搜尋框輸入自己的名字——出現超過七萬筆結果。什麼？怎麼可能？有IG貼文，有媽媽在她生日寫給她的信，有媽媽接受媒體的採訪，其中提到小孩的名字。甚至還有一篇「住宅開箱」，有米亞臥室的照片。這是她不知道的另一件事。

米亞咬著僅剩的指甲，心中怒火熊熊燃燒。母親開始寫部落格時，她還小，什麼都不明白。等她長大了，她卻不想面對，於是假裝一切都沒發生——而媽媽仍舊寫個不停。

疲憊感湧上心頭。她把手肘放在桌上，搓了搓前額。也許她終於可以睡了。就在她準備關上筆電，一個網站吸引她的注意：HateFollow.com。

米亞知道她不應該點下去——她真的要睡了——但她忍不住。游標飄向連結……點擊。

一個專門讓黑粉交流的論壇，列出各種網紅：IG名人、TikTok明星、YouTuber、網紅媽媽、網紅爸爸（**這也**行？她很懷疑）、美食部落客、時尚部落客、美妝部落客、健康生活部落客、DIY部落客等等。每個類別都有帳號列表，像是紫霞仙子、農莊生活美學、極簡煮藝、健身42。米亞從沒聽過這些所謂網紅，但顯然他們的重要性大到陌生人可以評論他們的生活和社群內容——有的留言長達數百頁。

「太扯了。」她低聲說道，希望可以叫醒卡蜜拉，讓她看看這些。她看了一眼熟睡中的朋友，正躺在枕頭上流著口水。

她把目光轉向螢幕，點擊「媽媽網紅」討論區。她開始往下滑，以為要花一段時間才會找到有關母親的惡評，但她錯了：媽的名字就在第一頁，從上往下數，第六個。

她感到血液湧上頭頂。這些陌生人是誰？他們會怎麼說她的媽媽？以及她的家人？

第一則來自一位自稱「權勢凱倫」的鄉民：**我不會參考她養小孩的方式。她大女兒總是愁眉苦臉，四歲那個還不會上廁所。**

梅森只有三歲，米亞心想。

然後是「哎噁，桃樂絲」的推文：**M號？別鬧了惠妮，再試試唄。**

媽總是在節食，但米亞覺得她已經很好了。

第三則來自「布鹿斯威利」，那段文字好像一拳打在她肚子上：**她隨時會公開新男友長相。惠妮死去的老公一定在墳墓裡氣到打滾。**

淚水再次模糊米亞的視線。在這些陌生人眼中，米亞的父親不過是個「死去的老公」。她抹去眼淚，讀完最後一個。

奧莉喂呀・魏爾德：**米亞要是再肉一點，發自內心笑一笑，一定很漂釀。**

夠了。闔上筆電，米亞凝視一片漆黑。顯然，她媽媽太胖，而她太瘦了（她才十五歲！她很想要有曲線。但她就算吃再多，還是跟竹竿一樣。）真可悲，連網路上的陌生人都看得出來她有多麼不快樂？為什麼媽媽卻不能？

她的生活，她的存在，她都在擔心別人怎麼看。母親、朋友、同學、老師。她無法停止分析自己的長相、說過的話、走路的姿態、無意中冒犯過的人。原來，還有素昧平生的人在她背後品頭論足。網路上的陌生人。數量龐大的一群人。

05 惠妮

你今天會回來嗎？

惠妮看著手機，等待未讀通知。什麼都沒有。自從兩天前爭吵後，她就再沒見過米亞了。她知道米亞討厭爭執，但四十八小時似乎足夠讓她冷靜。現在她們需要談談。

惠妮走進廚房，將手機放在吧檯，用修長的指甲敲擊大理石檯面。也許吃點零食會讓她感覺好些。她打開冰箱，看了看裡面。除了粉紅酒，其他東西都不太有吸引力。喝一杯嗎？現在才一點半。

聳聳肩，她拿起酒瓶。也許這能讓她放鬆一下。她倒了一小杯，抿了一口。哦，真不錯。她把杯子倒滿，然後把酒瓶放回冰箱。

她拿起手機——還是沒有米亞的消息——塞進桃紅色絲質睡袍的口袋，端起酒杯，穿過玻璃門，來到後院。這原本應該是放鬆的週六下午。雙胞胎參加遊戲日，蘿西去找朋友，梅森剛睡午覺。惠妮原本很期待在泳池休息，和艾斯共度浪漫夜晚，但現在的她渾身不適，坐立不安。她已經像葛妮絲·派特洛一樣完成特雷西•安德森的健身鍛鍊，吃完午餐，現在不知道該做什麼。她在波光粼粼的藍色泳池邊，坐在潔白的躺椅上，啜飲葡萄酒。這裡就是她的天堂。有透明玻璃防護圍欄的兒童游泳池，有孩子們嬉戲的淺灘；有可以度過寒冷夜晚的浴缸；還有無可挑剔的景觀。這是她夢寐以求的後院。

就在這時，她的手機響了，她滿心期待。但不是米亞，而是布蘭登。他比他們約定的時間早了幾分鐘。惠妮完全忘了。

「嘿，姊！」布蘭登在惠妮接聽時說，「媽在這，準備通話了。」

「謝謝，布蘭登。」惠妮聽到弟弟把電話遞給媽媽，嘆了口氣：「嗨，媽。今天好嗎？」

「惠妮。我很好。」媽媽的聲音聽起來很遙遠，而且說實話，很蒼老。

惠妮心跳加速。她要回家看看母親，但回憶總是令人沮喪。「最近參加什麼活動嗎？玩賓果？畫畫？聽起來很有趣。」

她媽媽沉默了一會兒。「沒有，沒有參加。」

「交到新朋友了嗎？」惠妮感覺自己像在對學齡前的兒童說話。

「沒有。以前有愛麗絲，後來她摔傷髖關節，現在和女兒住。真好。這裡很讓人討厭。」

惠妮忍住不笑，無視媽媽的評論。「很讓人討厭？」

「嗯哼。男人已經很少了，聞起來都像鮪魚，女人渾身香水味。我的頭好痛。」

惠妮搖搖頭。她都忘了母親多愛抱怨。老珊蒂的字典裡沒有「滿意」兩個字。「太糟了。我送的飯菜怎麼樣？」關節炎讓媽媽不好下廚，惠妮每週送營養餐。

「還可以，」她媽媽抱怨道，「我喜歡雞肉和餃子，但一個月只送一次。」

「很值得期待。」惠妮努力裝出開朗的語氣。

「說到這個，史黛芬妮隨時會進產房。前幾週的產前派對，我們很想你。」

惠妮皺起臉。「抱歉。我忙著工作和顧小孩，實在抽不出時間。」她買了一輛昂貴的嬰兒車送給妹妹。送禮讓她覺得沒有到場也情有可原。

「史黛芬妮真的很想見你。」

「我知道，我很抱歉。」惠妮知道這不是藉口，但每次回家，氣氛總是尷尬。她的家人似乎不知道如何和她開口，而她也不知道怎麼跟他們聊天。並且，她對於自己畢業後獨自離開弟弟妹妹，離開家一事仍然深感內疚。蘿西曾告訴她，她離開後，家裡變得更糟——父親酗酒和賭博的次數更頻繁，她不在家照顧他們，母親只好帶著孩子們一起工作，直到深夜。蘿西說，他們經常在加油站櫃檯後面睡著。這讓惠妮心碎。

她停頓一下，等母親問起孫子、孫女，或是惠妮照顧的蘿西。珊蒂通常不聊這些，因為她自己的問題已經夠多。自從惠妮搬到奧斯汀，母親對她的人生就不再感興趣。蘿西說她也很少收到母親的消息。顯然，眼不見心不煩。惠妮認為，母親對她離家仍耿耿於懷——畢竟她曾是免費的保姆。但母親沒有嘗試與米亞、夏綠蒂、克洛伊和梅森聯絡，讓她很難過。老珊蒂似乎不想當奶奶。

電話突然響起觀眾歡呼的聲音。「我得掛了，惠妮。《茱蒂法官》開始了。」

「哦，好的。再見，媽。」惠妮看了看手錶。已經過了三分鐘。

「很高興和你聊天，姊！」她翻了個白眼，對弟弟的調皮語氣表示不滿。「期待下週六聊天。」

「我也是！」她希望自己聲音中的喜悅不是裝出來的。雖然她意識到自己不僅給弟弟一萬美元，還讓他打這些電話，無異於自虐。

只剩九次。

電話掛斷，惠妮看手機。米亞還是沒回。她嘆了口氣，又喝一口酒，把頭靠在椅背上，閉上雙眼。與母親的談話讓她更加確信自己要跟米亞和好。她們怎會變得如此疏遠？如果惠妮對自己是誠實的，她其實不需要問。她和米亞何時開始疏遠，連科學家都不想思考：就是從半年前她跟艾斯約會時開始。這些年來她約會過幾次，但艾斯是第一個正式介紹給孩子們的男友。

她知道在女兒心中沒有人能代替麥可。但艾斯很好，他們在一起很開心。並且，他讓她重新感到年輕、性感。麥可去世後，惠妮熬過許多艱難的歲月，艾斯的出現是老天給她的機會。

惠妮揉了揉胸口的疼痛。她需要考慮別的。也許應該打電話請陶妮過來一趟。只是她的小女兒通常在週末有足球比賽。而那些網紅朋友都很忙，碰面至少要兩週前安排。

惠妮拿起手機，對曬黑的雙腿拍了一張照。打開IG，她挑選濾鏡，調亮相片，寫上短文：喲，**太陽出來了，祝你們在家度過美好的一天**。還加入三個表情符號——藍色波浪、太陽和酒杯。

好了，現在粉絲會認為她很開心。惠妮看著愛心和留言湧入，享受血清素激增帶來的快感。當她把手機放在腿上，滿足感籠罩著她。

手機在她的腿上嗡嗡作響，再次讓她嚇了一跳。米亞回覆了：**我馬上回家。我們需要談談**。

很好。她準備結束這場爭吵，儘管腸胃在翻攪。直到最近，她才第一次在女兒面前感到緊張。惠妮過去對女兒瞭如指掌，但現在的米亞幾乎是個陌生人。

她喝了一口紅酒，頭有點暈。好吧，反正她不需要擔心米亞的事。她可以坐在這裡放鬆。說實話，她累壞了。她已經辛苦了四年。甚至更久。她養大弟弟妹妹，然後有了自己的孩子，開始寫部落格。如果有人值得享受這杯酒和這個悠閒的週末，那一定就是她。

也許陶妮一直要她做的冥想練習會有所幫助。她靠在椅子上，扭動身體，找到舒服的姿勢。她專注於呼吸，吸氣三秒，呼氣三秒。她心想，**還不算太糟**。

惠妮張開眼睛，一隻冰涼的手正輕撫她溫暖的肩膀。「嗯？」午後陽光讓她瞇著眼。

米亞的身影漸漸清晰起來。「還好嗎？」

惠妮起身，甩了甩頭，驅散朦朧的睡意。幸運的是，她的睡袍繫得好好的，沒有裸露，她把空酒杯放在旁邊的桌子上，雖然她已經不記得了。「幾點了？」

「快三點了。大家都去哪了？」米亞坐在兩公尺外的躺椅上，兩人之間保留一定的距離。

惠妮撫平頭髮，手指輕拭眼睛下方，希望擦掉殘留的睫毛膏。她討厭米亞看到她這個樣子，喝醉了，還曬傷了。「女孩們都在艾娃家。梅森在睡覺。我得快點叫醒他。」

米亞點點頭，環顧後院，在座位上挪了挪身體。

「很高興你終於回家了。」惠妮發誓，自從兩天前最後一次見到米亞，她長高了兩公分半。她十五歲的女兒看起來每天越長越大。「我也贊同我們需要談談。不如你先開始吧？」

「我昨晚看了你的部落格……」米亞的聲音有些顫抖。

「真的嗎？」惠妮揚起眉毛，藏不住微笑。她以為米亞對她的工作沒興趣。「你覺得怎麼樣？」

米亞停頓一下，她的腿就像快煮壺水滾時的蓋子一樣抖動。「我，呃，以前不清楚有多少我的生活、我的故事、我的照片被PO在上面。」她一直盯著雙手，挑弄粗糙的繭。

惠妮皺眉。「什麼意思？你知道我的社群內容都和我們家有關。」

「對，但我從未真正想過這到底代表什麼。直到現在。」

「親愛的。」惠妮伸出手，摸了摸米亞的膝蓋。「我只是個愛炫耀孩子的母親。」

「不是的，媽。你在IG有百萬粉絲！」米亞深吸一口氣。「我不想出現在你的社群媒體或部落格了。尤其不想在網路上看到爸爸葬禮的照片。你能把它們刪掉嗎？」

「什麼？不。」惠妮突然覺得皮膚像被烤焦。她開始在泳池邊踱步，用手遮臉，呼吸新鮮空氣。「寫部落格和經營社群，是我生存的方式。**我們**生存的方式。這是一個事業。」

當惠妮說出這句話時，米亞翻了個白眼。每當惠妮自稱企業家時她都這樣。

「你覺得我們為什麼可以擁有這棟房子？」——惠妮指著身後華麗的豪宅——「漂亮的衣服、美食，以及任何你想要的東西？就是因為剛才讓你翻白眼的愚蠢事業。」

米亞的臉泛紅。「我很感激你賺了很多錢。但你有沒有停下來想過，我會希望自己的照片出現在網路上？還有爸爸的遺照？」她咽下口水，鼻孔微張。「你知道他有多重視個人隱私！」

惠妮腦袋充血。麥可確實非常注重隱私，而且對她的部落格不感興趣。但他已經不在了。她是這個家的家長，她認為那些照片沒有什麼可恥的。她和所有人一樣，深知死亡是生命的一部分。

「幾年後我申請大學怎麼辦？」米亞繼續說，「從招生顧問到教授再到其他同學，每個人都能找到關於我的所有內容。」

惠妮雙手緊握。她為米亞想讀醫學院，成為一名醫生而感到驕傲，這樣她就可以拯救和麥可一樣的心臟病患者。這是一個令人欽佩的志向，惠妮很尊重。但為什麼米亞不能尊重她的職業？

「現在什麼都可以在網路上搜尋。」惠妮保持冷靜，「和你同齡的孩子都會面對這樣的事情。」

「哇，好吧。」米亞的臉變得像番茄一樣紅，惠妮看著她眼中湧出淚水。米亞終於開口，雖然很小聲。「算了。別再寫關於我的東西。至少可以把爸爸的遺照撤下？你知道他不會希望被全世界看到。那些都是舊文了。」她的語氣變得苦澀。「我懷疑還有人會關心你死去的丈夫。」

「別這樣，」惠妮厲聲說道，「你知道這些照片和我們家的故事，為協會募集好幾千美元嗎？難道不算什麼嗎？」

「我不知道這件事。」米亞顫抖著，「但我還是希望你把照片撤下。」

惠妮坐在躺椅上。她討厭看到女兒這樣，她希望自己能滿足孩子的要求。無論好壞，孩子的一生都取決於她的事業。她搖了搖頭。「米亞，我不能這麼做。」

「為什麼？」

「因為你父親去世了……」她哽咽著，望著波光粼粼的泳池，想起經紀人泰勒。她會怎麼說？「因為這就是為什麼這麼多人關注我的原因。我寫的是失去丈夫、如何當一個母親，以及我的生活。」

米亞輕蔑哼了一聲。「太荒謬了。即使沒有爸的照片，你還是可以在社群平臺業配。」

「我不是只有在賣東西，」惠妮咬牙回答，「粉絲關心我和這個家，信不信由你。」

米亞盯著遠方，一邊拭淚，一邊喘氣。

惠妮語氣緩和下來。「我知道你討厭我公開爸的照片，但最近有網友說，她丈夫胸痛，她帶他去檢查。」她伸手想撫摸女兒手臂，但米亞卻收回，躲開。「那些故事拯救了一個生命。」

「是在開玩笑吧？」米亞臉上寫滿不屑。「你大可不必發那些照片。你知道爸討厭別人看到他那個樣子。」

惠妮坐直，挺肩。也許有一天，她會告訴女兒父親去世時他們陷入的財務困境。但現在還不是時候。惠妮盡可能保護孩子對父親的美好回憶。「我想你爸會因為我照顧好全家人而感到驕傲。他會相信我的判斷。」

米亞站起來。「好吧，我不這麼認為。」輪到她來回踱步。「對你來說，都是錢的問題，對嗎？」

「是的。和你不一樣，我曾經一無所有。」惠妮揉了揉太陽穴。她抬頭看米亞，「你絕對不會希望在這個年紀經歷我所經歷過的一切。你不知道我承受多大的壓力，才能讓這個家走下去。經歷過飢餓、恐懼和孤獨，你就會想盡辦法不再回到那種生活。」她的女兒永遠不會理解，惠妮給了她自己的父母所無法給予的東西：金錢和時間。

米亞重新坐在躺椅，疲憊不堪。「我不懂你為什麼要公開那些照片。」

「那也是我生命最糟的一天。但我走過來了。甚至變得更好。我不想隱藏這一段人生。」

「最糟的一天？」米亞憤怒揚眉，「這件事為你帶來數十萬粉絲，應該是你生命最好的一天吧？」

惠妮彷彿被女兒摑了一巴掌，頓時退縮。米亞真的這麼討厭她？「是最糟的一天。」她低聲回答，「我愛你爸爸，我愛我們的生活。非常愛。」她試圖向米亞解釋清楚。「即使我刪除那些照片，它們仍然會出現在網路上。網路就是這樣。」

「就不能試一試嗎？」米亞下唇顫抖，突然看起來像個小孩，對無法做到某件事陷入沮喪。

惠妮閉上眼睛。她知道這個要求幾乎不可能實現。網路是無限的。她們怎麼有辦法刪除所有的照片？但她討厭看到米亞這麼難過，而她們的關係這麼破裂。

這是她女兒。她發誓願意為她付出一切。絕對是一切。

「好吧。我會和泰勒談談，看她有沒有辦法把照片撤下。」

米亞吃驚地張大嘴巴，「真的嗎？」

「真的。」惠妮知道妥協是值得的。「但你必須答應今晚開始回家睡。我想你。我們都很想你。」

恰好此時，梅森睡眼惺忪走出來，吸著大拇指。他看到米亞，眼睛一亮。「米米！」梅森大喊，奔向米亞，抱住她的膝蓋。

「嘿，小子。」米亞把弟弟抱到懷裡。

「我好想你。」梅森依偎在姊姊胸前。

米亞給媽媽一個試探性的微笑。「我也想你。」

惠妮看著他們，如釋重負。米亞回家了，她們想出一個折衷方案。如果撤下照片比想像中的更難，她也不會訝異。但這個問題以後再想。

HateFollow.com

哎噁，桃樂絲 10月14日 下午5:03

某妮炫耀她家泳池。嫉妒得要死。可以有那樣的後院要我做什麼都行！

權勢凱倫 10月14日 下午5:36

我懂。想到那些網紅靠無聊照片和蠢影音大撈一筆，很躁。

布鹿斯威利 10月14日 晚上6:17

至少她這週末看起來有花時間陪小孩。之後再用8小時美容犒勞自己。#感同身受

06 米亞

米亞無法否認回家很開心。她喜歡和卡蜜拉以及她的父母待在一起，但她迫不及待想今晚躺回自己床上。

媽媽實現承諾，跟她的經紀人談，希望找到一位技術專家，從網上撤除葬禮的照片。泰勒保證週一優先處理。贏得這場戰鬥的感覺真好，終於可以喘口氣。米亞希望母親能意識到她對父親隱私的重視，以及自己不想被當作道具。她會不斷提醒。刪除葬禮照片是一個好的開始。

夏綠蒂和克洛伊從朋友家回來，她們看到米亞時和梅森一樣激動。姊妹們依偎在沙發上，看了一部電影。

「媽媽！」片尾字幕出現，克洛伊喊道，「我餓了。晚餐吃什麼？」

惠妮從廚房走過來，露出不確定的表情。「剛訂了披薩。」梅森和雙胞胎歡呼。「我本來一個小時後要和艾斯約會，但如果你希望，我可以取消，米亞。」

米亞仍然不習慣媽媽約會，她不是艾斯的粉絲，但她沒有力氣再為此惱火。

「沒關係，媽。去吧。」

就在她說完這句話時，手機響了。蘿西說她正在回家的路上：浪漫喜劇和甜點？

對米亞來說是一個完美之夜，她回覆一個塗指甲油的符號。

她不介意媽媽出門，但她能看出媽媽很焦慮。蘿西回到家，惠妮讓她們坐在沙發上，幫她挑衣服。

米亞一開始翻了個白眼，但這場時裝秀最後變得很搞笑。

第一套造型是黑色連身褲搭配銀色高跟鞋，克洛伊給短評：「太無聊了。」

「沒禮貌！」惠妮一邊說，一邊轉來轉去。「如果搭配亮一點的飾品呢？」

「下一個！」克洛伊大聲喊道，其他孩子也咯咯笑著。

惠妮氣呼呼地離開，幾分鐘後回來，換了一件下擺帶褶邊的亮粉色迷你裙、牛仔靴。

「哇，」蘿西面無表情地說：「昨天在梅森的學前班，我好像看到有小女孩穿得一模一樣。」

「你看起來像是漢娜！」梅森尖叫，從沙發滾到地板上，踢著腿。姊姊們嚇到不行。

惠妮從房間走出來，紅色亮片上衣，灰色運動褲塞進馬汀靴，黃色羽毛耳環。

「我覺得這件不錯。」她轉一圈，表情很嚴肅。

「這。是。什麼。」夏綠蒂皺眉皺得好痛苦。

「不。」梅森一本正經。

這引起米亞和蘿西的注意，她們再也忍不住了，放聲大笑。

「怎麼？你不喜歡？」惠妮走過來搔梅森癢。「我覺得運動褲和亮片很搭。」很快，他們笑得人仰馬翻。米亞環顧四周，看著一張張笑臉。他們好好笑、好傻、好無憂無慮。

「好吧，好吧。我再試一次。」惠妮回到臥室，換上另一套。「我想我找到了。」她穿上一件性感花裙，裙擺剛好蓋過膝蓋，搭配金色繫帶平底涼鞋。看起來美極了，漂亮又舒適，準備好享受一個有趣的約會。（米亞仍然不敢相信媽媽有男友了。）

「就是這件。」米亞說。這時門鈴響了。

「呼。」惠妮對她笑了笑。「來得正是時候。」雙胞胎跑去開門，梅森緊隨在後。

「哇，真熱鬧。」艾斯說。

「你看起來好美。」艾斯把手放在惠妮的臀部。

惠妮走過去親吻艾斯的臉頰，臉上洋溢幸福的光芒。

「我們有幫忙！」克洛伊喊道。

「是的，他們喜歡。這是唯一大家都同意的一套。」

「太完美了。」艾斯抓住惠妮的手，把她轉了一圈。「你們太棒了。」

米亞發誓她看到媽媽臉紅。

「和蘿西阿姨、米亞玩得開心。」惠妮給每個孩子一個擁抱。「別吃太多甜食，不可以熬夜。」孩子們抱怨哀嚎。

惠妮看著蘿西。「梅森的睡覺時間是七點半，克洛伊和夏綠蒂是八點半。」

「知道了。」蘿西向惠妮鄭重地點頭，誇張地眨了眨眼，逗得孩子們哈哈大笑。

艾斯向惠妮伸出手臂，一起走向溫暖的夜晚，大家揮手，直到他們走到艾斯的藍色跑車。米亞很高興看到艾斯幫媽媽打開車門。至少他是個紳士。

「她看起來很高興。」蘿西在她身邊說道。

「確實如此。」儘管看到媽媽和另一個男人在一起，仍讓米亞心痛。

晚餐後，蘿西幫梅森洗澡，接著是雙胞胎。五個人花一小時吃冰淇淋、玩了三輪你畫我猜，還看了好幾本書。最後到了睡覺時間。

收拾完畢，一切歸於平靜，米亞和蘿西坐在沙發上，吃爆米花，塗一籃子的指甲油。四年前，米亞剛剛搬來，她和阿姨不熟，現在她們之間已經建立了深厚的友誼，僅次於她和卡蜜拉。這些日子以來，蘿西就像她的大姊姊。儘管兩人相差十一歲，但她們都喜歡流行音樂、浪漫小說和烘焙。蘿西跟她分享大學生活，以及作為一個大學生的感受，而米亞則向蘿西傾訴她從未談過戀愛的人生，以及她在學校總是獨來獨往的原因，她真的好想考上醫學院，想在人們心臟病發前即時治療，不再像爸爸那樣。

「你最近幾天不回家是怎麼了？」蘿西一邊問，一邊看著螢幕上的《對面惡女看過來》。今晚是老電影之夜。

米亞嘆了口氣。她不太想重回當時。「我生媽媽的氣。我厭倦她那些愚蠢的拍攝。我在她的部落格看到了一些我不喜歡的照片。」

「什麼照片？」蘿西小心翼翼地在腳趾甲塗上深藍色指甲油。

「就是一些我不喜歡的東西。」

蘿西揮了揮手。「繼續說。」

在米亞還來不及阻止自己之前，她就把所有的事情都說了出來：媽媽忘記爸爸去世的日子，這讓她很生氣；學校裡有個刻薄的女孩嘲笑她，提到她媽媽是個網紅；米亞發現爸爸葬禮的照片，還有她和弟弟妹妹的所有公開圖文。

當她終於說完，蘿西只是看著她。「哇。也太多了。」

「對吧？」

蘿西塗好指甲油，回到沙發上等乾。「我明白你的意思，米亞，我明白。我很高興你對想公開什麼，不想公開什麼設定了界限。你媽媽的網路影響力是很大的。」

米亞看了阿姨一眼。「當然，她賺了很多錢。但她對社會有貢獻嗎？」

蘿西抓起一把爆米花。「她撫養四個孩子還供我上大學。你覺得這沒有意義？她給的比我父母做的更多。」

米亞知道，她的祖父母在媽媽和蘿西小時候並沒有重視學業，也不常在家。但媽媽不喜歡談這些。

「她就不能換個工作嗎？一份普通的工作？為什麼非得在網路上分享生活的細節？分享我的生活？」

「聽我說，我當過快餐店收銀員、服務生、清潔工和保姆——日子過得很苦。找到一份好工作非常困難，特別是當你沒有大學文憑的時候。你媽媽不可能負擔得起這些，」——蘿西指著整潔的客廳——「憑一份普通的工作。你比我們擁有更多機會，這都要歸功於她。」

「所以我就應該讓她隨意發布關於我的任何內容？」

「不，你有權說出你不喜歡的東西。也許你們可以每月碰面一次，討論她要發布的內容，你擁有最終否決權。」

米亞點點頭。「這是個好主意。」

「但你不應該要求她如何講述她的人生。是的，你爸爸去世了，這讓人崩潰。但是，你媽媽也失去了她以為會永遠陪伴她的丈夫。難道她就不能寫出來嗎？不能和其他有同樣經歷的女性分享嗎？」

米亞雙眼灼熱，她明白了。「我知道了。我不知道失去丈夫是什麼感覺。我只知道我想念我爸。」

蘿西把爆米花挪開，靠近米亞，拉她入懷。「我知道，親愛的。如果沒有經歷過，就很難理解。我和你媽是在同一個地方被同一個人撫養長大的，但我們的生活截然不同。」

「你小時候的生活是什麼樣的？」米亞知道蘿西和她媽媽的童年很艱難，家裡沒錢，經常吵架，有時連飯都吃不飽。

蘿西搖了搖頭。「那段時間很苦。我們五個孩子，惠妮是最大的，擔起很多責任。我出生的時候，父母已經累得無暇顧及小孩。他們不會鼓勵我取得好成績，也不幫我做作業，甚至不做飯。很長一段時間都是你媽媽照顧我們。」

「她離開的時候，你生氣嗎？」米亞問。她心裡想著：如果媽媽離家時已經十八歲，那麼蘿西當時只有七歲。

她的阿姨睜大眼睛看著她。「當然。我當時還是個小孩，不明白為什麼姊姊要離開。我生她的氣很久很久。但現在我懂了，她是為了拯救自己。然後，她回來拯救了我。我很快就會獲得資訊工程學位。如果沒有她，這一切不可能發生。我永遠無法報答。」

指甲油乾了，電影也結束了，米亞和蘿西道了晚安，上樓準備睡覺。她一邊洗臉刷牙，一邊想著阿姨的話。雖然媽媽沒有上大學，但大學一直是米亞生活很重要的一部分。爸爸對西北大學的執著更加深這一點，媽媽讓米亞知道她有她的支持。老實說，米亞從未懷疑過，甚至從未煩惱過學費。

聽到阿姨說自己並不是理所當然一定能上大學，米亞頓時恍然大悟。她應該更尊重媽媽，媽媽作為網路意見領袖，生活過得如此優渥，收入從來都不是問題。她發誓從現在開始更加珍惜這一切。

07 惠妮

「謝謝你呀。」艾斯在市中心一家時尚中餐廳，為惠妮拉開椅子。她把手放在他結實的手臂上，然後坐進座位。艾斯坐在她對面。

與米亞和好之後，惠妮很高興能出來約會。他們一邊點飲料和開胃菜，一邊分享各自的生活。約會與婚姻截然不同。輕鬆、有趣、令人興奮。即使與艾斯相處了六個月，惠妮在他過來之前仍然會心跳加速。結婚十一年，她已經忘記了這種感覺。

與艾斯在一起時，純粹的快樂更加強烈，自從麥可去世，她幾乎不再感到快樂。失去丈夫改變了她，這種改變是她永遠無法完整表達的。她曾以為自己注定孤獨一生，永遠哀傷。但三年半後，她遇見了艾斯。雖然有時仍會陷入難過，但現在的她終於能感到快樂，不再被悲傷籠罩。

「我迫不及待想今晚和你共舞。」艾斯隔著桌子親吻她的手。

惠妮臉紅，用少女般的笑聲遮掩。她不知道艾斯指的是音樂會——他們正在附近的一家戶外酒吧，欣賞一支受歡迎的八十年代翻唱樂團——或是音樂會結束後。但她對這兩件事都很興奮。這個男人讓她心潮澎湃。他尊重她的約會底線。不在她家過夜——她不想讓米亞或其他孩子撞見艾斯在煮咖啡，或是在早餐前溜走。而且她必須在孩子們起床前回家。沒有例外。

服務生送來酒、蛋捲和辣餛飩，他們點了主菜：她吃麵，他吃烤鴨。

「米亞今晚看起來很高興，」艾斯邊吃邊說，「你們把話講開了？那天她非常生氣。」

「對，她確實很生氣。」惠妮笑著說。她想輕鬆一點，那個難熬的一週是她現在最不願煩惱的事。

「但我們各有妥協，我想我們和好了。」

「養育孩子似乎很難。」艾斯向後靠，喝了一口啤酒。「我很佩服你。我一直不敢想。」

惠妮差點把酒吐出來。「真的嗎？從來沒有嗎？」她當初是睜亮眼睛走進這段感情的——畢竟艾斯已經四十二歲了。如果想結婚，早就結了。但他們並沒有真正討論過。當朋友介紹他們認識時，艾斯知道她有四個孩子。她只是以為這表示他不會介意生活中有小孩。「那你為什麼和我在一起？」

艾斯咧嘴一笑。「因為你很性感。也很有趣。」惠妮一定沒有表現出心動，因為艾斯繼續補充，「而且你很聰明，是個出色的企業家。」

惠妮翻了個白眼。「聽起來好多了。」她喜歡他欣賞她的頭腦和創業能力。但她也不否認，再次被當作一個卸下母親身份的女人，挺不錯的。

她不會擔心他不想要孩子。至少今晚不會。惠妮不知道自己到底想要這段感情為她帶來什麼。她聽說過一些年輕媽媽的故事，她們在丈夫去世兩年內訂婚，甚至再婚。但惠妮在遇到艾斯之前幾乎沒有約會過——除了工作與孩子，根本沒有時間。說實話，她也沒有興趣。麥可是她唯一想在一起的人。

惠妮喝了一口酒。她需要停止思考這個問題。誰在乎艾斯是否想要孩子？她還想再做一次妻子嗎？分享房子和金錢？孩子們想要新爸爸嗎？米亞當然不想。當然，她很希望生活中能有一個人與她分享快樂和悲傷，在她承擔事業和家庭的責任時，有人能陪在她身旁。但現在最重要的是和艾斯在一起很開心。她感覺找回了自我。至少找回了身為母親以外的那個部分。

麥可去世後，她度過了數月——**數年**——孤獨而悲傷的日子。最糟糕的不是生日、紀念日和節日。那些日子惠妮會收到一堆電話、簡訊、禮物和邀請，日子過得飛快。真正痛苦的是那些日子的前後幾天。還有前後幾夜。夜晚總是漫長而孤單。孩子們上床睡覺，房子收拾乾淨，一切歸於平靜，惠妮鑽進被窩，打開電視，只是為了打破寂靜。有時她會打電話給陶妮，通常她會寫信。她會向粉絲傾訴。她的社群比任何支持團體都要療癒。有時，她覺得與和她一樣心碎過的女性建立起連結，是支持她走下去的唯一方式。

她覺得自己在社群媒體上備受關注。她對艾斯也有同感。

主菜剛上桌，艾斯告訴她這週在職場遇到的難題。他是某科技公司的行銷副總裁，擅長解決問題和溝通。

「那麼，關於拍攝——攝影師說應該會在下週拿到樣張。」惠妮一邊吃麵，一邊盡量表現得若無其事。「我應該現在就發還是再等等？」

「哦，太好了。」艾斯大口享用美食。惠妮耐心等他咀嚼。「我能先看看嗎？然後我們再討論分享的最佳時間。」

「當然可以。」惠妮微笑著，但無法擺脫這樣的想法：艾斯對於在社群媒體公開身份感到害怕。也許這對艾斯來說太過陌生——的確很陌生。大多數情侶不必向成千上萬的人宣告。她又喝了一口紅酒，提醒自己不必立刻做出決定。「我同意。」

吃完飯，他們手牽手走到舉辦戶外音樂會的酒吧。當艾斯再去拿一輪酒時，惠妮拿出手機，拍了幾張照，包括他的背影。她喜歡粉絲詢問她神祕的新男友。果然，在照片發布限動的幾秒鐘後，訊息開始湧入。

那個帥哥是誰？

鞋子真好看！

你什麼時候才公開新男友？

艾斯回來，惠妮欣喜若狂。他先遞給她一杯伏特加湯尼，然後擁她入懷，深情一吻。

我真的好幸運！惠妮心想，樂團上臺，男友的手緊握她的手。很快，他們隨著音樂起舞，一起哼唱。跳舞時，惠妮享受心跳加速、汗水浸濕，以及男友的手放在她臀部的感覺。其他一切都不重要。她忘了工作、忘了孩子、忘了所有責任。唯一重要的是活在當下，回憶她曾經的模樣。在成為媽媽之前，在陷入悲傷之前，在生活向她拋出重擔之前。

HateFollow.com

94嘴秋 10月14日 晚上11:37

唉。她又上傳更多神祕照片。放棄吧，惠妮！沒人在乎。

經典芭比 10月14日 晚上11:39

我住奧斯汀，我知道這個男人是誰。他是城裡有名的單身漢。

俗氣外露 10月14日 晚上11:41

樓上有卦？快說！

板主 10月14日 晚上11:41

溫馨提醒，本論壇禁止公開個人資訊。

俗氣外露 10月14日 晚上11:48

@經典芭比：私

08 米亞

一週後，米亞在學校門口見到卡蜜拉，她幾乎是跳著走。惠妮做了鬆餅早餐，米亞和弟弟妹妹們一起吃的時候，惠妮講了一些關於爸爸的趣事，比如說那次「十一鬍子月」挑戰。當為期一個月的挑戰結束，爸爸只剃掉左半邊的鬍子。過了兩天，直到媽媽真的受不了了，才叫爸爸全部刮掉。

「嗨，正妹。」卡蜜拉朝她笑了一下。「早上過得怎麼樣？」

「很好，吃了很多楓糖漿。」

煎餅配培根，這是米亞和爸爸的每週儀式。從她五歲就開始了，那時雙胞胎剛出生不久。媽媽整夜照顧嬰兒，早上爸爸會悄悄溜進來餵奶，然後把雙胞胎放在搖椅，再叫醒米亞。他們一邊哼歌哄寶寶，一邊快速攪拌麵糊，準備切片香蕉和巧克力脆片，星星、蝴蝶、恐龍造型的鬆餅，靈感來自那一週的任何事。那是她最喜愛的早晨時光。

「好吃。」卡蜜拉打開學校大門。「你今天有考試嗎？」

「沒有。今天應該會很無聊。」

「真幸運。我歷史課要考試。早知道週末多讀點書。」

前一天，她們在溜冰場待了五個小時，練習卡蜜拉生日派對的舞蹈。米亞只有一次真的跳得開心。

她正想說「祝你好運」，但注意到同學們看著她竊竊私語。

她感到一陣寒意。**現在是怎樣？**

她們走到轉角置物櫃，米亞注意到走廊上貼有幾十張照片。一群學生正在看著照片，咯咯發笑。當他們看到她，每個人都轉過身，或是低頭看自己的腳。

她從牆上撕下一張紙，才意識到那是什麼：她的雙胞胎妹妹泡在浴缸裡——而她俯身對著她們笑，手臂上都是泡沫。她有穿衣服，但雙胞胎一絲不掛，除了腰部以下有泡沫。米亞想起那天，克洛伊和夏綠蒂大概四歲。看到妹妹們如此裸露，她的舌頭發麻。照片底下，有人用紅筆潦草寫著：「哇，好尬喔，米亞。」她看到奧莉薇亞•班克斯和同伴在走廊上笑著，用手指著照片。三人正在猜是誰做的。

米亞把紙拿給卡蜜拉。「克洛伊和夏綠蒂。」她的聲音哽咽。

卡蜜拉表情憤怒。她愣了一下，然後抓起手邊所有照片。「你們這些人怎麼了？」她喊道，「難道不知道什麼是兒童色情嗎？需要把你們交給警察嗎？」

「兒童色情」讓走廊一片鴉雀無聲。米亞確定自己快要暈倒了。

「這是怎麼回事？」是她的生物老師史考特先生。

卡蜜拉發現米亞無法開口，主動上前遞給老師。「有人印出米亞和她妹妹的照片，貼滿走廊。」老師低頭看了看照片，又看了看米亞。鈴聲響起，他們嚇了一跳。「快去上課。」老師提高嗓門喊著。「別擔心，我會讓校長知道。」

米亞瞥了一眼奧莉薇亞，她的臉僵掉。

大家一哄而散，史考特先生看著米亞，問：「這是什麼？」

米亞靠在置物櫃，呼吸平穩後，搖搖頭。「太蠢了。」她停頓一下。「我媽是網紅，那一定是她很久以前發的照片。」

「好。」他嘆了口氣，看著卡蜜拉。「我聽到你大喊『兒童色情』。我不認為這些照片是，因為她們的……呃，性徵……沒有裸露。」他清了清喉嚨，「我會和校長確認。如果有必要，會打給州警。」他轉向米亞。「我們把照片撕下，然後我拿去碎紙。」

米亞點點頭。

他們三人默默撕下照片，堆成一堆。「你會知道是誰做的嗎？」史考特先生悄悄問她。

「可能是濾鏡女孩的其中一位。」

「濾鏡女孩？」

「奧莉薇亞・班克斯和她的夥伴。」

「啊。你有證據嗎？」

米亞搖了搖頭。「只是她似乎很關注我媽媽。」

「我會調查的。你還能上課嗎？」

她又點了點頭。她當然不想回家。「需要什麼跟我說。」史考特先生揮手示意，要她們去上課，卡蜜拉在她們分開前，給米亞一個擁抱。

接下來幾個小時，米亞只聽到同學竊竊私語，胃不停翻攪。幾乎沒辦法聽進去老師的講課內容，她滿腦子都在擔心，自己什麼時候會被叫到校長室。警察會來嗎？他們會逮捕奧莉薇亞嗎？

英文老師米恩斯小姐，正在喋喋不休講解文學流派，教室的門突然被打開。校長室祕書。當她遞給米恩斯小姐一張紙條時，米亞勉強打起精神。

老師花了一秒鐘時間讀紙條，然後直視她。「米亞？尼爾森校長找你。」

09 惠妮

惠妮覺得最能表現自己影響力的時刻有三種。第一種是拍照，造型師陶妮和攝影師，讓她看起來是最棒的自己。第二種是在街上有人認出她，跟她合照。第三種是泰勒每個月從洛杉磯飛來，她們一邊吃午餐一邊討論合作案。

惠妮漫步在南國會大道上，準備和泰勒共進每月一次的午餐，這時，一位推著嬰兒車的小姐攔住她，要和她自拍。「我關注你很多年了。」兩人擠在一起合照。

惠妮的「網紅賓果」達成一線。

當她走進最喜歡的海鮮餐廳時，感覺有點像搖滾明星，這裡是南國會區的熱門景點，也是欣賞這座城市與人們的最佳地點：騎電動滑板車的時髦鬍鬚男、穿著大尺寸T恤和緊身運動短褲的女大生，以及可能是網紅的時尚新秀，儘管她們的粉絲群小得多。

雖然惠妮絕不會大聲說出口，但只要想到自己有經紀人，她內心就會激動不已。在她成長的過程中，沒有人知道她的存在，她的家庭靠微薄的收入維持生計。現在的她賺了很多錢，很受歡迎，所以需要有人管理她的職業生涯。人生好瘋狂。

她比預定的時間早到幾分鐘。頂著蓬鬆的金髮魚骨辮，畫著令人羨慕的眼線，惠妮走到橡樹下的露台。她點了冰茶，享受陽光下的商業午餐，靠在椅子上，感受臉上的熱風，數著她的幸運。

一陣微風拂過樹梢，泰勒面帶笑容，拿著手機走過來。

「我最愛的網路紅人最近過得好嗎？」她問，惠妮站起來擁抱她。

看到泰勒身上穿的是上週在Nordstrom百貨看到的印花長裙，惠妮很高興自己穿了新的貼身洋裝和Tom Ford高跟鞋，整整花了兩個小時準備。泰勒的鉑金色頭髮，剪了時髦的瀏海，凸顯她輪廓分明的顴骨，以及一筆一筆畫出的深色羽感野生眉——這是惠妮無法接受的時尚——還有只塗紅色唇膏的飽滿娃娃唇。儘管這讓惠妮很難接受，但她的經紀人確實比她年輕、比她瘦、比她漂亮。此外，她擁有健康、充滿活力的生活，她選擇健身課和綠色蔬果汁，而不是小孩。她經常覺得，成為網紅的應該是泰勒，不是她。

「猜哪個品牌願意付你十萬？」泰勒一邊拿起菜單，一邊挑眉，得意地問著。這個女人總是直接切入重點。

惠妮被嗆到了，她剛喝一口水。這是有史以來最高價。「哪個品牌？」她結結巴巴。

「Target百貨。」泰勒靠在椅背上，露出滿意的微笑。「只需要寫三篇貼文、三則短影音、兩篇部落格文和幾篇家庭故事。」她舉起水杯。「我們應該開香檳慶祝。」
泰勒示意服務生，惠妮呆呆看著窗外熙熙攘攘的城市。她知道不會像泰勒說的那樣輕鬆——一直都不是——但十萬實在太多。
「哇。」惠妮無言以對。
服務生將一瓶香檳送到他們餐桌，倒滿兩只香檳杯。
「不敢相信。」惠妮搖了搖頭，和泰勒碰杯。她腦海中浮現金錢可以買到的一切，每筆都很重要。房貸、母親好幾個月的租金、蘿西剩餘的學費、每個孩子的大學基金。突然間，她匯給弟弟的那一萬元——這讓她感到反胃——似乎沒那麼重要了。
「我知道！我很想告訴你這個消息，但我想當面看看你的表情。」泰勒輕輕搖晃身體。「他們想邀你參加春季宣傳活動，我們得加快腳步拍攝。他們對你的漲粉率以及粉絲互動印象深刻，尤其你PO了那篇向麥可致敬的貼文以後。」
惠妮聽到這句話時，胸口一悶，米亞憤怒的表情浮現在眼前。但她很快拋之腦後。她可以隨心所欲分享自己的故事。顯然，很有效果。
「他們喜歡你有各個階段的孩子。」
「各個階段？」

「幼兒、小學和高中。」

「哦，了解。」惠妮喝了一口香檳，酒精直衝腦門。「雖然高中那位可能有點問題。」

泰勒看起來像是在努力皺眉，但臉上沒有一絲皺紋。肉毒桿菌。「什麼意思？」惠妮一臉不好意思，「記得我要你把麥可的照片撤下嗎？」

泰勒點頭。「順帶一提，這步棋走錯了。那些照片是構成你人生故事的重要環節。」

惠妮皺眉。「我知道，我和米亞為此大吵一架。我們和好了，但她不想再出現在我的社群媒體或部落格了。」

「天哪。」泰勒在空中揮手，彷彿想趕走一隻討厭的蒼蠅。「她只是在試探界限感之類的東西。對高中生來說，這很正常。」她喝了一口香檳，給惠妮一個鼓勵的微笑。

「我只是要更謹慎。」惠妮的身體突然變得沉重。「我認為她不會同意拍攝Target百貨的照片。」

泰勒倒抽一口氣，似乎在斟酌用詞。「這是個問題。對方希望全家人都參加。」

「我知道。」餐桌上的氣氛不再歡快。「我不知道該怎麼辦。」

「你需要和米亞談談。」泰勒現在很嚴肅。「解釋一下。她是個聰明的女孩。她會理解的。」

「我不太確定。」

「這筆生意一定要做。」泰勒堅定地說：「這會讓你飛黃騰達。想想今後可以要求的費用。」

毫無疑問，泰勒很高興惠妮可以提高收費，因為她每達成一筆委刊，就能抽成百分之二十。

「米亞真的很不高興。」

泰勒勉強笑了笑。惠妮知道她不想再談這個話題。

「甜言蜜語哄一哄。發揮你的魅力，媽媽。」泰勒又喝了一大口香檳，笑著說：「或者，如果真的不行，就賄賂她吧。告訴她這是為了大學基金，或者去巴哈馬旅行什麼的。記住：『這會讓你們全家過上好日子。』」

「好吧，好吧。」惠妮回覆，雖然她不相信。那天的米亞比她見過的任何時候都要生氣。她又喝了一口香檳，感覺四肢輕快了起來。米亞一定會理解Target百貨廣告為什麼很重要，尤其如果惠妮向她解釋家裡的財務需求。如果有必要，她可以為她做一份簡報。

「很好。」泰勒點點頭，放下香檳杯，露出笑容。「她會想通的。小孩就是這樣。每個孩子都需要媽媽。」

一個小時後，惠妮拖著疲憊的身軀回到家。香檳的醉意漸漸褪去，取而代之的是一陣頭痛。她打開前門，把鑰匙扔在玄關茶几，拿起一堆未拆封的帳單。翻閱信用卡帳單時，她的胃一陣翻滾，她看到房貸通知，以及克洛伊從單槓掉下來、摔斷手臂，看了三次骨科的帳單。

作為養家活口的人有時會承受巨大的壓力，而這使她獲得十萬美元的合約。她唯一可以依靠的人只有她自己。她從過去的艱難學到這一點。

環顧四周，惠妮希望有人能和她一起慶祝。說實話，她希望米亞在這裡。她只想和女兒聊聊，問問學校近況，聽聽《漢密爾頓》的原聲帶，或者去阿拉莫影城看場電影，喝杯奶昔。

就在這時，她的手機響了。「喂？」

「高登小姐。」一個她從未聽過的低沉聲音。

「什麼事？」

「我是奧斯汀高中的尼爾森校長。米亞有點事。你能馬上過來嗎？」

惠妮絞盡腦汁，想弄清楚為什麼學校會找她，她的女兒內向又可愛。霸凌？作弊？惠妮知道女兒在生物課的表現不好。天哪，難道有人帶槍？

「發生什麼事？」她問道。

「來了我們再談。」他語氣陰沉，似乎經常打這種電話。「等等見。」

HateFollow.com

礙事莉 10月23日 下午2:07

叮！叮！叮！我今天在南奧斯汀看到惠妮了！她本人非常可愛，超級nice。我蠻意外的。（她穿得好醜。給她一個造型師吧！）

94嘴秋 10月23日 下午2:10

太讚了吧！捕捉野生網紅！她頭髮怎樣？那些假髮也看起來很糟？

礙事莉 10月23日 下午2:13

說實話，我沒注意。我就跟她打招呼，然後一起自拍。

94嘴秋 10月23日 下午2:16

你跟她合照？

10 米亞

米亞關上車門，坐在副駕。那二十分鐘是她最尷尬的時刻。

她不得不坐在那，聽校長——她才入學幾個月！——和她母親談論「未成年人裸照的問題」。警察局表示這些照片「不構成兒童色情」，然後試圖淡化。他說這只是「小孩子鬧著玩」——奧莉薇亞・班克斯不會有任何懲罰——「這就是當家庭生活出現在公眾視野的後果」。他還向她們保證，不會再發生類似的事情。米亞不知道校長怎麼能這麼確定。

當媽媽與尼爾森校長握手時，她感到怒火中燒。媽媽把那些愚蠢的照片發到網路上，現在她卻不得不面對這一切。奧莉薇亞和學校裡的人絕不會善罷甘休。

回家的路上，米亞拒絕看媽媽，她的眼睛只盯著窗外飛馳而過的風景。

「米亞。」惠妮在紅燈前溫柔地說道。她沒有回答，憤怒的淚水灼燒她的眼皮。

「親愛的，發生這樣的事，我非常抱歉。不管是誰把那些照片貼在學校，都是個混蛋。」

米亞保持沉默。

綠燈，惠妮踩下油門。「我知道現在感覺像是世界末日。我保證，當你回顧高中生涯，這一切都只是一個小插曲。」

米亞轉過身，看著她的母親，眼神充滿憤怒。「一個小插曲？一個小插曲？你是認真的嗎？你還是不懂。你孩子的隱私被侵犯了。現在有上百個青少年看到克洛伊和夏綠蒂的裸體。你怎麼不知道這是多麼嚴重的事？」

惠妮咬緊牙關，直視前方道路。「克洛伊和夏綠蒂拍的時候只有四歲，她們的私密部位都有妥善遮住。今天的事並不是世界末日。」

米亞竊笑，轉過身看著窗外。母親竟然認為公開這些照片並無不妥，沒有侵犯孩子隱私，這簡直令人難以置信。她就是不理解——這表示她還會繼續這樣做。「我永遠不會原諒你。」她嘶吼道，「把我送到卡蜜拉家。我今晚住那裡。」

米亞等著母親和她大吵，但惠妮只是輕輕嘆了口氣，轉彎開去卡蜜拉家。

車剛停穩，米亞就跳上人行道，摔車門。直到進入賈西亞家，她才回過頭。媽媽的休旅車在外面等待一分鐘後，才緩緩駛離。

「米亞？」伊娃走來，神情恍惚，衣衫不整，就像剛睡醒。

「嘿，伊娃。」

「現在才兩點半。」伊娃揉了揉眼睛，「你不是應該在學校嗎？」

「我和我媽被叫到校長室了。」

伊娃睜大眼睛。米亞和卡蜜拉不是那種會被叫到校長室的孩子。「為什麼？」

米亞的肩垂了下來。她突然感到精疲力竭。「一會兒再談好嗎？我要去卡蜜拉的房間休息一下。」

「當然可以，南瓜籽。」伊娃摸著米亞的臉，滿是擔憂。「躺一下吧。我們晚飯再談。」

兩個小時後，卡蜜拉衝進房間，米亞已經熟睡了。

「你去哪兒了？」卡蜜拉把背包扔到地上，開燈。「我等你三十分鐘。」

米亞哀嚎著，被子蒙在臉上。「尼爾森校長把我叫到辦公室。我媽也在那裡。」

「天哪。」卡蜜拉倒在床上。「你媽媽說了什麼？」

「她說那只是個小插曲。」

「小插曲？什麼意思？」

「幾年後，事情就無關緊要。但她沒在現場。太可怕了。」

「太糟糕了。」卡蜜拉搖了搖頭。「想吃冰淇淋還是什麼？」

「不。」米亞的胃因焦慮而絞痛。「我得做作業。」

卡蜜拉播放哈利・史泰爾斯的歌單安撫她。奏效了。

兩個小時後，有人敲門。米亞抬頭一看，發現奧馬爾站在門口。他只比女兒高一點，有著寬厚的胸膛、溫暖的棕色眼睛和親切的笑容。他是大家都會想和他交朋友的人。

「嘿，女孩們。媽媽好像又不舒服了。你們能幫我擺餐具嗎？」

「當然可以。」她們異口同聲，跳下床，跟著奧馬爾來到廚房。

奧馬爾切菜，卡蜜拉熱剩菜，米亞擺盤子和餐具，一片融洽、寧靜。通常都是伊娃負責活絡氣氛，詢問大家今天過得怎麼樣，講講她顧小孩的趣事。不過，安靜的氛圍也不賴。

正當他們坐下來吃飯時，伊娃突然走進餐廳，他們全都嚇了一跳。奧馬爾第一個衝過去，輕輕將她扶到餐桌旁。「我幫你拿個盤子。」。

「你沒事吧，媽媽？」卡蜜拉看著爸爸將媽媽扶到餐椅上。伊娃的皮膚泛著青綠色，米亞以前從未注意到。

「只是有點累。」伊娃喝了一口水，奧馬爾把一盤菜放在她面前，她嘴角露出一絲微笑。她環顧四周，看著裝滿烤雞、米飯、豆子和玉米餅的盤子。旁邊是一盤配料：生菜、番茄、洋蔥、酪梨和香菜。

「看起來很好吃。」

「當然。這是你做的。」奧馬爾在她旁邊坐下，眨了眨眼。「我們只是加熱，切了幾片蔬菜。」

「謝謝你。」伊娃看著米亞微笑，將餐巾鋪在腿上。「今天在學校過得怎麼樣？」米亞還來不及回答，奧馬爾就開始往伊娃盤子裡夾菜。「別夾太多，」她碰了碰奧馬爾的手腕，「我不太餓。」

「你在節食還是怎麼了？」卡蜜拉一邊嚼著塔可，一邊說。

米亞睜大雙眼。她也注意到伊娃變瘦了。

「才沒有！」伊娃自嘲，「我不節食的。我說過，可能是哪個孩子傳染的病毒。」她大口吃著燉黑豆。「開心嗎？」

「有夠開心。」卡蜜拉跟媽媽做了個鬼臉。

「不管了，回來講學校。」伊娃擦了擦嘴，米亞注意到她把叉子放下。「跟我聊聊吧。」

米亞看到伊娃和卡蜜拉眼神交換，喝了一口水。奧馬爾把各種配料堆在玉米餅上，渾然不知。但米亞知道伊娃和卡蜜拉在想什麼：**可憐的米亞**。

她想告訴她們的一切，就像膨脹的氣球一樣堵在胸口。隨著持續的沉默，氣球越來越大，快要爆炸。終於，當沉默變得難以忍受，米亞清了清嗓子，開始說話。「上週，我看了我媽的部落格，看到爸爸葬禮的照片，我站在棺材旁大哭。」她的聲音哽咽，「還看到爸的照片。遺照。」伊娃和奧馬爾猛地抬起頭。他們四目相對，張大嘴巴。

伊娃伸出手。「我很難過。你不應該看到這些。」

「不，她不應該公開這些照片。」米亞胸口灼熱。儘管食物聞起來很香，但憤怒贏過飢餓感。她的手揉搓餐巾紙。「有關我的照片和資訊，我難道不應該擁有發言權嗎？」她看著廚房窗外，鄰居正在遛狗，小孩騎著滑板車。

「你有沒有試著和媽媽談一談？」伊娃把盤子推到一邊。

米亞點點頭。「我們為此吵了一架，她說會把那些照片撤下。」

「很好。」伊娃鬆了口氣。

「但情況變得更糟。」她揉了揉脖子後面，那裡像橡皮筋一樣緊繃。

伊娃和奧馬爾的眼睛瞪大。米亞知道他們在想什麼：**還有更糟的？**

「有人發現媽媽PO的雙胞胎入浴照，今天在學校到處張貼。」

奧馬爾放下塔可，臉上寫滿震驚。「我的天啊。」他喃喃自語。

「她還放了梅森穿內褲的照片。」

「什麼？」卡蜜拉說。

「是的。為了寫一篇關於如廁訓練的文章。我沒跟你說過。」米亞搖了搖頭。「他的人生都會在網路上。」梅森淺棕色的波浪捲髮、綠色的眼睛和酒窩，和父親簡直一模一樣。「我還能做什麼？」

伊娃和卡蜜拉面面相覷，臉色蒼白。

奧馬爾第一個開口，她們備感驚訝。「我可以幫忙研究法律上的選擇。」

「奧馬爾！」伊娃驚呼。但他繼續說，「我們事務所不處理這類案件，但我跟一位厲害的律師一起玩極限飛盤。他是個好人。你想跟他談談嗎？」

伊娃抿了抿嘴唇，「你真的認為我們應該讓米亞和律師談？」

奧馬爾與妻子對視。「我不知道，但這樣似乎不對。你覺得呢？」

「是不對，但這不是《法網遊龍》，這是米亞的家人。」儘管伊娃與惠妮關係並不親密，但米亞似乎能感覺到惠妮可能違反父母守則之類的。

所有人的目光集中在米亞身上。

米亞雙手抱胸。她從未考慮過訴訟，她對法庭和審判一無所知，她只有在伊娃最喜歡的節目裡看過。這突然讓她覺得，這不僅僅是晚餐談話，更是她生命非常重要的時刻。她看著奧馬爾。「你覺得律師能做什麼呢？」

奧馬爾臉上露出米亞從未見過的深沉悲傷。「我不知道。但問問無妨。你媽媽不應該未經你或是你弟弟姊妹的同意，公開這些照片。這是不對的。」

「對我們這個年齡的人來說是個大問題。」卡蜜拉插話，「我們出生後，父母就在臉書、IG和推特發布我們的照片和人生。她看向父母，聳聳肩。「我沒別的意思喔。」

伊娃揮手示意她別說了。「沒關係。」奧馬爾說。

卡蜜拉繼續。「我們是必須面對這一切的新世代。你媽媽還是網紅，這又增加新的問題。她接觸的人比普通人要多很多。」

「光是IG就有百萬。」這還只是追蹤惠妮的人數。她的帳號是公開的，任何人都可以瀏覽。她低頭看著自己的盤子，感覺大家都在等她回覆是否接受奧馬爾的提議。值得為了這件事冒險嗎？聽聽律師的意見也無妨吧？但如果他說她沒有勝訴的可能呢？米亞的胃翻江倒海。如果他說有呢？

又過了幾分鐘，她抬起頭來，與奧馬爾對視。「好吧，我們開始吧。我想知道律師的看法。」

「我明天聯繫。」奧馬爾對她淺淺一笑，拿起塔可，大口吃起來。顯然，他還沒有失去胃口。

米亞看著伊娃慢慢站起身，開始收桌子。米亞把手放在伊娃的手臂上。「沒關係，我來就好。」

伊娃點點頭，拍拍她的手，然後重新坐下。米亞拿起兩個盤子，走向廚房，努力不去理會伊娃疲憊的棕色眼睛，以及眼神裡的煩惱。

11 惠妮

自從和米亞吵架，惠妮的頭痛就沒停過。或者應該是從最近一次的吵架開始？因為打擊接踵而至。無論她說什麼、做什麼，在她女兒眼裡都是錯誤的。無論她吞了多少止痛藥，眼窩、脖子和肩膀，仍然隱隱作痛。

把米亞送到卡蜜拉家以後，惠妮把學校發生的事告訴蘿西。當惠妮提到她跟米亞說，這件事很快就會成為生命中的一個小插曲時，蘿西嚇了一大跳。

「天哪。對高中生來說，這是不該說的話。」蘿西說。

「為什麼？這是事實。」惠妮堅持。

「當然是事實。」蘿西繼續說，「但只有長大了、更成熟了，你才會明白。在高中，朋友之間的任何事件、任何別離都會讓人感到天崩地裂。今天的事聽起來確實很糟。米亞很難輕易忘記的。」

惠妮坐在吧檯上，雙手抱頭。「為什麼我總是一錯再錯？說這句話的時候，我想到珍娜・葛蘭姆嘲笑我穿二手衣的事。我那時覺得永遠無法釋懷。現在都過去了。這就是我想對米亞說的，但方法完全不對。」

她應該做的是開車前往卡蜜拉家，和女兒談談。但她做不到。艾斯要和家人一起吃晚飯。幾天前邀請他時，這似乎是個好主意，但現在她不得不解釋，為什麼她的一個孩子不在這裡。聽到米亞學校的事件，他會怎麼想？這既不「性感」也不「有趣」。

但也許艾斯該看看四個孩子的真實生活了。因為即使他說不要孩子，但她已經有了，他們需要弄清楚，關係將如何走下去。如果他無法想像與她和孩子一起生活的樣子，那麼見面還有什麼意義呢？特別是當她幾乎每天都跟最大的小孩發生爭執。

她感到不安，因為幾天前她曾傳給艾斯幾張男友公開照，但他沒有回覆，也沒有提起。她不知道該如何理解，情況似乎並不樂觀。

來回擔心與米亞、與艾斯的關係，惠妮的大腦像是要融化了。也許喝一杯可以緩解一下。她走向廚房。至少屋子裡聞起來很香。蘿西放學回家時，從中央市場買了烤雞、馬鈴薯泥和沙拉。謝謝她。惠妮原本打算做一頓特別的晚餐，但今晚無法。她給自己倒了一杯白酒，喝了一小口。幾秒鐘內，她的頭放鬆了那麼一點點。她又喝一小口，一邊按摩後頸，一邊享受美酒帶來的魔力。美酒讓她頭痛消失，這是什麼意思？這是緊張性頭痛，還是她只是個酗酒的疲憊媽媽？

惠妮看到時鐘時嚇了一跳。艾斯隨時會到。

去臥室的路上，她經過客廳，發現夏綠蒂和克洛伊正在做友誼手鍊，蘿西和梅森縮在沙發上，為他朗讀一疊書。看到這田園詩意的場景，她的心不禁一顫。誰不想成為這個家的一份子？

惠妮穿上她最喜歡的黑色繫帶裹身裙，塗上亮紅色唇彩。這是她目前能做的，但已經足夠了。

六點整，門鈴響了，孩子們跑向門口，惠妮緊隨在後。克洛伊打開門，艾斯捧著一束鮮花和一瓶紅酒站在門口。

「晚安。」艾斯笑著說。

「哦，鮮花。」夏綠蒂從他手中接過鬱金香。「謝謝。」

「其實，這些是給你媽媽的。」艾斯尷尬地交換重心。

「你有帶我們的禮物嗎？」克洛伊說。

「克洛伊！」惠妮臉紅耳赤。她聽到蘿西在客廳一哼。

「哦，呃，沒有。」艾斯結結巴巴，抬頭看了一眼惠妮。「我該帶嗎？」

「有的話會很好的。」克洛伊把花還給他，旋起腳跟，去和妹妹玩了。

「很難伺候。」艾斯笑著，雖然看得出來他有點緊張。

「抱歉。」惠妮在他臉頰輕啄。她希望接下來的晚餐能順利點。

但情況並非如此。艾斯問克洛伊和夏綠蒂的話都是千篇一律——學校怎麼樣？她們最喜歡的科目是什麼？她們參加體育運動嗎？女孩們拒絕多說。過了一會兒，艾斯放棄嘗試，轉而與蘿西談論她在德州大學的課程。

最令人尷尬的是，晚餐後梅森試圖坐在艾斯腿上。當梅森在他腿上扭動，艾斯的表情很僵。過了一會兒，他把梅森挪回自己的座位。

惠妮並不認為艾斯這樣做是出於惡意。他只是不擅長與小孩相處。但她相信，只要時間夠，他會越來越自在。

雖然今晚很失敗，但至少艾斯在蘿西帶孩子洗澡時，幫她打掃廚房。

艾斯用毛巾擦乾濕漉漉的手，說：「我在想，如果你和我一起離開，怎麼樣？就我們兩個人。」

惠妮愣住了。考慮到米亞和工作，她不可能離開。「聽起來不錯，但現在時機不太合適。」

艾斯雙臂環繞她的腰，在她脖子上輕輕一吻。「想像一下，你、我，在加州納帕過夜。或者更近——聖安東尼奧？」

惠妮走過他身旁。「聽起來很不錯。真的。只是我現在走不開。」

「為什麼不呢？」

「工作上的事很多，以及我和米亞總是意見相左。」惠妮雙臂抱胸。「你還沒有回我社群網站的照片。怎麼回事？你不喜歡嗎？」

艾斯靠在吧檯，用手撥頭髮。「不，我喜歡。看起來棒極了。」他清了清喉嚨。「但說實話，公開突然讓人想很多。這就是為什麼我覺得我們可以離開。也許應該弄清楚我們到底在做什麼，然後再告訴你的粉絲。」他停頓了一下。「並且，如果今晚有什麼結論，我還沒有準備要當繼父。」

惠妮突然抬起頭來，「沒人要求你當。」

「我知道。你的孩子很棒。我只是有點緊張。壓力太大了。」

她看著艾斯那雙擔憂的眼睛，心軟了。她必須知道，這不是一般普通的約會。她和孩子們是一體的，艾斯說得對：確實很多。她一直試圖強迫艾斯和孩子建立關係，但為什麼呢？不急。如果給他們時間和空間，自然會發生。

「我明白了。」惠妮抓住他的手。「我們能把時間倒轉一些嗎？回到一週前，我們很開心。開心沒有壓力。開心很簡單。我現在也需要簡單。」

艾斯微笑吻了她。「同意。」

喝了一些酒，在沙發上擁抱，兩人之間恢復往常。他們達成共識，現在不需要做出任何重大決定。

第二天早上，惠妮想知道她是否可以和艾斯一起離開。浪漫之旅聽起來很棒。她只需要先和米亞解決一些問題。當她躺在床上思考時，手機響了。是布蘭登。

史黛芬妮昨晚生了。寶寶很漂亮！

惠妮的心跳加速，眼淚湧出眼眶。她的妹妹當媽媽了。太棒了。

謝謝你告訴我。我會打給她。

布蘭登立即回覆。

別打電話了。你什麼時候來？

她把頭靠在枕頭上，發出哀嚎。儘管她很想看史黛芬妮的寶寶，但她不想回家。每次見到家人，總會有人喝得酩酊大醉，然後引發爭吵。每次回家，總會有人哭鬧，而且至少有一個人跟她要錢。光是想到這些，她就感覺精疲力竭。現在的生活已經夠戲劇性了，不需要再亂。

惠妮努力回應布蘭登，她感到自己被許多人拉扯著，想見她並和她共度時光，這種令人窒息的感覺讓她頭暈目眩。然而，她最想見的人——米亞——卻不想和她有任何瓜葛。

HateFollow.com

泰勒濕 10月25日 晚上8:07

天啊，惠妮最近無聊到爆。

血拼療法&彩虹 10月25日 晚上8:15

我其實很喜歡她發的萬聖節烘焙計畫。我三歲兒子很喜歡，玩了一個小時才去睡午覺。雙贏。

94嘴秋 10月25日 晚上8:23

總覺得她隨時會公布新男友。然後事情就會變得很有趣。嘻嘻！

12 米亞

米亞坐在一間安靜的辦公室裡，擺滿了棕色皮件、書櫃，她的雙腿不停抖動。即使她把沉重的背包放在腿上，她還是忍不住想從椅子上跳起。她真的應該這麼做嗎？她真的要起訴自己的母親嗎？

她瞥了一眼坐在旁邊的奧馬爾，發現他的表情很平靜。他注意到她在看他。「還好嗎？」

「還好。」米亞把頭髮撥到耳後，用濕漉漉的手掌擦運動衫的袖子。

「別擔心。」奧馬爾伸手從她腿上拿走背包，把背包放在椅子之間的地板上。「迦勒是個好人。我們只是來和他談談。僅此而已。」

米亞點點頭。她似乎失去說話的能力。

「嘿，兩位。」一個低沉的聲音從他們身後傳來。米亞轉身，一個三十多歲的黑人男性，身穿時髦的海軍藍成套西裝，臉部輪廓像是經過雕塑。

奧馬爾站起來，米亞也跟著起身，但她一直盯著地毯。她迫不及待想告訴卡蜜拉，她爸爸和帥氣的律師是朋友。

「奧馬爾！」迦勒伸手拉近奧馬爾，拍拍他的背。「最近好嗎？還在玩極限飛盤？」

奧馬爾笑了。「勉勉強強。每個月會嘗試玩一、兩次，但每次身體都在抗議。」

迦勒發出一陣大笑。

米亞的心跳加速。他的笑聲好好聽。

「我理解，」他說，「我最近也跟不上年輕人的節奏。」他轉向米亞，伸出手。「抱歉。我叫迦勒・布萊佛。很高興認識你。你是米亞，對嗎？」

她點點頭，盯著他的手。米亞迅速用牛仔褲擦乾手掌，然後把手放在他手裡。「很高興認識你。」

她希望聲音聽起來不像她覺得的那樣緊張。

他們再次坐下，迦勒繞過辦公桌，在掛滿學位證書的牆面前坐下。范德比大學、德州大學法學院。

配上電影明星般的外表，一切令人印象深刻。

迦勒坐到椅子上，翹腳，若有所思地看著她。他深棕色的眼睛透露好奇。「我必須對你們說實話：這裡很少有青少年。」他給他們一個溫暖的微笑。「奧馬爾告訴我一些資訊，但我還是想聽你今天為什麼要來，米亞。」

她深呼吸，挺胸坐直。「好，我媽媽是網紅。你知道那是什麼意思嗎？」

迦勒笑了笑。「知道。我還沒那麼老。」

「抱歉。」她一臉尷尬，「她在我七歲時開了部落格。我現在十五歲。我不知道有多少人讀過，但我知道她在IG有百萬粉絲。而且她賺了很多錢。」

米亞向他講述最近幾周發生的事，從她爸爸的照片到學校裡到處張貼的入浴照。

「你要你媽媽撤下照片了嗎？」

「我說了。她同意拿掉我爸的照片，但認為入浴照沒什麼。」

迦勒挑眉。

「她還經常要我們拍照。有些是廣告。」

迦勒向前傾，椅子發出嘎吱聲。「她從未徵求過你的同意？」

「沒有。」米亞停頓一下，感到不確定。在上週以前，她也從未真正對母親說過「不」。

「那你們今天為什麼來？」迦勒問。

奧馬爾回：「我們想和你談談，討論米亞的選擇。」

「事實上，」米亞脫口而出，「我想和茱兒・芭莉摩一樣，脫離母親獨立生活。」她緊張地瞥了一眼奧馬爾，他面無表情看著她。米亞意識到，她從未問過卡蜜拉的父母，自己能不能和他們住在一起。

她還沒有考慮過這個問題。她還沒有真正考慮過這些問題。

「我明白了。」迦勒轉身，看向右邊的窗外。米亞等迦勒開口，時間一分一秒地流逝。

她擔憂地看著奧馬爾。結束了嗎？

終於，迦勒開口了。「首先，我知道你不可能獨自生活。」

「但茱兒成功了，她當時只有十四歲！」米亞低下頭，為自己的失態感到尷尬。

「你說的沒錯。」迦勒說話保持冷靜。「但你聽過的那些名人，都住在加州，那裡最低年齡限制是十四歲。在德州，法定年齡是十七歲，如果你獨立生活且財務獨立，可以放寬到十六歲。但我想，你應該不是？」

米亞低頭看地板，搖頭。她沒有工作，沒有駕照。一直都是父母照顧她。過去幾年，她不必擔心錢的問題。媽媽會給她任何她需要或想要的東西。

這突然讓她覺得毫無意義。她努力忍住想衝出辦公室的念頭。

「但你的案子有兩個有趣的地方。」

「是嗎？」她問，聲音充滿了希望。

「是的。」迦勒向前傾身。「首先，隱私問題。我需要做些研究。據我所知，在美國還沒有兒童因為父母在社群媒體發布他們不喜歡的內容而起訴。必須考慮『親子豁免原則』，未成年子女不得起訴父母，父母不得起訴未成年子女。」

米亞努力不讓自己哭出來，她的肩膀低垂。

「這些年有幾次例外，原因通常是涉嫌虐待。但——這是一個很大的『但』——你的母親不是一般的父母。她擁有大批粉絲，發布非常私人的照片和故事。」

米亞慢慢地點頭，感到胸口一陣嗡嗡作響。他不認為她小題大做。他理解她為什麼對父親葬禮的照片和入浴照感到如此難過。他理解。

「其次，我想討論的是，你為母親提供內容的時間，幾乎等同她經營網紅事業的時間。從提供創意，到出現在照片和宣傳活動，你可以被歸類為員工。」

「原來可以這樣。」奧馬爾喃喃自語。

迦勒拿出計算機。「假設過去八年持續兼職。」他開始敲擊按鍵。「假設應得每小時十美元薪資。那就是每週二百美元，每年一萬四百美元。意思是你母親欠你八萬美元。」

米亞吞了口口水。八萬。「那可是一大筆錢。」她小聲說。

「是的。」迦勒點頭回答。「現在，我有個問題要問你，米亞。」他等她抬起頭來，與他對視，才繼續說道。「你做好心理準備了嗎？可能會帶給家人什麼樣的影響？」

她口乾舌燥，心跳加速。

迦勒保持和米亞視線接觸。「如果你提告，你媽媽可能會非常生氣。」

「我知道。」媽媽會氣得臉色發青。

「考慮過這代表什麼意思嗎？」迦勒追問。「離判決會有幾個月的時間，你會每天看到媽媽，接受她對你的怒氣。」

想到家裡氣氛會變得多緊張，米亞感到絕望。這對所有人來說都是難以忍受的。

「我能住在賈西亞家嗎？」她瞥了一眼奧馬爾，希望他會答應。

迦勒向奧馬爾挑了挑眉。

「我得和妻子女兒商量，我相信米亞可以和我們住在一起，直到庭審結束。」奧馬爾說畢，米亞感激地對他笑了笑。如果她住在卡蜜拉家，她會想念梅森和他溫暖的擁抱。她也會想念和雙胞胎聊天。

「好。」迦勒向奧馬爾點點頭。「我會和你媽媽的律師提議。」迦勒將目光重新望向米亞。「你應該知道，訴訟可能引起很大的關注，如果你媽媽真的那樣受歡迎，可能會成為頭條。你可能成為那些要求收回個人隱私的兒少代表人物。這可能成為父母在網路發布子女圖文的法律先例。」

一片寂靜。米亞還在消化迦勒所說的一切，沒有人發出聲音。

她閉上眼睛，想像兩扇門。第一扇門後面是不確定性。法院可能會讓她的母親完全停止發布關於她和她弟弟妹妹的資訊。也許，她甚至可以幫助其他正在處理隱私問題的同齡子女。但也可能失敗。無論哪種方式，她都會成為她從未想成為的：目光焦點。

如果她選擇第二種，她可以繼續生活，就像什麼都沒有發生過。她會回到過去的生活：拍照、寫部落格，對有關她或她家人的報導都沒有發言權。一想到這些，她的胃就緊張絞痛。

「米亞？」迦勒低沉的聲音讓她回過神來。（說真的，這傢伙的聲音聽起來像保險廣告。）

米亞平靜下來，睜開眼睛看著迦勒。「我明白了。現在我有個問題。」

迦勒露出玩味的笑容。「說吧。」

「你說得很像是你想接這個案子。你會接嗎？」

迦勒直視她的眼睛。「我覺得這個案子不錯。很重要。」

米亞點點頭，雙手緊握，掩飾顫抖。「好吧，你需要多少費用？」

律師笑了笑。「就像我說的，我認為這是一個大案子。你只有十五歲。」他笑容漸漸消失。「聽說過『公益服務』嗎？」

聽起來很熟悉。她可能曾經在電視節目聽過。「免費？」

迦勒點點頭。

「為什麼？」

「這個案子可能會永遠改變兒童網路隱私保護法。」

米亞沉默了一會兒。她緩慢平穩地呼吸著。「我還有一個問題。你保證會贏嗎？」

迦勒認真看著她，搖頭。「我不能保證。沒有律師能保證。有太多無法控制的因素。但我可以保證，我會竭盡所能準備最好的辯護。我絕對想贏。」

目前來說，這就足夠了。

米亞把手伸過桌子。「好。」迦勒面帶微笑，握住她的手。

13 惠妮

惠妮裹著浴巾，臉上光潔如新，比基尼線剛除好，她翻閱雜誌，等待按摩師到來。她深吸一口氣，聞到瀰漫在spa等待室的藥草香，緊繃的身體頓時放鬆。自從她和米亞最近一次爭吵，已經度過漫長的四天，女兒幾乎沒跟她說過一句話。米亞整天待在卡蜜拉家，回家只是洗澡和睡覺。每當惠妮想和她說話，無論是上學前，還是睡前，米亞總有藉口推脫——通常都是要讀書，或是第二天有重要考試。

惠妮嘆了口氣。老實說，她不知道拿米亞怎麼辦。她的父母並不是好榜樣，而且弟弟姊妹上高中時，她已經離家了。她寧願米亞對她大吼大叫，也不願意被冷落。至少這樣還能溝通。

她不知道該如何處理，也不知道下一步該怎麼做。放棄網紅事業是不可能的，但米亞也沒有妥協的打算。唯一值得慶幸的是，她知道女兒很安全，她住在賈西亞家。雖然她和伊娃從未成為親密好友——米亞和卡蜜拉第一次見面時，惠妮像是看到一對雙胞胎而不知所措——但她們總是會寒暄幾句。而在麥可去世後，她一直處於「求生模式」。雖然惠妮從未與伊娃和她丈夫熟識，但她相信他們是善良、有愛心的人。也許她應該邀請他們來吃晚飯。這樣米亞就可以和她談談了。

她靠在冰冷光滑的皮質沙發上。今天真是忙碌的一天。除了一直掛念米亞，她早上還和蓋比一起拍攝三支業配影片，並自願參加雙胞胎的秋季學校派對，沒有吃午飯。之後，她衝回家，和泰勒進行每週一次的通話，跟Amazon進行兩小時Zoom視訊會議。

現在她準備放鬆一下。過去幾年，惠妮每週五下午都來這裡。有些人可能會說這是高維護成本，但她的工作之一就是保持良好狀態，惠妮認為這是必須的。名牌服裝、美容護理、飲食、健身教練。這些都是生活在公眾視線，以及跟上其他網紅步伐的條件。儘管她應該是「普通媽媽」，但她不能看起來像普通媽媽。這就是為什麼她有一份不斷更新的保養計畫，美甲、美腿、接髮、接睫毛、除毛、挑染、肉毒桿菌注射。光是想想這份清單就讓她疲憊不堪。

正當她開始昏昏欲睡，惠妮聽到一個聲音叫她的名字。

「這裡。」她睜開眼，對那位四十多歲、身材高挑、面頰紅潤、金髮編成兩條辮子的女人微笑。

「我是歐嘉。跟我來。」她看起來就像她的名字一樣：可以毫不費力扛一隻羊跑八公里。

惠妮跟著歐嘉穿過大廳，走進一間按摩室。她脫下浴袍，倒在美容床，準備放鬆。

「你在我睡著前叫醒我了。」

一個小時後，她被歐嘉輕輕搖晃肩膀的聲音驚醒。「您好？按摩結束了。」

惠妮迷迷糊糊地抬頭，臉頰沾滿口水。她整個人像果凍一樣軟綿綿。「我竟然睡著了？」

歐嘉點點頭。「您一定非常累。」兩人之間出現尷尬的沉默。「我讓您更衣。等您準備好了，我們在走廊見。」

「謝謝。」惠妮等歐嘉離開房間。她搖晃脖子，將雙臂伸過頭頂，試圖讓自己清醒。雖然她應該感到尷尬——**我有說夢話嗎？或是更糟，不小心放屁？天啊**——惠妮將疲憊歸咎於最近經歷的一切。

她打開門，歐嘉正在等她。「這是小黃瓜水。您需要補充水分。」

惠妮感激地接過，一口氣喝完。「太棒了。感覺煥然一新。」

「很好。」歐嘉迅速點點頭。「希望您好好休息。」

「我今晚一定會睡個好覺。謝謝。」

她回到更衣室洗澡，穿好衣服。她感覺整個人放鬆，緊繃的肌肉彷彿變成玩具黏土。她一定要再預約歐嘉。**那個女人的手藝太巧了**，惠妮一邊穿鞋，一邊拿起包包。

她漫步到大廳，發現櫃檯沒人。接待通常會給第一次來的顧客做簡短介紹，惠妮來到美容商品層架，拿起一款聽說效果很好的面霜。當她看到兩百美元的標價時，差點嚇到。但她提醒自己，支持本地企業很重要。再說，她工作很努力。偶爾也應該犒賞自己。

她聽到高跟鞋聲向她走來。

「抱歉讓您久等了，」紅髮美女說道，「今天體驗如何？」

惠妮將面霜放在雪白的桌面上。「很棒，和往常一樣。歐嘉太神奇了，我竟然睡著了！」

「太棒了。」紅髮美女為面霜和護理服務結帳。「聽說歐嘉能消除所有緊張情緒。」

「確實如此。」

「太好了。您今天消費金額是六百二十七元。」

惠妮微笑著掏出信用卡。小時候從未穿過新鞋，甚至從未在雜貨店買過糖果的她，仍需提醒自己，她有能力負擔這一切。

接待遞給她一個小袋子。「下週見！」

走出大門，惠妮想在外牆拍一張照，在IG上為這家店點下愛心。

她正在找手機，這時大門打開。她抬起頭，臉上是愉悅的笑容。（你永遠不知道誰會從門口進來。粉絲？另一位網紅？）是一個留著鬍子的年輕男子，穿著寬鬆的T恤和更寬鬆的牛仔褲。這似乎不是他會來的地方。

「請問是惠妮・高登嗎？」他問道。

「是的？」她回答，聲音帶著警戒。

他遞給她一個白色信封。「你的信件。」

他轉過身，推開門，她還來不及理解。

「什麼？」一陣噁心湧上心頭，她的膝蓋發軟。她困惑地看著男人的背影，spa大門在他身後關上。那個信封不會是她想的吧？她把包包扔在地上，慌忙打開。

她氣得臉頰發燙，雙手顫抖：

奧斯汀市民事法庭

原　告　米亞・蘿絲・高登

被　告　惠妮・艾倫・高登

特此傳喚……

「她竟然告我？」惠妮低語。一股熱氣從腳尖湧上頭頂，就像高壓鍋即將爆炸。

「她竟然告我！？」她大聲喊著。

「高登小姐，還好嗎？」

惠妮轉過身看接待，突然發現她和她女兒一樣是紅銅色的頭髮。她那忘恩負義、可惡的女兒。

「我很好。」她呼吸困難。她從地上撿起包包，推開門，衝到街上。

惠妮跌跌撞撞走在人行道上，就像一隻受傷的野生動物，眼前一片模糊。她的生活分崩離析，奧斯汀市中心的人們一如往常，購物、喝雞尾酒、聚會，下班準備迎接週末。惠妮艱難地移動腳步，停下，看著一行人騎著自行車酒吧從她身邊經過。但她的另一個世界已經陷入瘋狂。

她找到車，一把拉開車門，把包包扔進去。坐進駕駛座，努力鎮定下來。她的女兒起訴她。米亞為什麼要這麼做？她的粉絲會怎麼想？她的客戶會怎麼想？她的腦海中閃過「Target」和「十萬美金」。

天哪，天哪，天哪。惠妮把頭靠在方向盤，大聲尖叫。

HateFollow.com

哎噁，桃樂絲 10月27日 晚上6:37

某妮今天異常安靜。是不是出了什麼事？

泰勒濕 10月27日 晚上7:05

沒吧，今天星期五。她要麼在spa，要麼在酒吧。

權勢凱倫 10月27日 晚上7:16

她一定是工作壓力大，需要好好慰勞自己。

14 米亞

坐在賈西亞家沙發上，米亞試著解代數。她的思緒飄散，因為迦勒告訴她，媽媽今天會收到傳票。她不知道具體時間，也不知道地點，但她知道媽媽收到後會有人通知她。這肯定會帶給媽媽不小的衝擊，米亞已經做好電話和訊息狂轟濫炸的準備。

伊娃在廚房做晚飯。她似乎終於戰勝了無休止的感冒，她正在用麵粉，準備做雞肉捲餅。聞起來很香。米亞的肚子咕咕叫。儘管她知道伊娃很樂意給她做點吃的，但她不想強人所難。她已經在這裡連續待了四天，吃他們的食物，用他們的衛生紙，躺在他們的沙發上取暖，回家只是洗澡睡覺。她爸以前總開玩笑說，客人就像魚，三天後開始發臭惹人嫌。這句話是他從班傑明・富蘭克林那裡偷來的。但米亞真的擔心自己正在變成一條臭魚。

她向下滾動頁面，再解決幾道問題，作業就大功告成。一陣汽車急剎的聲音讓她抬起頭來。

伊娃從廚房探出頭來。「什麼聲音？聽起來很近。」她走到窗前往外看。米亞從沙發上跳起來。沒有車禍。那是她媽媽那輛休旅車。

她們從窗戶看，惠妮從駕駛座上跳下來，摔車門。她大步走上人行道，走向前門。惠妮的臉紅得像伊娃砧板上的辣椒。米亞看到她脖子上的青筋都爆出來了。難道這就是動脈瘤的發病歷程嗎？

「糟糕。」米亞看著伊娃，睜大眼睛。伊娃臉上的震驚跟她如出一轍。

米亞打開前門，準備迎接媽媽。「你來這裡做什麼？」她問道，帶伊娃走到外面。

她媽媽的眼神只能用瘋狂來形容。「你提告？」她的眉毛幾乎快要碰到髮際線了。「你告我？」最後一句幾乎是尖叫。

米亞後退一步，因為媽媽走得更近。她心想，媽媽應該已經收到傳票。

「冷靜。」

「你敢叫我冷靜，」她用手指著米亞的臉，嘶吼著，「我是你媽耶。我為你付出畢生心血。你必須停止這一切。」

米亞脖子後面的汗毛都豎了起來，但她還是堅持自己的立場。「你以為我想這麼做？是你讓我別無選擇。」

鄰居們開始走出家門，看著惠妮咆哮。如果這一幕出現在TikTok，米亞不會感到驚訝。

惠妮注意到鄰居。她停下來深吸一口氣，明顯試圖控制情緒。

「進去討論嗎？」伊娃輕聲問道。

米亞感到頭暈。我媽在賈西亞家？

惠妮瞥了一眼伊娃，露出不確定的表情。經過長時間的停頓，她終於點頭。「好，謝謝。」

伊娃帶大家進入屋內，示意她們坐在客廳。

米亞坐在沙發上，希望母親能坐在她對面的椅子上。確實如此。

「惠妮，要喝點什麼嗎？」大家都進來了，伊娃似乎不知道該做什麼。

「不用了，謝謝。」惠妮揉額頭。「不過你可以告訴我，我十五歲的女兒是怎麼對我提告的。」

伊娃臉色蒼白坐在另一張椅子上。「我老公幫她了。」她低聲說道。

「你是認真的嗎？」惠妮眼中閃過憤怒。「你應該先和我談談的。」

伊娃來不及回答，米亞就打斷她。「我在泳池邊跟你談過，也見過尼爾森校長。很明顯，你不認為利用小孩獲得按讚有什麼不對，所以我只能採取極端手段。」

惠妮難以置信地望著天花板。「你為什麼不再跟我談一談？你每次回家，我都會試著跟你談，雖然次數不多。我打過電話，也發過簡訊。」她的淚水在臉頰閃爍。「我本來想給你空間，但顯然是錯誤的決定。」

米亞不知道該如何回答。母親確實每天都聯繫她，但她一直固執不回。

惠妮繼續說：「你知道這場官司會帶來什麼樣的後果嗎？可能會毀了我的事業。誰來支付我們的房貸、食物和所有帳單？奶奶怎麼辦？布蘭登叔叔遇到麻煩需要錢怎麼辦？你有沒有考慮過這些？這可能會毀了我們。」

米亞的胃在抽搐。她知道媽媽有很多錢，但家裡的財務狀況對她來說是個謎。她完全不知道母親給奶奶，給最喜歡的叔叔金援。但這並不能改變什麼。「我不知道，但你這樣做是錯的。」

惠妮的臉和脖子變得通紅，她突然顯得疲憊不堪。「事情沒有那麼絕對，米亞。」她現在的眼神變得懇求。「像我這樣只有高中畢業，幾乎不可能找到能賺這麼多錢的工作。」

看到母親這樣，米亞的心像是被刺了一刀。但比起父親躺在棺材的模樣，學校貼滿她妹妹裸體的照片，這還算是小事。

惠妮深吸一口氣。「好吧，如果我試著把所有你不喜歡的照片撤下，然後呢？你會放棄這場鬧劇嗎？一切都能恢復正常嗎？」

米亞站起來，向前走一步。正常？什麼是正常？違背她的意願，出現在部落格和社群媒體上？那她的弟弟妹妹呢？「不，我認為事情永遠都不會再次『正常』」——她用引號強調。「我不希望你發布關於我的資訊，也不希望我出現在照片裡。我認為克洛伊、夏綠蒂和梅森也不應該這樣。至少在他們理解和同意這件事的真正意義以前，不應該這樣。」

惠妮緩慢地搖頭。「米亞，這不可能。你要我停止一切？怎麼停止？我們之所以能過上這樣的生活，就是因為社群媒體。」

「我們能不能減少支出？」米亞問道，「我們不需要那麼大的房子、那麼豪華的車，也不需要很多東西。」

惠妮嘆了口氣，「沒那麼簡單。」

米亞雙手握拳，「真不敢相信。」她審視母親，「如果你愛我，就會認真聽見我的擔憂。」

惠妮再次嘆了口氣。「米亞，我做的一切，都是為了你和弟弟姊妹。總有一天你會明白。」

米亞搖了搖頭。「隨便。我只知道你不能再PO我的訊息了。」

惠妮皺眉。「這就是我不明白的地方。你要求我保護隱私，但想想這場官司會帶來多少關注。這件事會傳遍全世界。」

米亞皺眉，雙臂在胸前交叉。「也許你說得對。但這就是我為了不讓自己的一生都放上網路而甘願冒的險。我不會停止。」

「好吧。」惠妮彎腰，強忍淚水，起身走向門口。過程中，她看起來好像老了十歲。「如果你改變心意，你知道怎麼聯繫我。」

看著媽媽坐進休旅車，緩緩駛離，米亞心中湧起一陣悲傷。

「還好嗎？」伊娃在她身後。

米亞點頭，抽泣。淚水奪眶而出。她不知道該說什麼，該做什麼。

「我很抱歉。」伊娃把米亞拉到溫暖的懷裡，給她一個擁抱。「你在這裡想待多久就待多久。」

「謝謝。」米亞吃驚地坐在沙發上。她不敢相信，母親對財務的擔憂，竟然勝過她對網路隱私的合理訴求。她媽媽選擇了事業，而不是子女，而不是她。真的要上法院了。真的。

15 惠妮

惠妮開車回家，心中怒火中燒。她從未打過官司。她認識的人有打過官司嗎？布蘭登肯定有——但他就是那樣。惠妮努力工作二十年，成為正直的公民和稱職的母親。現在，她的女兒——這個在她體內九個月、經過兩個小時分娩才來到人世的孩子——竟然起訴她。而且是在卡蜜拉父母的幫助下！他們怎麼敢？

整件事讓人難以理解。她一半想尖叫大喊，咬下某人的頭，一半又感到尷尬。她的朋友和家人會怎麼想？她的粉絲和贊助商？他們知道這件事會立刻切割。她不自詡是世界上最聰明的商人，但她明白這些潛規則。

她將車停在車道上。惠妮關掉引擎卻無法下車。如果她待在安靜的休旅車裡，事情會保持原樣嗎？如果她從未告訴過別人米亞告她，是否意味這件事並沒有真正發生？

正當她思考這些問題時，家裡前門打開，蘿西探出頭來。

目光相遇時，蘿西露出燦爛的笑容，舉起雙臂在空中揮舞。「我成功了！」

惠妮閉上眼睛。蘿西獲取澳洲留學資格。這表示她也要離開她了。

蘿西走向她，一臉困惑。「還好嗎？」

惠妮的額頭緊貼著方向盤。如果她說出訴訟，事情就是真的，但她不想讓這成為現實。

蘿西指節敲敲車窗。「惠妮？」

她轉過身看著寶貝妹妹，眼中滿是淚水。「恭喜你。」

蘿西打開車門，聲音中帶著一絲驚慌。「怎麼了？發生什麼事了嗎？」

惠妮轉過臉去。「米亞起訴我。就是這樣。」

空氣凝固。「什麼？」蘿西小聲問道。惠妮感到她溫暖的手搭在自己手臂上。「怎麼會這樣？」

「她不喜歡我發麥可和孩子們的照片。」她看著妹妹。「還有我顯然沒有付給她所有工作報酬。卡蜜拉的父母幫她找了律師。」

「天哪。」蘿西的聲音和惠妮一樣震驚。

「我想她會永遠住在卡蜜拉家。」惠妮的嘴唇顫抖，強忍不哭出聲。

「哦，姊。」蘿西解開惠妮的安全帶，將她拉入懷中。就這樣，淚水決堤。惠妮的身體被抽泣折磨著。蘿西用手撫摸惠妮的頭髮，「會好起來的。我們會解決這個問題的。進去吧。」

當大門敞開，空間中瀰漫著歡樂的笑聲。

「孩子們正在吃晚飯。」蘿西邊說邊走向廚房。「我跟他們說，週五可以到客廳吃飯看電影。」

「謝謝你。」惠妮抽泣，坐在廚房中島旁。「我真心為你感到高興。沒有你我該怎麼辦？」她不知道如果沒有蘿西，她是否能活下去。她該如何撫養三個年幼的孩子？她應該告訴他們，他們的姊姊正在起訴她？他們能理解這是什麼意思嗎？

蘿西把一杯酒放在她面前。「以後再擔心澳洲的事情吧。」

惠妮感激地喝了一口。「我不知道該怎麼辦。」她的心彷彿被挖出來。「我該打給誰？該說什麼？」她雙手抱頭。「我應該告訴泰勒。」

蘿西搖頭。「不，今天是週五晚上。我們一起吃頓美味的晚餐，放鬆一下。明天再打給她。」

惠妮強迫自己吃下一份墨西哥餡餅，哄孩子上床睡覺，喝三杯紅酒，倒頭就睡。但酒沒有起作用，幾個小時後她仍然清醒。

她穿上睡袍，從床頭櫃拿起手機，踮起腳尖，走向門口。她腦子一片混亂。她需要吃點東西。冰箱有熟食拼盤，一定是蘿西放的。她拿出拼盤和一罐氣泡水，放在中島上。

她坐在吧檯高腳椅，吃餅乾和起司，思緒回到官司。惠妮的父母沒有陪伴她，也不愛她，她從小就對自己發誓，她不會像他們那樣。她確實沒有。但她還是失敗了。她看到冰箱上她和十歲的米亞的合照。這是麥可去世前，他們最後一次旅行拍的。他們去芝加哥探望麥可的母親，在芝加哥地標「雲門」

前拍照，在壯麗大道逛街，度過了最美好的時光。惠妮的下巴顫抖。她們的關係怎麼會變得這麼糟糕？

當腦海浮現黑暗的想法，惠妮希望能找個人傾訴。但現在是凌晨兩點。她通常會找的人——蘿西、陶妮和艾斯——都睡得正香。

她想和她的社群分享。但他們會站在她這邊嗎？她內心深處渴望以自己的方式陳述。她應該嘗試從她的角度陳述嗎？她能控制說法嗎？

她清理廚房，走向客廳。在沙發上，環顧一切。有時，她仍不敢相信自己住在這裡。她努力取得這樣的生活。就在那時，她也突然明瞭：她需要打這場官司。她愛她女兒，但米亞並不真正理解她想要的。大腦不是要到二十五歲才能發育完全？事情就是這樣。惠妮仍然希望米亞明白。

儘管她心裡知道不應該這麼做，她還是拿起手機，打開IG。粉絲、朋友，都會理解的。而且他們應該先從她口中得知消息。

「嗨，大家，抱歉我今天有點『米亞』。」她用手輕拍眼睛，注視著自己紅腫的雙眼。「我家最近發生了一些事，你們很快就會聽到，所以我想好好說明。」

她深吸一口氣，聲音顫抖。「我的女兒米亞對我提告。」她不得不壓低聲音說出最後幾個字。「我不能透露細節，但我希望你們能在其他地方看到以前，從我這裡得知消息。請相信我，我會繼續寫部落格，繼續分享。我現在無法回答問題，但我會在這裡。不會離開。」

儘管當時已經是凌晨兩點，但留言和私訊還是立即如潮水般湧來。

天哪！惠妮，我們百分百支持你。太離譜了！你要挺住啊。

米亞為什麼要這麼做？她還好嗎？

做得好！加油，米亞！終於有人為網紅小孩發聲。你們值得被好好對待。

惠妮關掉手機，不想看到惡評。她知道還會不斷湧上各種留言。發洩完後，她平靜許多。她走向臥室，輕輕撫過價值六千美元的沙發。

她說出真相，不再對問題視而不見。她會撐過去的。她很堅強。現在她可以安心睡覺。

HateFollow.com

94嘴秋 10月28日 凌晨2:24

歐摸。惠妮說米亞告她！

麻麻鬆一下 10月28日 凌晨2:32

有這麼一個可惡的媽媽一定很難受。

94嘴秋 10月28日 凌晨2:33

我敢說事情一定鬧得很難看。（惠妮已經很鬧，所以⋯⋯）

布鹿斯威利 10月28日 凌晨2:45

我很高興米亞提告！這些網紅是不是不知道利用小孩賺錢很噁心？有一些網紅說小孩「允許他們」PO那些東西。拜託，小孩才幾歲，根本不知道自己在同意什麼。

16 米亞

週日早上，米亞和卡蜜拉以及她的父母吃早餐。奧馬爾開門，過一會兒喊道：「米亞，找你！」

米亞看著卡蜜拉，搖搖頭。

現在也太早了，不會有事吧。

她以為又是惠妮，但當她走到玄關，發現不是媽媽，是蘿西。

「蘿西阿姨？」米亞聲音有些顫抖。

「嗨，米亞。我聽說了。」蘿西臉上常見的笑容不見了，聲音沒有感情。

米亞不知道該如何應對。

蘿西臉上愁雲慘霧。「我很失望，你居然沒有尋找解決方法，而是直接鬧翻。」

「尋找解決方法？」米亞簡直不敢相信自己的耳朵。阿姨沒有意識到是媽媽強迫她這麼做的嗎？

「我就知道你會站在她那邊。我向她表達過好幾次我的顧慮。她根本不在乎！她沒有告訴你入浴照的事吧？」

蘿西退卻幾秒後說：「有。很抱歉讓你面對這件事。但我不認為這應該提告。」

「哦，那我可以把你的裸照貼滿學校？」

「那不一樣，」蘿西皺眉說，「你懂的。」

「因為我們是小孩？我們仍然擁有權利，隱私權就是其中之一。」

「所以你要提告，讓全家人成為公眾焦點？」蘿西的語氣很尖銳。「這不合理吧。」

「我覺得很合理。」米亞開門，暗示阿姨該離開了。她麻木得連哭都哭不出來。她只知道，這場對話到此為止。

蘿西看她一眼，米亞從她的眼神看見痛苦。「好吧。我只希望你能真正看見你的母親。」

「我看見了。」米亞的語氣對她自己來說都很僵硬。

蘿西走出門。「哦，對了。」她回過頭。「還想告訴你，我申請到澳洲留學。假期結束就出發。」

米亞咽下喉嚨裡的哽咽。阿姨從來沒有坐過飛機。她即將前往地球的另一端，時間長達五個月。

「哇，恭喜。」

「謝謝。我真的很期待。你知道，我不是來吵架的，米亞。看到你和你媽媽這樣，我真的很難過。

我想知道她是否可以做些什麼，讓你撤告。」

「我也真的很難過。但我已經跟她說了：她必須停止這一切。但她不願意。」

「這不只是關閉帳號，而是關於一個事業。她需要時間。但我有聽進去你的重點。」蘿西露出悲傷的笑容。「我會繼續和她談談。」

「謝謝。」雖然米亞知道沒有機會。

蘿西伸手觸碰她的手。「我會想你的。非常想念。」

「我也是。」米亞目送阿姨離開，不知道何時才能見面。她的人生正在往另一個方向改變。

週一下午，米亞仍想著她們的對話。下課鈴響，她拖著疲憊的身體走向置物櫃。她拿出課本，絞盡腦汁想有沒有其他去處。嗯，卡蜜拉家。她知道伊娃可能在等。但她想一個人。

她關上置物櫃，靠在牆上，看著走廊的人漸漸散去。同學似乎都有地方可去。可能和朋友出去玩，也可能回家。卡蜜拉今天有舞蹈課，沒有人可以和她一起去咖啡館或書店。她可以走到街邊的優格霜淇淋店，但她不餓。

她需要的是思考的時間，沒有人盯著她，也沒有人談論她的家人，或問她過得怎麼樣。

米亞不知道自己要去哪裡，只能向前走。她跳上八〇一路公車，穿過城市，看著奧斯汀的風景從身邊掠過。每一樣都勾起她對爸媽的回憶。公車沿著拉瑪爾大道一路飛馳，看到托奇塔可專賣店時，她心情很愉悅，父親總是在這裡點一份油炸酪梨塔可。她看到母親最喜歡的珠寶店，去年聖誕節，媽媽買了一條漂亮的馬蹄項鍊給她。

巴士駛過柏德夫人湖，她的手機響了。當地人拒絕承認更名，仍稱這座湖是「鎮湖」。米亞看到伊娃的簡訊，並不覺得驚訝。

一切都好嗎？

都好。處理一些事。晚飯前回來。

伊娃發送一個豎起大拇指的表情符號。

公車在藝文河濱公園站停下，米亞起身。陽光下，她感到一股能量。她喜歡這個城市。小時候，爸爸幾乎每週末都帶她去齊爾克公園。餵鴨子、天鵝，放風箏，欣賞路人，她都喜歡。

她把背包繫緊，走向公園。她看手錶，五點。不知道律師是不是在玩極限飛盤，去看看也無妨。世界飛速掠過，她想起和父親一起野餐。爸喜歡戶外活動，喜歡陽光，喜歡健身。他是《奧斯汀美國政治家報》的編輯，可以滔滔不絕地說奧斯汀有多好，一聊就是幾小時。古怪的人們！神奇的天氣！

美味的食物！節慶活動！現場演出！這座城市有太多美好的事物，爸爸總讓她牢牢記住。

米亞知道，如果她和媽媽吵架，甚至起訴媽媽，爸爸一定會很生氣。但她也知道，爸爸會理解她，為她敢於維護權益而感到驕傲。她一直不太擅長這樣。在幼兒園，她被年紀最大的同學欺負，每天偷她的零食。米亞從未向任何人說起這件事，包含父母、老師。她只是默默忍受。最後，是卡蜜拉把那個男孩推倒，要他離米亞遠點。他也這麼做了。爸知道後，告訴她必須為自己發聲。他說：「你應該為正確的事挺身而出，米亞。記住這一點。」

從公車站到齊爾克公園，只有大約二十分鐘的步行路程，米亞到達時已精疲力竭。也許她應該像父親一樣常慢跑。但慢跑殺死他，這樣說是不是很怪？

在齊爾克公園，她看到一場激烈的足球比賽；岩石島附近，幾十隻小狗在玩球；球場另一端，一群人追逐在空中飛行的飛盤。

米亞低頭走向飛盤玩家。她知道奧馬爾有時會在下班後來一場比賽——他說是「歡樂時光」——如果迦勒不在，她也許可以搭奧馬爾的車回家。比坐公車好多了。

米亞環顧四周，人群中有各種年齡、各種膚色和各種體型的男孩和女孩，他們圍在一起觀看兩隊共十四名成員奔跑、傳球、跳躍——所有人都想拿到飛盤。看起來像是一個有趣的遊戲。米亞明白為什麼奧馬爾喜歡了。

她看到了。她的律師穿著運動短褲和T恤，滿身是汗地奔跑。就在他往上跳，即將抓住飛盤時，他認出她了。然後和另一隊撞在一起。

迦勒摔在地上。「哦，不！」米亞驚呼。

迦勒翻過身哀嚎。同隊的人伸手扶他。迦勒喘了口氣，示意米亞靠近。

米亞跑向他。「對不起。我想和你談談。我不是故意分散你的注意力。」

「我年紀大了，體力不行啦。」迦勒手擦前額，拂去短褲上的泥土，一拐一拐地走到附近的露營椅，拿起水瓶，指旁邊的椅子。「坐吧。」

米亞小心翼翼坐下，盡量不占地方。她看到其他球員看著她，竊竊私語。

迦勒揉肩，一臉痛苦。「你來這裡是為了什麼？」

「我媽媽週五收到傳票了。」

「我知道。」迦勒擦了擦臉。「我讓他們送到你說的spa店，這樣你的弟弟妹妹就不會看到。」

「她嚇壞了。」

迦勒一邊喝水，一邊挑眉。「沒有人喜歡被起訴。」

「我們在草坪上大吵一架。嗯，在奧馬爾家的草坪。阿姨說她完全不同意我的看法。現在，我想重新考慮看看。」

「我明白。」他的語氣很平靜，但牙齒明顯緊咬，目光投向眼前最關鍵的一刻。

「如果現在就鬧得不可開交，以後只會更糟。」

迦勒伸展雙腿，「是的。但幾天前，你在我的辦公室說出提告的理由。我還是認為你是對的。」

「你是這麼想的嗎？」

「是的。」他望向球場，看了一會兒比賽，再回頭看她。「你說得對，事情只會越來越糟。」

米亞的耳朵嗡嗡作響，她無法承受。她無法忍受更多關注和劇變。一想到還會更糟，她感到窒息。

迦勒靠在椅子上，若有所思。「只有你能確定自己是否準備好了。這是你的決定，只能由你決定。但對我而言，我討厭有人把我妹妹的照片拿到學校。」

「是啊，真的太可怕了。」飛盤玩家看起來多麼快樂無憂，米亞多希望自己也是如此。「你會怎麼做？」她轉身，和那位願意無償接受委任的律師眼神交流。

迦勒揉去膝蓋上的泥土，「我的年紀是你的兩倍，我是個黑人，我見過……一些事。這個世界充滿不公。」他搖搖頭，「我現在不想多談。但我認為你必須為正確的事挺身而出，米亞。」

耳邊響起父親多年前說過的話，米亞的心感到震懾。迦勒意味深長看了她一眼。「再說，如果你不做，還有誰會？」

17 惠妮

那天是週三，但惠妮仍在從有史以來最糟糕的週末中回神。經過週五深夜自白，她醒來時收到泰勒十幾個憤怒的語音訊息和簡訊。

泰勒在訊息的語氣越來越失控。惠妮週六早上不敢打電話給她，甚至一度覺得泰勒會拒絕繼續合作。深陷這場風暴，她不可能找到新的經紀人。現在她終於看清自己有多麼愚蠢，竟然還沒和泰勒商量、還沒想好對策之前，就向粉絲透露訴訟的消息。甚至連告知一聲都沒有。難怪她會大發雷霆。

當她終於鼓起勇氣播電話，泰勒卻平靜接聽。太平靜了。「嗨，惠妮。」

「泰勒！很抱歉，我沒有事先告訴你就PO了訴訟的消息。」她的聲音顫抖。惠妮不讓泰勒開口，拼命為自己辯解，試圖挽回不可挽回的局面。「蘿西建議我等到今天再和你談。我喝了點酒。我當時情緒激動，頭腦不清楚。我以為粉絲會理解。這很愚蠢。我太傻了。我非常非常抱歉。」

她深吸一口氣，準備迎接泰勒的回應。惠妮很有才能，她也對泰勒非常忠誠，泰勒在麥可去世後幫助她整理財務、經營事業、安排生活。泰勒救了她。她們是一個團隊，惠妮無法想像沒有泰勒，她將如何完成工作。她閉上眼睛，在心裡默默祈禱泰勒不會終止共事。

「沒關係。」泰勒輕聲說。惠妮能感覺到電話那頭的她極力保持鎮定。「沒關係？我以為你要和我談拆夥。」她還來不及阻止，緊張的笑聲脫口而出。

「我是這麼打算的。」泰勒故意吊惠妮胃口，惠妮頓時心一沉。「我整晚沒睡，有很多時間思考。我看到你一小時增加了兩千個粉絲。人們喜歡看熱鬧，我們可以利用訴訟來達到目的。」

「真的嗎？」惠妮驚呼。她甚至還沒有打開IG。「怎麼會？」

泰勒重回她的職業口吻。「我擬好一個三管齊下的計畫。首先，我們擬一段文字，然後你聯繫所有合作對象，讓他們知道訴訟，並向他們保證，你的內容不會因此產生任何變化。」

「好的。」惠妮可以做到這一點。

「然後，我們讓其他網紅表達對你的支持。」泰勒同時管理二十五位網紅，惠妮是她最重要的三大搖錢樹之一。

「這是個好主意。」惠妮說。

「最後，聯繫你以前拒絕過的業主，你曾覺得他們不夠真實。告訴他們你想和他們合作。」

「什麼？」惠妮脫口而出。「拒絕是有原因的。為了糟糕的錢接糟糕的宣傳不是好事。沒有道理。」

電話沉默了一會兒。泰勒開始說話，她的聲音充滿了怨恨。「你知道什麼沒有道理嗎，惠妮？你昨晚做了什麼，在告訴我之前就告訴了你的粉絲。」雖然她們分處兩地，但泰勒的敵意還是傳到了惠妮的耳中。「坦白說，你再也無法做**真實**的自己了。在我們掌握事情如何發展之前，你得要接所有可以接的活動。懂嗎？你的網紅生涯很有可能在未來幾個月毀於一旦。我們需要盡可能榨乾每一分錢，以防萬一。」

惠妮揉著額頭的陣陣疼痛。雖然她本能想拒絕泰勒，但她知道現在不是固執的時候。雖然她喜歡相信自己是個無所不能的超級媽媽，但她一個人根本無法應對官司對事業的影響。她需要盡可能更多的支持。其中包括泰勒。

「好吧，好吧。我願意。」她沒有其他選擇。

「很好。」泰勒的聲音又變得愉悅。「我已經把聲明稿傳給你了，把它寄給客戶和其他網紅。我希望今天全部搞定。」

「今天？今天是週六。孩子們——」

「這件事不能等，」泰勒打斷她，「你說呢？」

「是的，我想不能。」

「很好。把信寄一寄吧。我晚點再來看，先睡。」泰勒的聲音透露疲憊。惠妮意識到她的經紀人一定非常頭大。

「我們是一個團隊，惠妮。別忘了。」

「謝謝你一直支持我。好好休息吧。」

五天後，換惠妮需要休息了。在發送數百封電子郵件，甜言蜜語勸說少數願意與她通話的人以後，惠妮得知自己聲名狼藉。泰勒的其他網紅似乎不願意與她沾邊，儘管少數人在IG限動表達他們對官司的驚訝，並表示在社群媒體放孩子的內容沒有錯。她的經紀人似乎是對的。她不能再挑剔了。唯一一家回覆的公司，是一間只與最新網紅合作的平價手機殼販售商。一些現有客戶已經和她切割，她忐忑不安等著今天會收到什麼郵件。到目前為止，泰勒還沒有收到Target百貨或Amazon的任何消息。惠妮盡可能相信沒消息就是好消息。

唯一的一線希望是，那則有關米亞起訴她的限動，獲得超過五百萬次的觀看次數——這是她的最高瀏覽量。這令人興奮也令人厭惡。人們真的無法將視線從這場災難中移開。

週一早上，《奧斯汀美國政治家報》在頭版刊登一篇文章，標題是「媽媽部落客被女兒起訴」。讓惠妮羞愧的是，文章作者是麥可的一位老同事。

今天早上，泰勒打電話告訴她，Amazon已經取消合作，原因是合約中的道德條款。該公司稱，米亞的起訴可被視為公開譴責。

電話掛斷，惠妮在工作室踱步，雙手扭成一團，想像支票帳戶裡的錢，一點一點在減少。怎麼付下個月的帳單？荒謬的房貸？她為什麼沒有做好更周全的規劃？存更多錢？她真的是太愚蠢了。

她只想躺平、睡個一年，但她無法。她必須為下午和泰勒安排的律師碰面做準備。他的名字叫巴頓・布里格斯，顯然是個很有個性的人，而且非常優秀。她希望如此，因為此時此刻，她覺得只有超級英雄才能拯救她一團亂的生活。

當惠妮推開奧斯汀市中心布里格斯和穆林斯律師事務所閃亮的玻璃門時，她的心情糟透了。電梯門在八樓叮一聲打開，惠妮與櫃檯眼神交流，對方勉強笑了笑。惠妮想像這些人對她的看法。什麼樣的母親會被自己的孩子起訴？

她還來不及告訴櫃檯自己的名字，一個金色捲髮、穿窄裙的年輕女子出現，說她是布里格斯先生的助理。金髮女子帶惠妮沿著走廊來到會議室，走廊兩旁掛滿藝術品。

「到了。」女人示意她坐下。會議桌中央放著水、餅乾和咖啡壺。「布里格斯先生馬上就到。請享用茶點。」

惠妮向她道謝，走到窗邊欣賞德州議會大廈的絕美景色。

「好美，不是嗎？」一個低沉的聲音在她身後響起。

惠妮帶著僵硬的笑容轉身，一個五十多歲的男人站在她身後，身材高大，深色西裝、牛仔帽、牛仔靴。巴頓・布里格斯看起來以前是高中橄欖球校隊。「風景真美。」

惠妮伸出手。「你好，我是惠妮・高登。」

「很高興認識你。我是巴頓・布里格斯。」他轉向身旁三十多歲的黑髮女子。「這位是凱西，我的律師同仁，她會跟我一起處理這個案子，我們一邊聊，她一邊筆記。」

「很高興認識你，」凱西面無表情地說，「我是你的忠實粉絲。」

惠妮不知道是否該相信她說的話。

他們坐下，巴頓把帽子放在桌上，靠向椅背。「那麼，今天我能為你做些什麼？親愛的。」

惠妮感到惱怒。她希望泰勒沒有安排一個厭女的律師。也許這是她對於惠妮沒有第一時間告訴她官司的懲罰。

惠妮拿出文件，推到對面。「你可能在《政治家報》上看到，我十幾歲的女兒米亞起訴我。自從我丈夫意外去世，我做全職網紅四年。米亞對此從未有過異議，但最近她要求我刪除她不喜歡的特定照片和文章。現在她搬出去，事情變成這樣。」

「聽到這個消息我很難過。」布里格斯拿起信件。「我也有兩個十幾歲的孩子，他們非常難管。我想說：『青少年，你無法和他們一起生活，也不能拍攝他們。』」

惠妮緊張地笑了笑，凱西面無表情。

布里格斯瀏覽文件。「你認為你女兒的訴訟有法律依據嗎？」

惠妮深吸一口氣。「不，我只是發布我的生活。」

「嗯，嗯。那她的薪水呢？」

惠妮緊張地轉動水瓶。「薪水？她沒有為我工作。」

「我在你的IG上看到米亞好幾次。」凱西插話。

惠妮勃然大怒。「因為她是我的家人。我的社群媒體當然會有我的孩子——我為我的四個孩子感到無比自豪。但他們並不是每週為我工作四十個小時。」

巴頓挑了挑眉。「你覺得她每週為你工作多少小時？」

惠妮無法相信這種提問方式。她坐直，抬頭看天花板。「偶爾，有時。我們拍照，但我會用幾個月的時間來處理內容。有時我也會寫我們的關係。但她不是我的員工。」

「好吧，我明白。看起來確實很鬆散。但我們希望你能回顧過去四年，米亞為你工作的頻率。」

「她沒有為我工作！」

「你這麼認為，但法官可能會有不同的看法。」

惠妮覺得腦袋像一團即將噴發的火焰。這些人不是應該為她辯護嗎？她覺得自己像在接受審判。

巴頓向後靠，雙手放在圓鼓鼓的肚子上，白色襯衫的鈕扣已經快被撐破。「有考慮過和解嗎？花點錢解決問題，也許就能撤回。」

「我認為不是錢的問題，」惠妮用沙啞的聲音說道，「米亞希望我停止發布關於她和她弟弟妹妹的文章。我認為不太可行。」

「為什麼？」凱西問道。

「合約已經簽了，我不能毀約。我是家裡的經濟支柱。我還要為我的大家庭承擔很多責任。」

巴頓和凱西交換眼神。「我們理解。」巴頓用慈祥的語氣說道，「法律在這方面確實保護父母。有聽說過『親子豁免原則』嗎？」

惠妮搖頭，他繼續說道，「一個法律概念，未成年子女，不能因父母的過錯而提告。」

「什麼意思？」

「這意味米亞沒有多少勝算。」惠妮鬆了一口氣。

「但要求支付工作報酬，又是另一回事了。」

「啊！」惠妮雙手一攤。「但她沒有為我工作。我不懂你為什麼要一直提起。」凱西愣了一會兒，但布里格斯不為所動。他顯然見過更糟糕的情況。

「我是一個在社群媒體發布自己生活的媽媽，而她是我的孩子。」

凱西開始說。「我算了一下，只算今年，米亞就出現在十篇業配文。」惠妮的臉紅了。十篇。這個數字不可能正確，對嗎？「但我為她提供所有的食衣住行。此外，這些照片很有趣！我不認為有什麼大不了的。」

布里格斯舉起手，要她暫停。「惠妮，你是這家公司的執行長，你不能說你的女兒只是在照片裡扮演女兒的角色。」

惠妮感覺大腦快要裂開。如果這種質疑只是庭審的一小部分，她不知道自己能否承受。

布里格斯繼續說：「好消息是，基本上法律還跟不上網紅的行為。雖然目前還沒有關於公開孩子照片的判例，但這種情況很快就會改變。我們需要你提供所有資訊。」

惠妮深吸一口氣，「抱歉我情緒失控。這段時間我很難熬。」

布里格斯伸出手拍她。「一切都會好起來的。如我所說，我認為你女兒勝訴的可能性不大。而且因為媒體關注，法官可能會加快審判進程。」

他笑著說：「我知道這對你來說不容易，但盡快解決可能對我們有利。」

這也是惠妮希望的。

「還有一件更重要的事需要討論。」巴頓說道，凱西把一張紙遞給他。「米亞的律師提交一份臨時監護權協議，讓米亞和奧馬爾・賈西亞以及伊娃・賈西亞住在一起。你知道這件事嗎？」

惠妮試圖抑制反胃的感覺。「不知道，」她小聲說道，「這是什麼意思？」

巴頓瞇眼看著文件。「看起來律師建議米亞在庭審前和庭審期間，與賈西亞夫婦同住。你只需支付米亞的食宿費，並給她一些零用錢。一旦庭審結束，無論誰勝訴，米亞都會回到你身邊。」巴頓抬頭看她。「這可能是為了防止你在庭審前和庭審期間對她產生影響。」他笑了笑，「有點諷刺。」

惠妮沒有笑。「我不同意。米亞要和我住在一起，和我們全家住在一起。」

「我知道你會這麼說，但我認為這可能是一件好事。給米亞時間冷靜。你永遠不知道未來幾個月會發生什麼事——她可能會非常想念你們，甚至放棄訴訟。」

「不太可能。」她的女兒和她一樣倔強。

巴頓再次靠回椅背。「有句老話：『愛一個人就放她自由。她如果回來，就是你的。』」

惠妮只想到他沒有說完的部分：「如果沒有回來，就當從未愛過。」這是她最擔心的。

離開律師辦公室，惠妮心緒煩亂，就像一根突然暴露的電線。她不敢相信她的女兒，她的長女，不知道要到何時才能和她一起生活。巴頓說，庭審可能長達一年。她怎能忍受一年見不到女兒？她該如何向其他孩子解釋米亞不在家？

惠妮回到家，蘿西在和孩子吃飯。蘿西看到她，安靜地倒了一杯酒。惠妮不應該喝的——她最近太依賴酒精了——但她該如何度過這段日子呢？

惠妮感激地接過酒杯。酒精在血管中流淌，讓她感到放鬆。這時，門鈴響起。

「會是誰呢？」她問在做晚餐的蘿西。

蘿西聳聳肩，繼續烤雞。「可能是包裹。」

惠妮心跳加速。也許是艾斯。她現在非常想和一個強壯的男人擁抱。

「來了！」她邊喊邊脫下高跟鞋，直直走向大門。

門一打開，惠妮差點摔倒，杯裡的紅酒幾乎就要灑到地面。門口，手裡拿著行李的是她的婆婆。她總是認為惠妮配不上她兒子。麥可去世大約一年後，她們就再也沒有說過話。茱蒂絲曾來過家裡，那次對她們來說十分尷尬，甚至痛苦。麥可留下的空白從未如此明顯。從那之後，茱蒂絲改與孩子們通話，並在他們生日時寄卡片和禮物。

「茱蒂絲？你怎麼來了？」她的婆婆看起來和上次見面時一模一樣。白髮依舊蓬亂，玳瑁眼鏡、九分褲，以及只有奶奶們會覺得時髦的白色厚底鞋。

「我孫女對她母親提告。」茱蒂絲以三十五年芝加哥教職資歷的嚴肅口吻說道。她提著行李踏入家門，「我還能去哪兒？」

HateFollow.com

垃圾熊貓 11月1日 晚上7:03

這場官司到底會怎麼進行？米亞以後不會出現在部落格了嗎？她還會和家人住嗎？

血拼療法&彩虹 11月1日 晚上7:04

阿災，也許這會改變網紅生態，不能再過度曝光孩子。很好。

哎噁，桃樂絲 11月1日 晚上7:07

我是處理家庭案件的律師。米亞以後很可能會跟監護人住。看了令人鼻酸，她的弟弟姊妹應該會很困惑，很想念她。惠妮必須同意女兒的要求，不要再發她的貼文。可憐的孩子。

撩人小釣手 11月1日 晚上7:10

我不想被肉搜，但我認識惠妮本人。我可以很有把握地說她是個壞媽媽。比你想像的還誇張。

素食吸血鬼 11月1日 晚上7:23

樓上認識現實生活中的惠妮？快說！

板主 11月1日 晚上7:24

如果有人違反版規，我會馬上隱版。這一家人很愛打官司，我不想碰。

18 米亞

第三節課結束，米亞前往學生休息室，她每天都和卡蜜拉在這裡見面，聊天分享。

就在她進入休息室之前，她口袋裡的手機開始震動。螢幕解鎖，克洛伊發來簡訊。開學時，媽媽給雙胞胎各買一支「功能型手機」，以便她們在緊急情況打電話、發簡訊。克洛伊和夏綠蒂喜歡傳簡訊給她，通常只有表情符號。看到手機螢幕上的名字，米亞的心一陣刺痛。

但克洛伊發來的不是她所期待的表情符號，而是實實在在的一段文。

你在哪兒？為什麼沒回家？

米亞哀嚎。

「怎麼了？」卡蜜拉出現。

「克洛伊想知道我為什麼沒回家。我該怎麼說？」

卡蜜拉想一下。「你媽媽沒有告訴她發生什麼事了嗎？」

「不知道。」米亞跟著卡蜜拉走進休息室，坐在旁邊的沙發上。她還來不及回，克洛伊又傳來了。

學校每個人都在講我們。我聽到坎西的媽媽說，你在拆散我們家。

「哦，不。」米亞低語。

米亞把手機轉過來，讓卡蜜拉看簡訊。卡蜜拉的眼睛幾乎要掉出來了。「我的天哪。」

「是啊。」米亞手指飛快，如果坎西的媽媽知道入浴照貼滿學校走廊，可能就不會這麼想。

很抱歉讓你遇到這種事。你可以告訴坎西的媽媽，我正在捍衛自己的想法。

米亞發送訊息時嘆了口氣。她該怎麼向妹妹們解釋這一切呢？

克洛伊沒有立即回覆，於是米亞又傳送一則訊息。

我愛你，想你。我們晚點再聊好嗎？

這次，克洛伊很快回覆。

好的。我也愛你，想你。

她在訊息最後，放上彩虹和一串愛心符號。

米亞微笑著將手機放回口袋。她真的很想念她們。她得想個辦法盡快見到她們。

「一切都還好嗎？」卡蜜拉問。

「目前還不錯。」米亞回答。

「我有東西能讓你開心。看到最新一期了嗎？」卡蜜拉把校刊舉到米亞面前，幾乎碰到她的鼻尖。

「沒有。」米亞把報紙推開。「為什麼會開心？」

「他們寫了一篇關於你的訴訟的文章。」

「真的嗎？」米亞不敢相信一切進展得如此之快，媽媽一週前才收到傳票。「真的假的？」卡蜜拉把校刊遞給她。「你自己看吧。」

米亞雙手顫抖，看著頭版。醒目的標題以黑白兩色印刷：米亞・高登為我們所有人發聲。

她睜大眼睛看卡蜜拉。「是的，」她最好的朋友說，「寫得很好啊。」

米亞開始閱讀，她周圍的一切噤聲。學生不再吵鬧，老師不再斥責。當她閱讀主編專欄，所有的噪音消失無蹤。

米亞・高登為我們所有人發聲

文字／亞歷・梁

我聽到許多同學嘲笑米亞・高登起訴她的網紅母親。他們說：「有什麼大不了的？不就是幾張她小時候的照片嗎？」或是「如果我媽媽能賺那麼多錢，我也會讓她想PO什麼就PO什麼。」又或者是「誰在乎？反正沒人看這些垃圾。」

但同學似乎不明白，米亞的訴訟將開啟首例，對我們所有人的生活產生巨大影響。我們是在二〇〇五年至二〇〇九年之間出生的世代，那時媽媽部落格、育兒論壇剛剛興起。社群媒體在當時很新鮮，也很有趣，沒有制定任何規則。現在也沒有。英國的一項研究發現，在孩子滿五歲之前，父母會在社群媒體發布大約一千五百張照片。幾乎相當於每天一張。

你可能從未想過，你的父母或甚至祖父母曾發布一些關於你的傻照片。一些尷尬的照片，比如你看起來很傻，戴牙套，或許還有嬰兒肥。和放在私人相簿不同，這些照片可以公開搜尋。如果你申請哈佛大學，你會希望面試官知道你媽媽在你高中期間，每年在推特[2]找數學輔導老師？或者，你希望你未來的主管看到你父親PO你兩歲半的可愛影片，光溜溜坐在便盆上？

在這個國家，成年人總是忽視未成年人，這個普遍的事實，令人厭倦。我們是校園槍擊案的間接受害者，政客們表示同情、祈禱，說「事情原本可能更糟」。面對氣候變遷，嬰兒潮世代假裝問題不存在，假裝年輕人生存的地球並沒有走向滅亡。這就是美國人的方式，無視那些他們認為不重要或不想處理的問題。

我們是在社群媒體環境成長的世代，這表示我們是為維護網絡隱私權而奮鬥的世代。每個子女都應該有權力對父母在網路上發布他們的資訊表達意見，有權決定所有關於個人的公開資訊。

米亞・高登正在幫助我們實現這一目標。我們不應該嘲笑她，而是應該感謝她。

「哇，」米亞抬頭看卡蜜拉，臉頰泛紅。她第一次覺得有其他同學理解她。
「我知道，對吧？你知道這個叫亞歷的傢伙是誰嗎？」
「不知道。」
「我想知道他可愛嗎？」
米亞翻了個白眼。「我需要感謝他嗎？」她考慮了一下。「我應該感謝他。」
「沒什麼不好。越多支持者越好。」
在接下來的三堂課，米亞注意到其他同學對待她的態度發生了明顯的轉變。當她走過或進入教室，背後仍有人竊竊私語，但人們看她的眼神已經不同了。沒有人再議論她的母親或是訴訟。甚至在社會研究課，奧莉薇亞・班克斯也沒有對她表示輕蔑。「文章寫得不錯。」一個她不認識的人在她去吃午飯時喊道，好像文章是她寫的。
米亞低頭繼續走，臉上掛著微笑。
自習時間，她來到二樓，那裡是校刊社辦公室，與新聞老師的教室相連。
辦公室是空的，米亞穿過房間走向後面，那裡有一扇敞開的門。遠處牆上有一個巨大的金藍色招

2 譯註：已更名為X。

牌，寫著：「所有奧斯汀高中適合刊登的新聞」。房間裡一排排長桌擺滿電腦，但只有一名學生。

她敲了敲門框。「打擾一下。我，呃，想找校刊辦公室。」

那名學生抬頭。等等，他是學生嗎？他身材高大、衣著整潔、相貌英俊，戴著黑色方框眼鏡，一頭黑髮相當有型。合身白色襯衫、黑色牛仔褲、黑色領帶，不見高中男生常見的寬鬆運動短褲、T恤。

「這裡就是。」他漫不經心打量她一眼，然後視線重回螢幕。

「呃，太好了。」米亞躊躇著。「我，呃，其實是來找亞歷・梁。」

「我就是。」男學生這次懶得抬頭看她。

「哦，你好。嗨。我是米亞・高登。」

「我知道你是誰。」這次他抬起頭，用深邃的雙眼直視她。

「你知道？」她驚呼。然後默默地想著，**你這個笨蛋！他當然知道。他寫過一篇關於你的文章。**

亞歷站起來，繞著桌子走一圈，和米亞握手。

亞歷鬆開手時，米亞用牛仔褲擦了擦。他靠在桌子，雙腿自然交叉，腳上是紅色的Converse。

「哦，好的，呃……我想謝謝你。」她很難跟同學眼神交流。尤其男生。面對面。

「不用謝，」他懶洋洋地聳聳肩，「我只是實話實說而已。」

「我很感激。他們沒有讓我好過。」她沒有說明「他們」指的是誰。

他笑了笑。「是啊，這裡有些學生真的很蠢。」

她忍不住笑了。「我有注意到。」

他沒有和她一起笑，而是看著她，似乎等她說什麼。這時，她注意到辦公桌後方牆上，掛著西北大學校旗。

「西北大學？」她指著校旗，「我爸爸的母校。」

「太棒了。我正期待收到新聞學院提前錄取的消息。」他折起手指，然後指向米亞。「你爸爸不是《政治家》的編輯嗎？」

她開始起雞皮疙瘩。「是的。」她想知道他在寫專欄文章時，還深入調查她家的哪些細節。

「很好。我也想做新聞工作。」

「哦，太棒了。」這是她目前能想到最有趣的回答。「好吧，嗯……再次感謝你。」

他點點頭，繞過辦公桌，回到座位。「不客氣。」亞歷把注意力重新放回電腦。

米亞等了數秒，雙腳彷彿被固定住。然後轉身，走向門口。

就在她跨過門檻時，她聽到亞歷向她說：「希望你贏！」

她回頭一看，驚訝地發現他正在對她微笑。「我也希望。」

19 惠妮

編織。茱蒂絲總是在編織。無論是在餐廳中島吃早餐，在泳池邊曬太陽，還是每天下午四點一邊收看益智節目《危險邊緣！》，一邊讓梅森在她腳邊玩卡車。惠妮快要抓狂了。

茱蒂絲已經待上一週了，惠妮從來沒看過婆婆手上沒有針線。她不禁懷疑這是不是一種緊張性抽搐，茱蒂絲不得不讓自己保持忙碌。

自從茱蒂絲搬來之後，艾斯變得很少出現。他說他不討厭她，但惠妮明白，和女友前夫的母親相處，就是尷尬。不過，茱蒂絲很會帶孩子。她蹲在地上和梅森一起搭積木，玩賽車，玩黏土，花好幾個小時和雙胞胎聊天，聽她們講最新八卦，還教孩子們數學、做拼字測驗。

這和她的母親形成了鮮明的對比，珊蒂有一半時間不屑於關心孫子孫女。

今天早上，惠妮坐在（好吧，其實是躲在）角落，用筆電工作，茱蒂絲端著一杯咖啡和她的織布走進來。她正在為梅森織毛衣，這似乎不是一個睿智的舉動，當梅森可以穿這件毛衣的時候，他可能已經長兩倍大了。

茱蒂絲忙進忙出，從冰箱拿出一桶優格，從儲藏室拿出惠妮最喜歡的無麩質燕麥片。根據廚房傳來的和諧敲擊聲，茱蒂絲正在做優格水果燕麥百匯霜淇淋。

惠妮嘆了口氣，強迫自己專注看螢幕。

「還好嗎？」茱蒂絲問。

「哦，還好。工作上的事。」泰勒寄來的電子郵件，告訴惠妮又失去了一個客戶。但她不會跟茱蒂絲說這些。唯一值得慶幸的是，Target沒有取消合作，而是把宣傳延到訴訟結束，他們行銷副總裁顯然對惠妮情有獨鍾，副總裁本人也是有小孩的年輕寡婦，曾對泰勒說：「青少年很難管的。我相信一切都會過去。」

茱蒂絲一邊吃早餐，一邊若有所思看著她。「我能問你一個問題嗎？」

惠妮戰戰兢兢點頭。茱蒂絲唯一比編織更感興趣的似乎就是調查別人的生活。每當她們獨處時——這種情況比她想像的更頻繁——茱蒂絲就會提一個明顯不懷好意的天真疑問。

「網紅究竟在做什麼？」

惠妮閉上眼睛，努力保持鎮定。「經營粉絲社群。粉絲向我尋求購物或生活上的幫助，有時向我諮詢育兒、時尚或健身方面的建議。」

「好吧……」茱蒂絲等惠妮繼續。作為一名資深教師，她很懂得何時應該保持傾聽。

「把網紅想像成雜誌，但內容都是我們，而不是模特兒、明星和……專家。」惠妮停頓一下。「聽起來沒有那麼專業，但很真實。我的粉絲知道我總是告訴他們真相。」

茱蒂絲吃了一口霜淇淋，看起來沒有留下印象……也沒有被說服。「所以你把所有東西都放在網路上？」

「不是所有。我發布的內容都是精心策劃的。」

茱蒂絲喝了一口咖啡。「你說的內容是指你的人生嗎？」

「什麼？不，我的意思是，我不會發布粉絲不想看到的內容。」

「比如和女兒大吵一架，以及官司。」

惠妮揉了揉鼻梁，試圖緩解逐漸加劇的頭痛。「我必須公開說明。我不隱瞞這些。」

「或是丈夫突然去世。」茱蒂絲的聲音哽咽。

惠妮的喉嚨緊縮。「是的。」她關上筆電，看著茱蒂絲。

「當我失去麥可時，我崩潰了。我不知道該如何繼續——作為一個母親，作為一個女人——也不知道我應該怎麼做才能生存。我PO了他的葬禮照片，當時追蹤者很少。他們是我的朋友！反正我是這麼覺得的。我完全沒想到會這麼熱門。我的粉絲幾乎在一夜之間從兩萬增加到二十萬。然後繼續增長。我一定是瘋了才會不把握機會。」

茱蒂絲眨了眨眼，淚水湧出。「那些照片讓人難受。每次看到我兒子那樣……都讓我重回生命中最糟糕的一天。我相信米亞也有同樣的感覺。」

「我們刪除那些照片了。」惠妮坐直，她知道自己永遠無法讓婆婆滿意。尤其在婚禮前幾天，茱蒂絲還提議要惠妮簽婚前協議，表明她認為惠妮配不上她兒子。（麥可很快就打消簽協議的念頭。）

「你可能已經從網站上刪除了，但在其他地方還是很容易找到的。」

「我很抱歉。我們正在努力刪除。這比想像的還要難。」她需要再跟泰勒談談，到底是什麼在阻礙。「老實說，談論麥可的死，對我來說像是在治療。我不想傷害任何人。我只是想活下去，希望能幫助其他人。你也許不同意，但我找到了一個可以養家的事業，同時也擁有很多時間陪伴孩子。如果有其他方法可以讓我在家賺到六位數，請告訴我。」

茱蒂絲的眼神黯淡了下來，拿起她的鉤針。「你說得對。這是你的生活。」

惠妮用手抹了抹臉，「我該出門了。」她原本打算寫一篇部落格文章，並安排這個月其餘的社群內容，但她再也不想待在家裡了。

「你能停止訴訟嗎？」茱蒂絲問。

惠妮嘆口氣，起身。「那要看米亞了。」

茱蒂絲也站起來，端著空碗和咖啡杯走向洗碗機。「我正想跟你談。我想見她。能把她的手機號碼給我嗎？」

惠妮的胃在發燙。茱蒂絲要和米亞說話，抱抱她，親親她。儘管她很嫉妒，但她知道不能讓婆婆離孫女太遠。

「當然。」她拿出手機，用僵硬的手指將米亞的電話號碼傳給茱蒂絲。「我得準備午餐會議。」那是謊話。她沒有午餐。「我會去接孩子們放學。下午見。」

收拾好東西，惠妮走出前門，喘口氣。

去咖啡店工作並沒有意義。她知道她還是會一直看私訊。自從官司詔告天下，她每天看到的內容都讓人精神崩潰。

恭喜你！正式成為全美最糟糕的母親。

真不知道有人會剝削自己的孩子和死去的丈夫，聽說原來是你。蕩婦。

去死吧。

去死吧。

去死吧。

即使電腦沒開，她還是會想起那些訊息。她怎能不想？陌生人在網路上說出殘忍的話——尤其是對那些選擇把自己的生活公諸於世的人。即使是最虔誠的修女也會質疑自己的信仰。

惠妮並不是沒有收到應援的訊息。她有收到。但就算惡評只有一則，也會鑽進她的腦袋，永遠留在那裡。最奇怪的是，這些黑粉大多選擇持續關注。如果他們不喜歡她的內容，認為她又胖又醜，或是真的認為她是個壞媽媽，為什麼不取消關注？她永遠不會了解這些人為了要把她拉下神壇所追求的到底是什麼。

她需要的是燒毀她的沮喪。她前往伯德夫人湖，呼吸新鮮空氣。從MoPac高速公路到拉瑪爾大道，將近五公里的路程，惠妮欣賞了天際線也欣賞完人群，感覺輕鬆多了，餓了。

她拿起電話。早上十一點，也許可以約陶妮吃午餐。

你在做什麼？

陶妮馬上回傳。

放空。怎麼啦？

想不想一起吃塔可？

很棒。

好極了！三十分鐘到。

惠妮幾乎是跳著走回車子，對於終於見到老朋友感到非常興奮。陶妮住在奧斯汀東區一棟可愛的房子裡，而她們最喜歡的塔可餐車剛好順路。

她準時抵達陶妮家，一手拿一袋香料燉肉和烤肉塔可，一手拿著托盤，裡面是兩杯新鮮芒果汁。

陶妮笑著打開門。「嘿，陌生人。請進。」

踏進陶妮色彩繽紛的家，惠妮將食物放在餐桌，給朋友一個大大的擁抱。「好高興我終於來了。我好想你。」她們幾乎每天傳簡訊。只是最近要見面似乎不太可能。

「我也這麼想。」陶妮看了看食物。「看起來好好吃，我餓壞了。」

「我也是。」惠妮開始從袋子裡拿出塔可。「我需要和茱蒂絲分開一下，沿著步道和自行車道走了將近五公里。」

陶妮吃一口塔可，笑了起來。「天哪，太好吃了。」她喝一口檸檬水。「她在你家讓你感覺這麼糟？」

「不糟。比較多是尷尬。」惠妮專心吃掉第一個塔可。她早餐應該吃點別的，不要只是咖啡。她拿起飲料。「她今天問我米亞的電話號碼。」她向陶妮挑眉。「然後我就離開了。」

「天哪。有進展嗎？」陶妮把頭歪一邊，臉上露出憐憫的神情。

「糟透了。我很想她。」惠妮向後靠在椅背，把包裝紙揉成一團。「我抑制不了怒氣。茱蒂絲今天拿麥可的照片說我。她有這個權利，但你看過其他人在IG和TikTok的內容了嗎？我看過有父母PO小孩穿著暴露的衣服、比基尼的照片和影片；還有嬰兒滿身糞便，更不用說罹癌兒童接受化療或甚至死亡的照片了，不管你信不信。這太瘋狂了。還有那些在YouTube播放孩子一舉一動的家庭呢？但我卻被告了？這沒道理啊。」

「也許你的案子會改變其他父母。」陶妮說。

「如果米亞贏了的話。」

「是的。」

惠妮嚇到。「所以你認為米亞會贏？」

陶妮深吸一口氣，像是走鋼絲的人邁出第一步，謹慎選擇說出口的話。「我認為米亞開啟了讓父母和孩子聊聊有關網絡隱私的對話。」她抿唇。「我常看TikTok——我想看孩子們都在看什麼。很糟，惠妮。社群媒體到處都有父母在利用自己的孩子。我不是說你也在這麼做，但⋯⋯」

「但你就是這個意思，對不對？」惠妮雙手抱胸，食慾全失。「你認識我二十年了。你比任何人都清楚，我絕不會做出任何傷害孩子的事。」

「我知道。我也知道你承受巨大的壓力。」陶妮低頭看自己的雙手。「你有看上週雙胞胎吃冰淇淋影片的留言嗎？」

「有。」惠妮回想起雙胞胎吃冰淇淋的短影片，她們一邊傻笑，一邊舔薄荷冰淇淋。那天陽光明媚，她們很想吃冰淇淋。影片標題「甜蜜來襲！」是她下的。「我是說，前二十秒左右。怎麼了？」

陶妮扶額。「你應該看看留言——所有的留言。有對於小女孩很粗俗的留言。涉及性騷擾。」

惠妮舉起雙手。「太噁心了。這是個很單純的影片！」

「我同意。」陶妮的聲音緩慢、平靜。「但社群媒體有很多扭曲的人，他們搜尋小女孩的照片和影片。你的粉絲數量龐大，根本不可能知道你的內容會流向哪裡。」

惠妮的胃部痙攣。她突然覺得有必要回去瀏覽她社群媒體上的每一筆留言。

「我知道你是個好媽媽，但我也知道你固執得無可救藥。花點時間，思考米亞的網路隱私，還有雙胞胎的、梅森的。」

惠妮的頭前後搖晃，揉著胸口隱隱作痛的地方。「我已經通通想過了。」

「是嗎？」陶妮問道，她的眼睛閃閃發光。「因為米亞的要求在我看來完全合理。」她拿起飲料，喝一口。「說實話，我不敢相信你竟然願意讓她搬出去。」

惠妮把椅子往後推，跳了起來。「我不願意。是法院命令我得這麼做。」

陶妮把飲料重重放到桌面。「惠妮。事情怎麼會發展到這一步？你是她的**母親**。你必須導正錯誤。」

「我不知道該怎麼做。」惠妮幾乎在咆哮，滿滿的沮喪。「我不敢相信最好的朋友不支持我。」

「對不起。但我做不到。」陶妮向後靠，看著她，露出冷漠的表情。

突然，惠妮感到一陣頭暈，她扶著桌子，穩住身體。她失去了女兒，現在似乎又失去了最好的朋友。「我想我們都不是完美的母親，對嗎？」陶妮的小孩雖然也有過脾氣暴躁的青春期，但一直都是好孩子。她從未遇過這樣的事。

惠妮拿起包包。「我該走了。」

「別這樣，惠妮。別走。」陶妮的眼神充滿哀求，她指著塔可。「你幾乎沒吃。」

「沒關係。我還有很多工作要做。」她向朋友露出一個雙唇緊閉的笑容。「再見。」

惠妮走向門口，留下陶妮坐在餐桌前。

接下來的幾個小時，惠妮喝著濃縮咖啡，在社群媒體發布貼文，與泰勒聊天，為了激怒陶妮而關閉雙胞胎吃冰淇淋影片的留言。時間過得很快，不知不覺就到了去學校接克洛伊和夏綠蒂的時間。當她把車停妥，下課鈴聲響。惠妮走到草坪，那裡聚集許多家長。她對著一群時髦的媽媽，舉起手說：「午安！」

對方沒有回應，而是看了看。基本上算是背對她。

惠妮感到臉頰發燙，趕緊把手縮回。她能聽到血液在耳邊奔馳，就像暴風雨後的河流。先是陶妮指責她利用孩子，現在這些媽媽又對她無視？她簡直不敢相信。她在這個校區待了十年，那些媽媽也是。她們就是那種會關注她的類型。壞女人。

她臉上掛著虛假的笑容，心裡滿是尷尬。雙胞胎從學校裡跑出來，看到她以後開心地大叫，以往通常是蘿西來接。至於那些失禮的媽媽，惠妮心想就這樣吧。

「嗨，女孩們。」她彎下腰擁抱她們。「想死你們了。」克洛伊和夏綠蒂一邊拉著她的手，一邊喋喋不休地分享她們的一天，一起走向她的車。惠妮一直低著頭，沒有與任何家長進行眼神交流。

女孩們坐到後座，惠妮打開駕駛座車門。她扣好安全帶，在後視鏡中看到一雙悲傷的眼睛。

「媽媽？」夏綠蒂問。

「怎麼了，寶貝？」

「什麼是官司？」

惠妮吞口水，試圖濕潤突然乾澀的喉嚨。她轉過身，看著雙胞胎。「為什麼會問這個呢？」

「學校裡每個人都說米亞告你，」克洛伊緩緩地說著，「小孩能告爸媽嗎？」

惠妮看著擋風玻璃外的世界，肩膀低垂。她該怎麼向兩個十歲的孩子解釋呢？

「你做了什麼壞事嗎？」夏綠蒂問，克洛伊脫口而出：「米亞不想成為我們的家人了嗎？」

惠妮小心翼翼選擇措辭，胃裡一陣絞痛。「米亞當然想成為我們的家人。但她對我，以及對她在我的工作扮演的角色非常地生氣。她雇了一位律師起訴我。」

「這是什麼意思？」克洛伊問：「她的律師會問我們問題嗎？」

「不，不——我不這麼認為。」雖然她不確定答案。她需要問巴頓，他或米亞的律師是否打算與女孩們聊聊。

「如果米亞贏了，有人會帶我們走嗎？」夏綠蒂問，聲音顫抖。

惠妮的眼角湧出淚水。「哦，天哪，寶貝——不會的！」她將手放在夏綠蒂的膝蓋上，強顏歡笑，看著兩個女孩。「我會盡我所能不讓你們出庭。其他小孩在學校談論，我真的很抱歉。這真的不關他們的事。別想太多，你們隨時可以找媽媽，好嗎？」

「好的。」克洛伊和夏綠蒂異口同聲回答，她們暫時不再害怕。

惠妮深呼吸，發動引擎。

「我想念米亞，希望她回家。」夏綠蒂在座位上輕聲說。

「我也是。」克洛伊說。

惠妮看著後視鏡裡，兩個寶貝女兒悲傷的臉，說：「我也是。」

她倒車，慢慢駛出車位，整個人無比沉重。

HateFollow.com

哎嗯，桃樂絲 11月8日 下午5:36

有人注意到惠妮影片背景中的那位老太太嗎？她請保姆來顧小孩？

94嘴秋 11月8日 晚上6:12

可能是兒少保護單位的人？畢竟法院必須調查惠妮到底是不是個稱職的媽媽。

血拼療法＆彩虹 11月8日 晚上6:12

那是麥可的母親。我記得在葬禮照片看過她。也許她是來勸勸惠妮的。

泰勒濕 11月8日 晚上6:15

關於這個女人……我是說，陌生人，我們真的知道太多了。

20 米亞

對米亞來說，走在學校走廊變成全新體驗。突然之間，每個人都知道她的名字，似乎都想認識她。

「你好，米亞。」生物課辯論冠軍、活潑的金髮女孩說著。

「你好。」米亞輕聲回答，一縷頭髮塞到耳後。

「最近怎麼樣，米亞？」本屆校友日皇后，華麗的藝術家向她問候。

米亞害羞笑了笑，不懂為什麼潔德・史密斯知道她的名字。她是高年級學生，她們甚至沒有同班。

「看起來不錯，米亞。」英語課的開心果笑著說，他的朋友們也附和著。這讓米亞臉紅、低著頭。

就連奧莉薇亞・班克斯對她的態度也變好了。前幾天她對她微笑，今天早上還稱讚她的鞋子。這讓她幾乎無法承受。

米亞快步走到置物櫃，交換上、下午課本。她迫不及待想去餐廳和卡蜜拉一起吃午飯。今天餐點是起司辣肉醬玉米脆片，她餓壞了。

往餐廳的路上，米亞手機震動。一看，是來自陌生號碼的語音訊息。她點擊播放鍵，將手機放在耳邊，同時用手擋住另一隻耳朵，避開同學的說話聲。

「嗨，米亞，我是奶奶。」米亞眨了眨眼睛，停下腳步，差點被身後的足球運動員撞倒。「對不起。」她喃喃自語，從人流中移開，靠向置物櫃。

她再聽一次訊息，呼吸有些急促。聽到奶奶的聲音，她的心都快要跳出來了。「可能會讓你大吃一驚，我現在住在市區，很想見你。你什麼時候有空，我們可以碰碰面。告訴我時間。愛你。」

她已經有好幾年沒見到奶奶了。上一次奶奶來探望，是梅森出生幾個月後。她們一起烤餅乾、玩遊戲，奶奶一邊幫她梳頭，一邊跟她說爸爸小時候的故事。想像奶奶柔軟的手撫摸自己頭髮的感覺，她的心像一顆鬆軟的減壓球。

米亞曾問媽媽，為什麼他們不去看奶奶了。媽媽說，爸爸去世後，一切都變了，奶奶很難在沒有爸爸的陪伴下探望他們。但米亞不明白，失去所有的親人，難道不會讓奶奶更難過？

「嘿。」

米亞搖搖頭，讓自己清醒，抬頭一看，發現亞歷・梁站在她面前。他穿紅色格子襯衫、黑色領帶、黑色緊身牛仔褲，看起來非常可愛，黑髮梳得非常整齊，就像從雜誌上走出來。

「哦，你好。」米亞注視著他，感到有些茫然。從奶奶的聲音到眼前的校草，轉變太奇怪了。

亞歷滿懷期待看著她。「有什麼需要我幫忙的嗎？」

「什麼意思？」米亞看著他的眼睛，就像一隻小鹿。

亞歷指了指她身後。「那是我的置物櫃。」

「哦！」米亞跳開。「抱歉。我收到一則意料之外的語音訊息，需要一點時間消化。我，呃，不知道這是你的置物櫃。」

亞歷一邊轉動置物櫃的鎖，一邊好奇地左看右看。「誰傳給你的？」他打開置物櫃門。「如果你不介意我問的話。」

「哦，不，沒關係。」米亞緊緊抓住背帶，手心開始冒汗。「奶奶傳來的，我好多年沒見到她了。她來鎮上了，想見見我。」

亞歷一邊在置物櫃和書包之間搬書，一邊轉頭看她，挑起眉毛。「哦。我猜這有點令人震驚吧。」

「是的，確實如此。但這是好事。我很想她。」

亞歷關上置物櫃，將郵差包斜放在肩膀上。「我很高興她主動聯繫你。」他的手指向學生餐廳的方向。「要去那裡嗎？」

她點點頭，與他並肩而行。她的食慾突然消失，取而代之的是一陣又一陣的緊張感。

「我聽說你最近和朋友卡蜜拉住在一起。」

他在打聽我的事？米亞的臉頰因此泛紅。「對。提告媽媽以後，很難待在家裡。」

亞歷笑了笑，「我能想像。」他們走進餐廳，米亞看到亞歷朝坐滿人的桌子點點頭。幾個人正在滑手機，看彼此螢幕，其他人則轉向米亞和亞歷，好奇地看著她。一個身穿寬版西裝外套的時髦女孩，特別仔細打量米亞，毫無疑問，她在注意米亞的穿搭。

米亞的目光轉向卡蜜拉的餐桌，她最好的朋友正在那裡，臉上掛著燦爛的笑容。

亞歷回頭看她，米亞的臉頰變得滾燙。「我要去吃午飯，有什麼事隨時通知我。庭審、和奶奶碰面、你媽媽。你絕對是這間學校最有意思的人了。」

米亞忍不住笑出來。「是嗎？我不這麼覺得。但我會跟你說的。」

米亞踏著果凍般柔軟的步伐，走到卡蜜拉面前。卡蜜拉正在傻笑。

「那是怎樣？」卡蜜拉顯然憋得很辛苦。

米亞聳肩。「沒什麼。我只是碰巧倚在他的置物櫃上而已。」

卡蜜拉被口中的三明治噎住。「不會吧？就這樣？」她喘氣說：「你們在聊天！你和一個男的。我要聽細節。」

米亞嘆口氣。說實話，她厭倦生活中的紛紛擾擾。「我去吃點東西，再跟你說奶奶傳來的訊息。」

「奶奶？」

「是的。剛才是很重要的十分鐘。」

放學鐘聲一響，米亞再次與卡蜜拉碰面，然後開始往她家走。

「現在打給奶奶？」

「我不知道。你覺得我應該等幾天嗎？」

「你不需要和奶奶玩曖昧遊戲。」

「也對。」米亞從口袋拿出手機，深呼吸，按下回撥鍵。

她無視卡蜜拉注視的眼神，一邊啃著指甲，一邊聽著電話鈴聲。

「喂？」

她閉上眼睛，奶奶柔和的聲音環繞著她。

「嗨，奶奶。」

「米亞？」她聽到奶奶呼喚她的名字。「聽到你的聲音真是太好了。我很想你。」

她忍不住露出笑容。「我也想你。」

兩人都在努力想接下來要說的話，氣氛變得有些尷尬。

「奶奶怎麼會來這裡？」

「我聽說官司的事了。」

米亞感到哽咽。她總是會被提醒，全世界都知道她和母親之間的問題。「哦。」

「我想也許你和你母親需要我……。我不知道。」當她停頓時，米亞聽到背景裡有小孩的聲音。

「我必須見你。」

「奶奶在哪兒？」雖然米亞懷疑她知道奶奶在哪裡。

「在你家。」

米亞停下。為什麼知道奶奶和她媽媽、和她弟弟妹妹住在一起，會讓她感到被背叛？她不應該這樣。「已經不是我家了。」

「哦，親愛的，這是你的家。」

米亞嘆了口氣。她真傻，以為奶奶不會去見雙胞胎、梅森和她媽媽。梅森幾個月大以後，奶奶就再也沒有見過他。想到這一點，她的心隱隱作痛。米亞很想看到他們再次見面。她弟弟對每個人都充滿愛，一定會用他胖乎乎的手抱住奶奶，給她一個大大的擁抱，儘管他不可能記得奶奶。

「我能看看你嗎？想帶你去吃冰淇淋，像以前那樣。」

米亞回憶起小時候去冰淇淋店的時光。那曾是爸爸最喜歡的地方，他知道她也喜歡那裡。她不記得上次吃墨西哥香草冰淇淋是什麼時候了，以前還會加點某種碎片，味道很不錯。

她努力讓聲音充滿興奮，分散奶奶身處敵營的感覺。「好啊。明天放學後去嗎？我大概四點四十五分到西六街的艾米冰淇淋。」

「太好了。我會去的。等不及了！」外婆真的聽起來很高興。
掛斷電話後，米亞將手機滑入口袋。
卡蜜拉為了鼓勵她而笑了笑。「聽起來不錯。冰淇淋一定很有趣。」
「她住在我媽家。」
卡蜜拉睜大眼睛。「哦。真尷尬。」
「是的。」
卡蜜拉挽起米亞的手。「沒關係。我相信會很好的。」
米亞勉強笑了笑。她希望自己也能這麼樂觀。

第二天，最後一節課結束，米亞匆匆忙忙跑出學校，跳上下車站牌離西六街最近的那班公車。米亞看著奧斯汀的風景從窗外飛馳而過，她的雙腿不停晃動。她希望自己能認得奶奶。閉上眼，她能想像奶奶的灰色短髮和眼鏡。更重要的是，奶奶能認出她嗎？希望她看起來不像十二歲。

到站下車，米亞走了幾個街區，來到冰淇淋店，她把指甲咬到流血。

「哦，真棒啊。」她把大拇指的表皮撕掉，現在又流血了……又一次。她停在人行道，從背包挖出一張衛生紙，包在手指上，然後繼續走。最近她咬指甲的頻率已經無法控制了。她伸出手，指甲都已經咬得血肉模糊，還沾著乾涸的血跡。幸好她穿的是大尺寸運動衫。她拉了拉袖子，希望能遮住手指，不讓奶奶發現她指尖的慘狀。

她打開門，門鈴發出叮噹聲。沒過多久，她找到了：一看到條紋T恤、九分褲、白色運動鞋，她就知道是奶奶。她的標準裝扮還是和以前一模一樣。

「米亞。」奶奶張開雙臂，迎向她，把她拉進溫暖的懷抱裡。

米亞努力忍住淚水。她比她意識到的更想念家人的擁抱。「奶奶。」米亞後退一步，笑著看奶奶。她不喜歡哭。

「真不敢相信你長大了！」奶奶伸手擦去米亞流下的眼淚。

米亞強顏歡笑，後退一步。她突然需要一些空間。「是啊。在我這個年紀，三年會發生很多事。」

奶奶不好意思地點點頭，露出笑容。「是啊。很抱歉我錯過了。」她環顧色彩繽紛、人聲鼎沸的冰淇淋店，指著櫃檯。「要點餐了嗎？」

米亞點點頭，假裝在讀選單，儘管她總是點墨西哥香草冰淇淋。她能感覺到奶奶的視線。

奶奶點了薄荷奶昔，她們找一張桌子坐下。

「怎麼了？」米亞討厭被人注視的感覺。

「沒什麼。」奶奶微笑，喝一口奶昔。「無法置信你變得這麼漂亮。」

她的臉頰漲紅，米亞知道自己像紅蘿蔔。「謝謝。」她看著奶奶那雙和爸一模一樣的綠色眼睛。「但我很宅。」

她抬起頭，奶奶放聲大笑。聲音太響亮了，米亞也笑了起來，她偷偷看了周圍，沒有人轉過頭盯著她們看。每個人似乎都忙著吃冰淇淋或是聊天。

「很好啊。」奶奶的眼睛閃爍著光芒。「你知道嗎，你爸爸在高中是個宅男。」

「是嗎？」她想起爸爸凌亂的黑髮和笑起來皺在一起的大眼睛。雖然他常穿白色高筒襪和運動鞋，但她從沒想過爸是個書呆子。

「哦，是的。他戴一副又大又厚的眼鏡。他喜歡漫畫、科幻電影……」奶奶開始笑。「他還參加過樂旗隊。」她用餐巾紙擦拭眼角。「我喜歡那段時光，那時的他像小孩，也像大人。我們之間的對話很愉快，當然，前提是他願意和我說話。他充滿好奇，聰明過人，看世界的方式也很有趣。」

米亞點點頭，吃了一口冰淇淋。「我記得。他是這世上我最喜歡的人。」

「我也是。」奶奶悲傷地笑了笑，靠在椅背上。「很抱歉從你的生活中消失。我只是無法接受麥可不在了的事實。」

「沒關係。」米亞趕緊說道，儘管她不這麼想。她願意付出一切，換取過去三年奶奶的支持。

奶奶把手放在米亞手上。「不，不應該這樣的。沒有任何藉口。我應該在你身邊，我很遺憾。」奶奶的眼裡含著淚水。「如果你願意，我願意多陪陪你。」

米亞一直盯著小桌子上的塗鴉。她有很多問題想問：為什麼奶奶不再見他們？是不是米亞做了什麼讓她不高興的事？奶奶一直都有送禮物、卡片，但感覺不一樣。

爸爸去世前，她最喜歡的就是和奶奶一起玩。每個人都喜歡雙胞胎，但奶奶對她格外關心，從折扣書店買給她很多的書，帶她去吃冰淇淋，就像現在這樣。她們和爸爸一起去遠足，在附近的游泳池待上好幾個小時。

當奶奶不再探望，她很難過。她一下子失去了爸爸和奶奶。她還能再次敞開心扉，接受這種痛苦嗎？

「我很想，」她低語著，「但奶奶和她住在一起真的很怪。」

奶奶嘆了口氣。「我知道。但你的妹妹和弟弟也是我的孫女和孫子。」她笑了笑。「梅森真的很特別。」

米亞也笑了起來。「是的，如果你說的『特別』，指的是一個迷你龍捲風的話。」

「是的。和他相處十分鐘就讓我筋疲力盡了。」

米亞的笑容消失了。她現在好想抱一抱蹣跚學步的梅森。

她懶洋洋地坐著，看著奶奶的眼睛。「奶奶覺得我做的事是對的嗎？」

奶奶在座位上扭動。「哦，米亞。這是個複雜的問題。」

米亞皺眉。「是嗎？」

奶奶低頭看著手。「我不太喜歡你媽媽這些年公開的很多東西。」她停頓一下，似乎在思考自己所說的話。「但我希望你們能一起解決這個問題。」

「我試過了。」米亞擦了眼角，希望奶奶站在她這邊。「她不聽我的。」

奶奶拍了拍她的手。「你很勇敢。我只希望你不用經歷這些。雖然我和你媽媽住在一起，但我還是想盡可能見見你。只要你同意，好嗎？我們可以去書店，去旅行。」她輕輕笑著。「什麼都可以。」

米亞點點頭。「聽起來不錯。」她抬頭看一眼牆上的鐘，已經六點了。「哦，天哪，時間不早了。我該回家找卡蜜拉。六點半吃晚飯。」

「當然可以。」奶奶露出充滿希望的笑容。「我開車送你去？我租了一輛車，可以到處跑。不過，我不喜歡這裡的交通。」

「真的很糟。但我很樂意坐奶奶的車。」

她們離開冰淇淋店，米亞滿懷期待，希望一起重建關係。

21 惠妮

惠妮和艾斯盛裝打扮，準備去市中心逛逛。他們最近就訴訟進行了長時間的交談，彼此很少見面。艾斯同意她的看法，認為米亞做得太過分了。官司、工作、茱蒂絲，這些事讓生活變得太不穩定，她試圖讓他遠離她的混亂。今晚他們要慶祝惠妮獲得《奧斯汀名流》雜誌評選為「城市最佳影響力人物」（評比是在訴訟前，很明顯）。

儘管她不知道會發生什麼——人們會對她友善嗎？他們會說什麼？——但當她沿著MoPac高速公路前行時，她的心情變得愉悅起來。她曾因為自己不受歡迎而懷疑是否應該參加今晚的活動，但現在她打扮得漂漂亮亮，妝髮恰到好處，有艾斯在身邊，惠妮很開心能出門。最近，她感覺自己被困住。特別當她知道茱蒂絲和米亞見過面。她非常想知道米亞怎麼樣了，她們說了什麼，但又不好意思開口。

車子駛入奧斯汀富豪社區西湖山一棟別墅的車道，惠妮大開眼界。今晚活動地點簡直令人讚嘆。這棟三層樓的別墅擁有純白色的外牆，坐落在俯瞰奧斯汀湖的斜坡上。景觀和建築都讓人嘆為觀止。

奧斯汀的「怪」赫赫有名。這座城市充滿嬉皮、音樂家、藝術家，也很有錢——每天都有更多的錢從加州、紐約和達拉斯湧來。科技資金、石油資金、房地產資金、網紅資金。

惠妮知道，與市中心一些名流和企業家相比，她辛苦賺來的根本不值一提，但她的身價已經遠遠超出自己的想像。

一名身穿黑色馬甲的服務生走到駕駛座車門，取走艾斯的鑰匙，另一位打開惠妮的車門，伸手扶她下車。她微笑著向那個二十多歲、頭髮蓬鬆的高挑年輕人致意，看著他的臉瞬間通紅。

這讓她信心倍增，將手搭在艾斯手肘。她很高興今晚有他在身邊，她正走進派對的未知世界。

「你看起來棒極了。」她在他臉頰上親了一下。他穿鐵灰色合身西裝、淺灰色襯衫，繫銀色窄版領帶，非常時尚。

「我要讓自己更好，才配得上你。」惠妮穿黑色小禮服、亮粉色高跟鞋。他們十分登對。

他們穿過入口，走進白色大廳，地面是漂色橡木地板，牆面裝飾有白色石灰石壁爐、奶油色大理石櫃檯。房子裡唯一強烈的顏色是掛在牆上的現代畫。惠妮做了調查，在訂製鋼板門後，有一間收藏五百瓶紅酒的酒窖；一間擁有紅色座椅和復古爆米花機的私人劇院；一座專供小狗使用的迷你電梯。惠妮的父母一定會為此感到不可置信。「電梯！寵物專用！」父親一定會拍著膝蓋驚呼。一陣悲傷湧上心頭。他們並不親近，但自從兩年前父親去世後，她真的很想念他。

進入後院，橡樹包圍的綠色草坪，派對正在如火如荼地進行。至少有兩百人穿雞尾酒禮服，手持飲料，三五成群地聚在一起，一邊聊天，一邊等待服務生分開胃菜。外圍有酒吧提供飲品，展示美容產品、贈送禮券。這不僅是一場派對，更是一次體驗。

「惠妮！」她聽到身後有人叫她。

她轉過身，發現一個穿銀色高跟涼鞋、亮橙色露肩緊身裙的矮個子黑髮女士朝他們走來。

「愛麗！見到你真是太好了！」惠妮彎腰，在身材嬌小的雜誌公關經理臉頰上各親一下。

「你也是！非常感謝你過來。」愛麗說話的方式很容易讓她成為第六個卡戴珊姊妹。「我知道你現在」——她壓低聲音，湊近惠妮——「有很多事情要忙。」

惠妮的臉僵住，但她努力掩飾。「我們很高興來參加，」她勉強笑著，「謝謝刊登我的照片」。

「哦，當然。讀者很喜歡你。」這位小姐撥了撥頭髮。「喝點或吃點東西吧。大約三十分鐘後宣布獲獎名單。離開前別忘了拿禮品袋。祝你們玩得愉快！」愛麗轉身，回到雜誌攤位，可能與同伴閒聊。

艾斯捏了惠妮的手臂。「來吧，我們去喝一杯。」他帶著她穿過人群，經過一個香檳塔。

他們直奔最近的酒吧，惠妮發誓她聽到有人竊竊私語，提起她的名字。

「那是惠妮・高登……」

「那個被起訴的……」

「她女兒米亞……」

艾斯點完單，周圍的人全都停止交談，盯著她看。惠妮環顧四周，希望看到一張友善的臉龐，她的臉和脖子熱得發燙。雖然她認識許多人，但並不真正了解他們。他們看她的眼神，證實她是話題焦點——而且不是好事。

他們拿了酒，回到人群中，那裡有更多的竊竊私語。

「我討厭網紅……」

「我就知道遲早會有孩子提告……」

惠妮緊緊抓住艾斯的手，低著頭，將身體藏到男友身後，試圖躲起來。她知道這很荒謬，但突然之間，鎂光燈太過耀眼。

這時，她看到一群女士在幾公尺外盯著她看。身材高挑的黑色長髮女子，身穿緊身綠松石色洋裝和銀色繫帶高跟鞋，凹凸有致，格外引人注目。她就是最不受歡迎的潔西卡・莫里斯。

潔西卡也是一位網紅，擅長健康與美體健身主題，擁有大約五十萬粉絲。一開始，潔西卡邀請惠妮一起喝咖啡。兩人聊得很愉快，甚至討論要見面。雖然後來沒有，但她們在幾次活動中碰到彼此，關係都很融洽。直到有一天，惠妮在一家服飾店購物，店長說潔西卡在背後說她壞話，說惠妮偷走她的創意，以及惠妮的粉絲都是假帳號。惠妮勃然大怒，從此避開潔西卡。

潔西卡看到惠妮，朝他們走來。

「惠妮！」她伸出手。「看到你真好。」

惠妮僵住了，但還是接住潔西卡伸出的手。「嗨，潔西卡。這是艾斯。」惠妮睜大眼睛看著和善的男友。希望他知道她的暗示。「潔西卡是健康和健身網紅。」

「很高興認識你，艾斯。」潔西卡滿臉笑容。「關於訴訟，我非常抱歉。」她刻意湊近說，「恭喜今晚得獎。畢竟家裡明顯發生很多事。」

惠妮瞇眼。她希望潔西卡能感受到她射出的利箭。

「你今晚也要領獎？」艾斯一副天真的樣子。

潔西卡喝了一口血紅色葡萄酒，頓時汗毛直豎。「不，我只是來和朋友一起享受派對的，我得回去了。再次恭喜你，惠妮。」潔西卡大步走回應援團，他們意味深長地注視惠妮，眉飛色舞閒聊著。

「真是個壞女人。」艾斯微笑著嘀咕。

「對吧？」惠妮挑了挑眉毛。

艾斯喝一口酒，對惠妮眨了眨眼。

音樂越來越小聲，《奧斯汀名流》編輯羅伯・佛布斯出現在舞臺上。他簡單介紹「城市最佳獎」評選方式，然後宣布得獎名單。從最佳廚師、最佳沙龍到最佳電視名人，每位獲獎者上臺領獎致謝。

當最佳影響力人物獎揭曉時，惠妮向艾斯微笑，走向舞臺，羅伯遞給她玻璃獎牌。

就在她接過獎牌時，一個聲音喊道：「她女兒也有嗎？」

眾人哄堂大笑。

惠妮停下腳步，她的胃都要掉到地上。在她反應過來以前，另一個聲音喊道：「有沒有最佳剝削子女獎？」

惠妮轉身。「你在開玩笑嗎？」她朝向聲音的來源。「好像你們都沒有。」她指著正在和同伴竊笑的潔西卡。「你小孩今天的晚餐是壽司，一個小時前你在IG炫耀。」潔西卡瞪她一眼。

「你八歲的孩子怕水。」她指著左邊一位頗受歡迎的房地產經理人。「我怎麼知道？因為你發了一篇長篇大論的貼文，說我們都需要面對恐懼。你打著好爸爸的名號，希望貼文廣為分享，讓更多人找你賣房。」經理人低頭看腳尖，一臉羞愧。

「還有你……」她指著一位穿金黃色迷你裙、胸前綴有亮片的金髮女子，「你女兒在TikTok幫你宣傳痘痘霜。這個月她帶來多少錢？」

女人的臉變得通紅，她向後退一步。

惠妮苦笑。「難道你們都沒意識到，發生在我身上的一切也會發生在你們身上嗎？我如果輸了，我們都不能分享孩子的故事，不能和孩子一起廣告。不能展現給粉絲『真實的那一面』。」——她想到米亞說的話。

「你們和我一樣都有罪。」

她回頭面對羅伯・佛布斯，把獎牌還給他。「拿去吧，我不要了。」

惠妮昂首挺胸，走下舞臺，穿過人群，拉起艾斯的手，迎向奧斯汀的璀璨夜色，取車，離開。

艾斯把車停在她家門前，惠妮胃痛難忍。自從離開派對，他們誰也沒有開口。

他熄火，兩人沉默坐在車裡。

惠妮深吸一口氣。「很抱歉讓你看到這些。我不是故意把你牽扯進來的。」

「對。」艾斯撥著頭髮。「讓人很難受。」

惠妮看著男友，嘴巴張得好大。

她本來以為他會跟她說，他為她感到驕傲。或者至少說，派對的事沒什麼大不了。

「聽著，惠妮。」艾斯低頭看著雙手。「你很棒，在一起我非常開心。但這場官司……太多了。我工作太忙，我不知道自己能不能陪你度過這一切。」

惠妮在黑暗中看著他的側臉，「沒錯，確實很沉重。我明白。」但她不能理解。如果麥可還在，他一定知道該怎麼做。只要叫那些人滾開就夠了。

艾斯終於轉過頭來。「我們暫時分開一陣子吧？等事件平息，再看看對彼此的感覺。」

暫時分開。全世界都知道這句話多有用。

惠妮望著擋風玻璃，視線變得模糊。她的心像被狠狠踩一腳。她很在乎艾斯，曾想過與他共度未來。但她需要一個能在情感上支持她的堅強男人，顯然他做不到。或者他不願意。

惠妮轉身看他。她今晚不會再多說什麼。現在維持尊嚴更重要。

「你知道嗎？我們分手吧。你需要一個沒有負擔的人，而我需要一個人來接住我的負擔。」她打開車門跳出去。「再見，艾斯。」

至少他看起來很難過。「再見，惠妮。祝你幸福。」

她走進屋裡，脫下鞋子，癱坐在沙發上。惠妮完全失去任何感覺。她又回到一個人了，現在她還失去了米亞和陶妮。她躺下，將毯子蓋在身上，胸口悶得難受。她縮成一團卻哭不出來。這次的孤單是她自找的。

HateFollow.com

德州奧斯汀時尚達人 11月16日 晚上9:03

有人看了潔西卡・莫里斯的限動嗎？她好像去了某雜誌派對，現場的人拿惠妮被米亞告的事酸她。惠妮爆氣了。

來杯粉紅酒謝謝 11月16日 晚上9:15

我願意花大錢看大場面。

94嘴秋 11月16日 晚上9:17

大家都知道惠妮活該，對吧？

素食吸血鬼 11月16日 晚上9:23

我不知道。落井下石感覺很沒品。

94嘴秋 11月16日 晚上9:25

拜託！我們現在要開始同情惠妮了喔？那個靠小孩和死掉老公賺爛的女人？真是大可不必欸。

22 米亞

感恩節假期結束後的第一天，米亞和卡蜜拉放學回家，米亞的手機響了。

> 奧斯汀高中最有趣的學生最近過得怎麼樣？

米亞停下了腳步。「天哪，他傳訊息給我。」她把手機拿給好友看。

「誰？」卡蜜拉幾乎沒看。

米亞拍了一下她的肩膀。「你說呢？亞歷・梁！」

「首先，哎喲。」卡蜜拉揉了揉肩膀。「然後，太棒了！他怎麼知道你的號碼？」

「我不知道。我該怎麼回？」

「說點有趣的，推拉一下啊。」

米亞看了她一眼。「兩樣我都不擅長。」

卡蜜拉皺眉。「你很有趣。推拉我可以幫你。」

經過一番爭論，米亞終於回覆了。

沒什麼特別的。
不過我對你怎麼拿到我的號碼很感興趣。

她屏住呼吸，直到他回一個笑嘻嘻的表情符號。

我有我的消息來源。

她們還在決定如何回覆時，亞歷又傳一則簡訊。

我才是那個有趣的人。
剛收到西北大學錄取通知書。

米亞發出一聲歡呼，在人行道上跳了起來。「他考上西北大學！」

「太好了。」卡蜜拉說。

這次米亞不需要卡蜜拉幫忙。

恭喜！真為你高興！

他立即回。

謝謝。我就知道你會。
才剛跟父母說完，你是我第一個分享的。

「哇。」一股暖暖的、模糊的感覺湧上她的心頭。「什麼？」卡蜜拉試圖跨過米亞的肩膀看。米亞遮住手機。她想保留這個祕密。「以後再告訴你。」

真的嗎？我很榮幸。

「我以後的生活都變這樣嗎？」卡蜜拉邊走邊抱怨。「你顧著傳訊息，然後不理我？」

米亞咧嘴一笑，翻了個白眼。「我可沒有。」

你值得的。假期怎麼樣？

米亞不知道該說什麼。她和卡蜜拉、伊娃和奧馬爾在家共度一週的美好時光，但也有一些奇怪而孤獨的時刻。最糟的部分是，卡蜜拉跟她說需要談一談，然後要她搬到客房。

米亞感到震驚。「我還以為你喜歡我住在你房間？」

「我是喜歡，」卡蜜拉一邊說，一邊擺弄棉被線頭。「但我是獨生女。我習慣有自己的空間。」

「我以前經常在這裡過夜。」

「不一樣。你要在這裡住一段時間。」卡蜜拉關切地看著她。「可以嗎？我不是故意為難你。」

米亞強顏歡笑。「當然可以。我會把東西收拾好。」

全家人幫米亞把衣服和書搬進客房，伊娃在床頭櫃放了一束鮮花。米亞的胃一直很痛。她明白好友需要空間，但感覺就像被流放。

從那以後，米亞一直小心翼翼避開卡蜜拉，只有在被邀請後才去她房間。這讓她更加想念家人。

感恩節情況有好轉，伊娃買給家人和米亞綠色紅色條紋相間睡衣。米亞和卡蜜拉一起看電影，幫伊娃做晚飯，在沙發上打盹。今年的感恩節和以往的不一樣——更安靜，沒有大家在媽媽強迫看梅西百貨遊行時的抱怨，沒有為了該玩什麼桌遊的爭吵。今年的感恩節很好。

她該如何向一個她試圖留下印象的人分享這些？

她們走到卡蜜拉家的轉角，看到她父母的車。

「太好了，爸在家。」卡蜜拉走得更快了。「也許他能說服媽讓我們叫外送。我特別想吃壽司。」

「我想伊娃已經做好美味的晚餐。她總是這樣。」米亞寧願吃伊娃做的飯，也不願意吃外食。

她們邊走邊討論亞歷的簡訊，但當奧馬爾開門時，她們突然安靜。他臉上痛苦的表情足以讓任何人停下腳步。

「怎麼了？發生什麼事？」卡蜜拉衝進屋裡，「你看起來像見鬼了。」

奧馬爾眉頭深鎖，深棕色眼裡滿是悲傷。他一邊推開濃密的黑髮，一邊示意。「你們最好坐著。」

一股寒意從米亞脊背直竄而下。**天哪，是關於我的事。**「是我的事嗎？」她低聲問道。

「哦，不，米亞。」奧馬爾拍她的背，指卡蜜拉旁邊的沙發。「不是你。」他坐在對面一張藍色扶手椅上。

「媽呢？」卡蜜拉四處張望，伊娃現在應該在家。「工作出了什麼事嗎？」

「不，沒有。」奧馬爾看起來很不自在。「但我想和你談談媽。」

卡蜜拉雙手捂住嘴。「你們要離婚了嗎？」

米亞的胃像壓了一塊磚。她看到朋友的眼眶蓄滿淚水。**都是我的錯**。

「不，當然不是。天哪，卡蜜拉，讓我來說吧。」奧馬爾揉揉額頭。

「抱歉。」卡蜜拉癱坐在沙發上，看起來如釋重負。

「沒關係。」奧馬爾深吸一口氣，「我們不會離婚。而且這件事與你無關，米亞。」他看著卡蜜拉。「媽得了癌症。」

卡蜜拉突然從座位上站起。「什麼？怎麼回事？她在哪兒？」

看著好友臉上的恐慌，米亞幾乎無法呼吸。她立刻想起被告知父親去世的那一天。那種絕望的感覺吞噬了她。就像溺水的人沒有力氣游向光明。米亞會盡一切努力保護卡蜜拉不被這些情緒影響。

奧馬爾伸出手，就像父母踩剎車，試圖阻止孩子撞上儀錶板那樣。「等等，卡蜜拉。她現在正在休息。我們會回答你所有的問題。我保證。」

卡蜜拉繞過茶几，跑到父親身邊，把臉埋進他的胸膛。米亞的心揪著，她非常想念自己的父親，有點喘不過氣來。

奧馬爾開始低語，像哄小孩一樣扶著女兒。「你知道媽媽最近很累嗎？」

卡蜜拉點點頭。「而且體重下降。」

「對。她有一些，呃，上廁所的問題，所以上週去做大腸鏡檢查。結果發現腫瘤。」

悲傷在米亞心中蔓延。她瞥見卡蜜拉皺巴巴的臉，完全理解好友此刻的感受。難以置信、不願接受，心就像是被掏空。

米亞雙手環抱胸前，身體縮成一團，奧馬爾繼續說，努力讓自己聽起來樂觀一點。

「好消息是，癌細胞只在附近的淋巴，他們認為透過化療和手術，她就會康復。」奧馬爾揉了揉女兒的背，看著米亞。「好嗎？她會康復的。」

他嘆了口氣。「但官司確實讓事情變得複雜。」卡蜜拉向後靠，看著父親。「為什麼？」

米亞的胃一陣抽搐。

「讓人壓力很大。迦勒請媽媽當米亞案的證人。我們不知道庭審期間她的狀態，她不想讓全世界都知道。你媽是個非常注重隱私的人。」

米亞顫抖著。她無法想像與醫生討論自己的腫瘤，更不用說與法官或媒體了。

「另外，我們不知道這會不會影響監護權。」他再次看向米亞。「我們需要和迦勒談談，好嗎？」

米亞點頭。如果她不能和賈西亞一家住在一起，她還能去哪呢？看著奧馬爾撫摸女兒頭髮的樣子，黑暗向她襲來。她為自己失去父親而感到痛苦。

令人不安的寂靜被一陣輕柔的開門聲打破。

「媽！」卡蜜拉跳起來，跑到沙發後面，伊娃裹著毯子出現，看起來十分虛弱。

「嗨，女兒。」伊娃微笑，伸出瘦弱的手臂。

米亞看著卡蜜拉僵住，她不知道該如何擁抱母親。她看起來隨時都會崩潰。

最後，卡蜜拉輕輕握住伊娃的手臂，將她牽到沙發上。

伊娃坐在她身邊，拍了拍米亞的腿。「嗨，南瓜籽。」

米亞把手放在伊娃的手上。「我很遺憾。」

「我也是。」伊娃悲傷地笑了笑。「一切都會好起來的。」她用另一隻手握住卡蜜拉的手。「我會好起來的。」

她緊握兩個女孩的手，開始講述自己的治療情形。「每兩週要做兩天化療。結束後，希望腫瘤縮小，可以手術切除。」

「化療要多久？」卡蜜拉問道，最後一個字發音有些顫抖。

「六個月。」

女孩都嚇了一跳。六個月好漫長。春假怎麼辦？卡蜜拉的生日派對怎麼辦？治療至少要到六月。

「我知道，時間很長。但好消息是，化療不會掉髮。」她誇張甩著肩膀上的黑髮。「我可不想失去我的特色。」

奧馬爾對她眨眼。「光頭、沒有眉毛也很美。」

米亞發誓她看到伊娃的臉頰泛紅。他們很樂觀，這讓她的恐懼稍稍減輕。

卡蜜拉坐直，淚水從臉頰滑落。「你為什麼不跟我們說？為什麼不告訴我？」

伊娃伸手捧著女兒的臉，擦去眼淚。「別哭。我之所以什麼都沒說，有幾個原因。第一個，很尷尬。我不太願意談。第二個，我不想讓你難過。你現在的生活已經夠難了，你要面對的事太多了。」她轉向米亞，露出靦腆的笑容。「我很重視自己的隱私。這方面我和米亞很像。這是非常個人的事，我希望盡可能保密。」

米亞點頭表示理解。

伊娃摸了米亞的膝蓋：「米亞，你有什麼想問的嗎？」

「你會在醫院還是在家治療？」米亞問。

「前幾次化療會在醫院。如果我恢復良好，他們可能會讓我在家。」

「說到在家，這裡會有些改變。」奧馬爾說，「我會減少工作量，增加做飯的時間。」

卡蜜拉發出哀嚎，惹得大家哈哈大笑。

「我們可能會叫更多外送。」他對女兒挑眉。「你能幫忙洗碗和其他清潔工作嗎？」

卡蜜拉用她招牌的青少年表情回應：「當然。而且，我比你會做飯。」

「我也想幫忙。」米亞說：「大家都知道我廚藝不佳，但我會買菜和掃地。」

奧馬爾溫柔地笑了，眼神很慈祥。「謝謝你，米亞。」他看起來精疲力竭，治療還未開始。

伊娃把她們拉近。「我的女孩們。我非常愛你們。」

米亞強顏歡笑，當她與卡蜜拉四目相對，她看到卡蜜拉的眼神，透露內心深處的恐懼。

結束後，伊娃回到房間休息，奧馬爾和卡蜜拉去買日用品。米亞撒了小謊，說有論文要寫，因為她知道卡蜜拉需要和父親獨處。

待在樓上客房裡，米亞不知道該做什麼。她沒辦法專心做作業，也沒有人可以聊天。她失去父親，對母親提告。現在她好友的媽媽病倒了？一切都讓人難以承受。

她拿起手機，打電話給唯一可以聊的人——奶奶。她覺得自己有點八卦，但實在沒有其他人可以聊了。她到底能承受多少？

奶奶在鈴響第一聲就接起電話。「米亞，親愛的，很高興聽到你的聲音。」

「嗨，奶奶。」米亞能聽到自己的緊張。

「還好嗎？」

「我有件事要跟你說，但你不能告訴媽。答應我好嗎？」

奶奶嘆口氣。「除非你有其他原因，否則我不能保證。怎麼回事？發生什麼事？一切平安嗎？」

「我沒事。是賈西亞家。」米亞站起來，在房間踱步。「伊娃，卡蜜拉的媽媽，得了癌症。」

米亞聽到奶奶倒抽一口氣。「哦，不。」

「醫生說，化療和手術後，她會好起來的，但還是很可怕。」

「幸好。」米亞從奶奶的聲音聽出欣慰。「但對她來說會很煎熬。對你們所有人來說都是。」

「是的。我想我得離開了。這是他們家的私事。」

「哦，親愛的。」她停頓一下。「也許我租一間公寓或小房子讓我們兩個住。好嗎？」

「不行。」米亞嘆氣。她聽過奧斯汀的房租最近漲得有多瘋狂，她不忍心讓退休的奶奶為她花那麼多錢。而且她們不能向媽媽拿錢。「我會盡可能幫助奧馬爾和伊娃。」

「你是個好女孩。我知道他們愛你。有你陪伴，他們一定會感到欣慰。」

「希望了。」米亞突然感到非常疲倦。

「如果你需要任何幫助或任何東西，打電話給我，好嗎？」

「好的。你不會告訴媽，對嗎？」

「我保證。」

「謝謝奶奶。」

電話掛斷後，米亞坐在床上。

一陣悲傷湧上。米亞從未感到如此孤獨。

她看了看手機，發現自己還沒回亞歷的訊息。

我的感恩節還不錯，你呢？

三個點開始在對話框跳動，米亞的胃也跟著跳動。

她還活著！我還在擔心呢。

米亞笑了。前一刻的孤獨感被希望亞歷也笑一笑的強烈渴望所取代。

她躺在床上，開始思考怎麼回覆。

23 惠妮

惠妮最近起床的唯一理由就是婆婆。她只想沉溺在自己已經被這座城市給拋棄的事實中——她被甩了。她本來每天早上都會送孩子們上學，然後回家睡一覺，緩解反胃和肩頸疼痛。但自從茱蒂絲開始監視她，惠妮每天都得裝模作樣。

洗澡、穿衣、化妝，幾乎讓她變回人類，儘管頭痛和疼痛依然存在。惠妮往嘴裡塞了四顆止痛藥，一口氣吞下，接著走進工作室，坐在電腦前。有兩百四十七封電子郵件等著她。她最大的客戶已經和她切割——儘管大多數私下表示會在判決結果出來後重新合作——而且有個不知名的女子正在報復，詢問她以前合作的業主是否還要繼續。這位小姐在IG上用「惠妮出來負責」的帳號擴散這些訊息。當然，她封鎖了惠妮。

令人震驚的是，她的粉絲數增加到一百二十萬。她知道其中很大一部分可能是黑粉，或者只是看熱鬧的。但粉絲數不能變現。

她不得不資遣蓋比，因為她已經無力支付。惠妮推薦蓋比去當地一家生活網站做行銷，並祈禱她能成功錄取。至少這樣能減輕內疚感。

目前，惠妮的經濟來源是聯盟行銷的獎金。幸運的是，許多粉絲仍會購買她PO的服裝、美妝產品和配件。但這不足以支付所有帳單。她和她微薄的積蓄不堪重負。

當她的郵件發出叮咚聲時，她都會仔細查看。這次是律師發來的，標題是「米亞生活狀況更新」。什麼？不是幾週前已經決定了嗎？她點擊郵件。

你好，惠妮。

我想通知你，迦勒・布萊佛今天早上告知我，伊娃・賈西亞罹患癌症。

起初她無法理解。過了一會兒，她終於明白。癌症。可憐的伊娃！惠妮閉上眼，回想起急診室和失去麥可的時刻。她不希望任何人或任何家庭遇到健康問題。

布萊佛先生只透露一些細節，他確實提到伊娃很快就要開始化療。

伊娃和丈夫表示他們願意繼續擔任米亞的監護人。

但這也是個機會，可以嘗試讓米亞回到你身邊。

如果你希望我提交終止監護權的申請，請告訴我。

——巴頓・布里格斯

她脖子後面的汗毛都豎起來了。惠妮不敢相信自己看到的。她有太多疑問——得了什麼癌症？到哪一個階段？他們知道多久了？——但最多的是深深的同情。兼顧工作、家庭和生活已經夠難了。再加上癌症和官司，很容易讓人崩潰。

米亞年紀輕輕已經經歷太多創傷，如果再看到她最親近的成年人接受化療，這對她不好。

「早安。」

惠妮從座位上跳起。她轉身，看到茱蒂絲站在門外。「哦！你嚇到我了。早安。」

「還好嗎？」茱蒂絲皺著眉頭。

惠妮指了指電腦。「我的律師告訴我伊娃得了癌症，太可怕了。不過這表示米亞可能會回家。」她心想**假設她願意回家的話**。

「我明白。太讓人難過了。」茱蒂絲轉身走向廚房。

惠妮的肌肉緊繃。反應很奇怪。她跟著茱蒂絲走進廚房，靠在中島檯面上。「你覺得米亞會想回家嗎？」她婆婆最清楚，因為她每週都會和米亞一起喝咖啡或是吃冰淇淋。

茱蒂絲的臉頰泛紅，拿起海綿，開始擦洗檯面上的汙漬。「這樣是可以的嗎？」

「我不知道。」惠妮喝完最後一口咖啡，放下杯子。「但我不想讓女兒承受更多。你覺得呢？」

茱蒂絲停止動作，直視惠妮的眼睛。「當然。」她洗淨雙手，往烤麵包機放了一塊麵包。「但米亞非常愛卡蜜拉和她的家人。如果她想留下來，我不會覺得驚訝。」
惠妮從回答中得知，茱蒂絲不是第一天聽說伊娃的癌症。「你知道，對吧？為什麼不告訴我？」
茱蒂絲嘆氣，從冰箱拿出奶油和半對半鮮奶油。「米亞昨天告訴我的。這不是我能說的祕密。」
惠妮雙手重重地拍在檯面上。「她不能這樣生活在病痛和悲傷中。我們必須接她回家。」
「你可以試試。」一面對惠妮的憤怒，茱蒂絲完全冷靜。「但她說她想留下。」
「管他的。她是我女兒，我不想讓她再經歷一次。」她深吸一口氣，數到十，然後慢慢吐出。茱蒂絲對她隱瞞了祕密，哪怕只有一天，都讓她非常惱火。惠妮希望女兒回家，回到她的身邊。
她走向工作室。坐在電腦前，回律師訊息：**好，請立即提出申請。**

惠妮勉強在第二天早上九點前趕到法院。梅森打翻麥片，牛奶讓整個電視遙控器都濕透了。茱蒂絲決定趁現在列出採買清單，在她準備出門期間問了二十個問題。她不知道把手機放哪，找了半個小時，沒帶就出門。如果有人說她的牙齒有口紅，裙子上有牛奶，她也不會覺得驚訝。
她匆匆穿過雙扇門，巴頓在走廊上等她。
「你好，美女。準備好了嗎？」
惠妮點點頭，希望能喘口氣，但巴頓抓住她的手肘，將她帶到法院迴廊盡頭一個安靜的空間。當她看到米亞、奧馬爾和一位應該是米亞律師的英挺男子都已經在裡頭等候時，她的心臟快跳出來了。

「早安。我是迦勒・布萊佛，米亞的律師。」他伸出手來和她握手。奧馬爾向她點點頭，米亞一直盯著地毯。惠妮伸手想擁抱米亞，但隨後停住。這會違反規定嗎？在法庭上，你可以擁抱起訴你的孩子嗎？這種情況沒有說明手冊。

「早安。」巴頓大聲說道。閱讀空氣不是他的強項。

「聽到你太太的消息，我很難過。」惠妮悄悄對奧馬爾說，米亞抬頭看著她。「如果有任何我能幫上忙的地方，請告訴我。」

「謝謝，你人真好。」奧馬爾的眼睛疲倦而悲傷。

她對他淺淺一笑。如果幾天前惠妮在街上碰到奧馬爾，她一定會忍不住對他大吐苦水。為什麼要幫助一個孩子起訴她的母親？但今天，她不再深究。她知道他現在正經歷地獄般的煎熬。

門打開，桑妮亞・馬丁尼茲法官進來，避免氣氛繼續尷尬。法官沒有穿黑色長袍，而是穿著海軍藍緊身洋裝，黑色高跟鞋，珍珠項鍊。她看起來像是剛結束一場重要會議。

「感謝各位在這麼短時間內趕來。」馬丁尼茲法官搬出椅子坐下，下巴抵在雙手合掌上。「聽到賈西亞夫人的診斷結果，我很難過。」她看著奧馬爾。「我知道罹癌對家人來說有多難。」

惠妮對此挑眉。如果法官理解這種情況，那麼她必須讓米亞回家。

「賈西亞先生。我知道這是你們家人的近況。還好嗎？」

奧馬爾深吸一口氣。「我們都很傷心，也很害怕。但我有信心我們能撐過去。診斷結果是好的——第二階段——醫生對伊娃有信心。她就像往常一樣，像搖滾明星一樣堅強。」他微笑著說。

「這就是媽媽。」馬丁尼茲法官也微笑回應。她轉向巴頓。「布里格斯先生，您為什麼覺得有必要申請終止監護權？」

巴頓挺胸。「法官大人，雖然高登夫人對賈西亞一家充滿同情，但她的女兒已經因為父親去世遭受巨大的創傷。高登夫人知道賈西亞夫人的化療過程將充滿挑戰，她認為米亞不應該承受這些。」

「我明白了。」法官回過頭來問奧馬爾：「賈西亞先生，你會擔心在你妻子化療的期間，讓米亞住在家中嗎？」

奧馬爾笑了笑。「當然不會。我們都愛米亞。說實話，我希望能得到一切可能的幫助。米亞是個很棒的女孩，我知道她會幫助我們。話雖如此，我們不想以任何方式傷害她，所以如果她對於看到我太太接受化療的過程有所擔心，我們完全理解。」

「好。」法官翻動幾張紙。「下一個問題要問米亞：你想住在哪裡？賈西亞家、你家，還是其他？你的律師提醒我，你的奶奶從芝加哥來市中心了。也許你可以和她一起住。」

惠妮的胃翻來覆去。茱蒂絲不會這麼做的，對吧？

「我想住在賈西亞家。」米亞的聲音幾乎小到聽不見。「我想在伊娃化療期間幫助他們。過去六週，和他們住在一起比以前都要快樂。」

惠妮嘴唇顫抖，無法不發出聲音。知道女兒沒有你很快樂是一回事，她在法庭上大聲說出口又是另外一回事。

法官短暫與惠妮交換眼神，但惠妮只低頭看著自己，強忍淚水。

「首先，請允許我表示理解您的擔憂，高登夫人。根據我的個人經驗，我知道這對賈西亞夫人以及其家人來說將是一個充滿壓力的時刻。癌症有如難以預測的猛獸。但米亞是一個聰明、有才能的年輕人。如果她夠成熟，能起訴自己的母親，以及面對隨之而來的所有事情，那麼我相信這表示她有足夠的能力分辨，在生活中她能夠與不能夠處理的事情。」法官看著所有人。「她應該繼續住在目前居住的地方。但是，米亞，癌症必須嚴肅以待。如果變得難以應對，我希望你能告訴你的律師，這樣我們就能想出其他方法。這不會讓你顯得軟弱或是忘恩負義。這會讓你更有人性。你明白嗎？」

「是的，法官大人。」米亞雙腿交換重心。

惠妮看著女兒，黑暗逐漸向她逼近。

「好。」馬丁尼茲法官點點頭。「鑒於情況特殊，我已經要求加快處理此案。我們會盡快進入程序，你們可以繼續過自己的生活。」她最後向他們點點頭。「謝謝大家今天過來。」

每個人轉身走向門口，只有惠妮留在原地，呼吸急促，就像剛跑完一場馬拉松。她的女兒寧願和化療的人分享痛苦，也不願和自己的家人同住。她寧願面對悲傷、嘔吐和醫院探訪。她全身顫抖，難以接受。她的女兒，她第一次走進幼兒園的樣子依然如此清晰，如今卻不想和她住在一起。

「高登夫人？」馬丁尼茲法官站在她的辦公桌後，關切問道：「你還好嗎？」

惠妮看著她，眼神充滿痛苦。「不，我不行了。」

離開時，惠妮腳步踉蹌，不停眨眼，強忍奪眶而出的淚珠。她的律師在人來人往的法院長廊等她。

「很抱歉沒有按照你想要的發展。」巴頓說。

惠妮舉起手，阻止他繼續說。「這場官司你必須贏。你明白嗎？我要她回來。」

巴頓後退一步，遠離這位情緒激動的女子。然後他點點頭。「明白。」

她僵硬地走出大門，回家。

接下來的日子和往常一樣。惠妮和家人共進晚餐，幫孩子洗澡，為他們講故事，哄他們睡覺。這更加證明她是一個好母親。蘿西和朋友出去小酌，惠妮和茱蒂絲並肩而坐，告訴她法官的決定。米亞的決定。茱蒂絲的表情和惠妮一樣沮喪。幾個小時後，茱蒂絲去睡了，惠妮喝完一瓶酒，她仍然驚嚇不已。

她無法停止思考人們不斷傳給她的可怕訊息。

你是世界上最糟糕的母親。

米亞應該得到更好的。你的孩子都應該得到更好的。

去死吧。

去死吧。

去死吧。

她閉上眼睛，試圖抹去這些畫面。她腦海中浮現許多疑問。事情怎麼會變成這樣？怎麼會在短時間內變得這麼糟？她的生活失去控制。惠妮又給自己倒了一杯酒，大口喝下去。

HateFollow.com

泰勒濕 12月1日 晚上10:47

只有我覺得可憐的小惠妮最近總是醉醺醺的嗎？

布鹿斯威利 12月1日 晚上10:53

+1

奧莉喂呀・魏爾德 12月1日 晚上11:06

同意。我想知道她每個月花多少錢買醉。絕對上千鎂。

素食吸血鬼 12月1日 晚上11:08

還有呢，我們預測的新男友強勢登場根本沒發生。她一定被甩了。

布鹿斯威利 12月1日 晚上11:10

樓上真狠，直接補刀。

24 米亞

在卡蜜拉照顧米亞的幾個月後，現在輪到米亞支持她，並扮演啦啦隊隊長的角色了。以往，卡蜜拉總是活躍於各種行程，但自從伊娃罹癌，她不是在學校，就是在病房。她意志消沉，笑容越來越少。她失去了光彩。

米亞知道奧馬爾和伊娃也很擔心卡蜜拉，她問奧馬爾能否送她們去北環，那裡有奧斯汀最好的慈善商店。卡蜜拉起初不太願意，但米亞說想吃披薩，她才勉強答應。第一站是Home Slice Pizza，在那裡，女孩們一起吃一籃蒜香麵包，以及一大塊瑪格麗特披薩。起司和碳水化合物似乎讓卡蜜拉重獲新生。米亞結帳時，卡蜜拉牽著她的手臂，想逛逛附近的商店。

「我想買新耳環、很酷的復古T。」卡蜜拉邊說邊跳著走。「哦！還要看裙子。也許能找到一件適合十五歲生日派對的衣服。」

米亞更想窩在沙發，讀一本好書，但看到朋友重拾快樂，她感到如釋重負。

她們走進一家專賣古著、以選物聞名的小店。儘管正值週六下午熱門購物時段，店裡卻只有寥寥幾個顧客，櫃檯只有一個店員。卡蜜拉翻著按年代、風格和尺碼分類的衣服，臉上洋溢著笑容。幾分鐘之內，她的懷裡抱著一件印有彩虹刺繡徽章的粉色絲質飛行夾克、一件金色亮片上衣、一件搖滾女王艾拉妮絲・莫莉塞特「Jagged Little Pill」巡迴演唱會紀念T恤。

米亞走到配件區，翻一翻帽子、頭巾、太陽眼鏡和珠寶，她聽到卡蜜拉的尖叫聲。

「天哪，七〇年代。」卡蜜拉舉起一件淡紫色長裙，領口有精緻的褶邊，腰部有一條細腰帶。

「哇，太美了。你要試穿嗎？」米亞問。

「當然。」卡蜜拉拎著戰利品走向試衣間。

米亞笑著搖搖頭，走到男裝區。她翻看一件海軍藍與亮橘色相間襯衫，不敢相信自己的眼睛。一件黑色T恤，圖案是達斯汀・霍夫曼和勞勃・瑞福在電影《大陰謀》的經典場景。她想起當年在廣播聽完水門案四十五週年報導後，爸爸堅持帶她去看這部電影。

這件襯衫是亞歷・梁會穿的衣服。

米亞的心怦怦跳著。襯衫三十美元。對她來說有點貴，但無可否認真的很酷。買給亞歷會不會很奇怪？他們每天傳訊息，聊好幾個小時，她就是無法不想他。也許這件襯衫是對他專欄文章的感謝。

她突然臉紅心跳。卡蜜拉暗戀過同年級幾乎所有的男生，而米亞從來沒有真正喜歡過誰。自從七年級舞會上被亞瑟・史蒂文斯拒絕後，她就再也沒有喜歡過任何人。那次非常尷尬，她當場發誓再也不喜歡男生。但亞歷似乎不同。這些簡訊一定有什麼，對吧？

卡蜜拉穿著禮服，走出試衣間，米亞幾乎說服自己買下襯衫。「你覺得怎麼樣？」卡蜜拉轉一圈。

米亞把襯衫放回，又放一件蓋在前面，臉頰發燙。「看起來美極了。」

「是的，確實。」卡蜜拉在鏡子前來回走動，欣賞自己。「這件很漂亮，但我覺得不適合生日派對。我應該穿流行的款式。」

米亞笑了。「也許吧。」她快步走到附近的陳列架。

「你拿的那件襯衫是什麼？」卡蜜拉的眼神充滿疑問。

米亞咬唇。「哦，呃……只是一件復古T恤。看起來很酷。」

卡蜜拉挑眉。「給誰？」

「我不知道，我嗎？」

「一件男生襯衫？」卡蜜拉露出微笑。

米亞背對卡蜜拉，假裝在看裙子。卡蜜拉已經取笑她對亞歷有好感，她不想讓她有更多把柄。「是啊，有什麼大不了的？」

「沒什麼。我只是從來沒看過你在男裝區。」卡蜜拉在鏡子前又轉一圈。「我還要再試幾件，等下一起喝咖啡？」

正對面有一家很可愛的咖啡館。

「好啊。」

卡蜜拉回到試衣間，米亞往前走，收銀台附近放著相框、唱片。她對三十多歲的店員笑了笑，然後拿起一個華麗的金屬葉片裝飾相框。這讓她立刻想起媽媽。她知道媽一定會喜歡的。米亞看了一下價格。她可以負擔得起，但她會買嗎？聖誕節就要到了，今年的聖誕節會是什麼樣子呢？她現在才意識到，這是她第一次不能和家人一起共度的聖誕節。她的眼睛眨了一次又一次，努力不讓淚水滑落。

她把相框放在櫃檯，雙腿有些顫抖。「結帳。」

「沒問題。」男店員留棕色捲髮，有點小肚腩。名牌上寫著傑夫。他看了一眼相框，用紙包好，放進袋子。「送給特別的人的嗎？」

「哦，嗯，是的。」米亞遞給他一張二十元鈔票。「給我媽媽。」

「好的。」傑夫拿零錢給她，彈了一下手指。「嘿，我想我認識你媽媽。她在IG上很紅吧？」

「是的，她是網紅。」她回答的聲音有些顫抖。

「哦，對。」傑夫把袋子遞給她。「我算是會煮，她的食譜挺不錯，所以我有關注她。」

你關注一個媽媽網紅？米亞心想，太奇怪了，但她沒有勇氣說出來。「呃，酷。」

「記得她好像有PO過你的照片。她真的很漂亮。」傑夫的笑容變成了猥褻。「你也是。」

店裡很暖和，但他靠近米亞時，她的後背發冷。她一動也不動，努力思考該說些什麼。她不知道該如何回應一個年齡大她兩倍的人的示好。她的雙腳像被焊在地上。

當她聽到試衣間的門發出聲音，緊張感從她身上消失。傑夫和她都轉過頭看卡蜜拉，她把粉紅色的外套扔到櫃檯。「如果我不買這件衣服，我永遠都不會原諒我自己。」

米亞發出顫抖的笑聲，趁機走向門口。她想離開這家店，遠離這個男人。

卡蜜拉付完夾克的錢，蹦蹦跳跳地走向米亞。「喝咖啡。」

米亞剛開門，一隻胖胖的手抓住她的手臂。

「嘿，想一起吃晚飯嗎？」傑夫站在那裡，眼裡充滿希望。

米亞轉過身看卡蜜拉，瞪大眼睛，嘴裡感覺像是塞滿了石頭。她用眼神對著好友說：「救我。」

「大哥。」卡蜜拉擋在傑夫和米亞之間。「她才十五歲。而你肯定不止。」

卡蜜拉抓住米亞的手，把她推出門外。「變態！」卡蜜拉邊跑邊喊。

那天接下來的時間，米亞無法平靜。除了學校男生開玩笑以外，她從未被搭訕過，更別說是被一個年長的男人搭訕。而且還和她母親有關。這讓她感到噁心。

第二天，當她和卡蜜拉一起在家看電影，米亞手機響起。是IG通知，帳號是「古著傑夫」。

「在開玩笑吧。」米亞把手機扔在旁邊的沙發上。

「什麼？」卡蜜拉拿起米亞的手機，「哇。現在感覺好怪。」

「現在？昨天就已經很怪了。」

「你要看他傳的訊息嗎？」

「你看。」米亞輸入手機密碼，打開幾乎沒在用的IG，閱讀私訊。

嘿，昨天的事很抱歉。

我不是故意嚇你們的。

我以為你們早就超過十五歲了。

「噁心。」米亞低聲說。

卡蜜拉抓住她的手，把手機拿過來。「呃。兩個字：封鎖。」

米亞按下按鈕。「完成。」

她們繼續看電影，但米亞無法擺脫被侵犯的感覺，她感到不安，毛骨悚然的傑夫隨時可能會敲門。

電影片尾字幕滾動，米亞問：「你覺得他知道我住在哪嗎？」

「怎麼可能？」卡蜜拉皺眉，「你和我們住在一起。」

米亞抱緊膝蓋。「那我的家人呢？他會找到我媽住的地方嗎？」

「我相信你媽一定有防範措施。」卡蜜拉的聲音有一絲懷疑。

跟卡蜜拉到廚房吃零食，米亞腦海浮現她從未想過的可怕遭遇。母親有防範措施嗎？他們的房子有警報系統，這樣夠嗎？網路上有很多變態。她希望媽媽可以防止他們找到她——以及他們家的所有人。

週一，米亞仍然緊張不安，直到看到史考特先生放在桌上的生物小考分數。「很好。」他對她微微一笑。

米亞低頭一看，「九十九分」閃閃發光。

太好了！

她很想舉拳慶祝，但她控制住了。學習終於有回報。除了幫忙賈西亞家，她沒有別的事可以做。如果她把心思放在課業，同時忙於洗衣、掃地和刷浴室，她就不會去想伊娃一天比一天虛弱，也不會去想她即將度過第一個沒有家人的聖誕節。沒有母親陪伴。

最後一堂課鈴聲響起。米亞走出校門，沐浴在陽光下。她拿起手機。有一則語音訊息。奇怪，除了媽媽和奶奶，不會有人給她語音留言。這則訊息來自伊利諾州。她將耳朵貼在話筒上，用手指堵住另一隻耳朵，隔絕周圍的喧鬧聲。

「米亞，你好，我是梅維斯・費雪，西北大學招生組。我們聽說了你的官司，事實上，我和你父親是同班同學。我跟他並不認識，得知他去世的消息，我感到非常遺憾。我之所以打電話給你，是因為你勇於維護個人隱私而提告，讓我留下深刻的印象。我很好奇事情會如何發展，應該很有趣。如果你有機會來學校附近，請與我聯繫。我很樂意帶你參觀校園。」

米亞停下腳步，她的內心顫抖。西北大學的人知道她？想帶她參觀學校？她舉起手，在草坪跳上跳下，就這一次，她不在乎其他人。幾秒鐘後，她意識到她不知道可以跟誰分享這個令人興奮的消息。卡蜜拉正在經歷一些事，告訴她感覺怪怪的。母親顯然無法。她可以告訴奶奶，但奶奶聽到會不會難過，因為那是爸的學校？

只有一個人能理解她的開心。亞歷。

米亞走回學校，與其他人的方向相反。踏上通往二樓的階梯，她感到心跳加速。也許這很蠢。一個超級熱門的高年級學生為什麼會關心西北大學打給她的電話？

她走向校刊社，走廊一片安靜。她發現亞歷和另外兩個學生，一個男生和一個女生，正低著頭看同一台電腦。

米亞尷尬地站在門口，不知道該做什麼。出於某種原因，她以為亞歷是一個人。

就在米亞轉身離開之前，女孩——看起來很嚴肅，金色捲髮、玳瑁眼鏡，穿著適合六十歲教授的寬版西裝外套——抬起頭說：「有什麼可以幫你的嗎？」

桌上是三人正在閱讀的書頁。亞歷抬頭說：「哦，嘿。米亞？」

「呃，你好。」她低頭看自己的腳。我現在到底該怎麼辦？她應該先傳訊息的。「你好嗎？」

「很好。」亞歷說。女孩和另一個男孩交換眼神。

「我有，呃，有趣的消息。如果你忙的話，我可以再過來。」

亞歷挑了挑眉。「太好了。我們正在趕稿，可以來點咖啡因。」他看向其他人。「我們去喝可樂。你們需要買什麼嗎？」

兩人搖了搖頭。氣氛非常尷尬，但米亞只顧著想亞歷說的「我們」。

他拿起手機。「馬上回來。」

米亞跟他走出教室，努力模仿他的自信。

「怎麼了？」亞歷邊走邊對她露出燦爛的笑容。

當他們走到自動販賣機時，米亞不知道該把手放在哪裡。最後，她放進口袋。「我今天收到一則很瘋狂的留言。」

「是嗎？誰打來的？」

「西北大學招生組。對方說他正在關注我的官司，邀請我參觀校園。」

亞歷停下，「哇，太棒了。」

米亞的臉頰在他的注視下變得滾燙。「沒有人帶我去芝加哥。」站在販賣機前，米亞突然感到口渴。「也許我可以在官司結束後去看望奶奶。」

「哦，」亞歷刷了信用卡，買了一瓶可樂。「她住在那嗎？」

「對的。」

「你要喝什麼？」他看著她，手仍然放在按鈕上。

她揮了揮手。「哦，我自己來，沒關係。」

「我來吧。」亞歷歪頭，指著機器，似乎等她決定。

「我也要可樂。謝謝。」他伸手拿出飲料給她，她微笑接過，兩人手指輕碰，米亞喉嚨發緊。

亞歷打開飲料，喝一大口。看著他的樣子，米亞不禁覺得他很自在，長得也好看，這應該不合法。跟她同年齡的人都是又矬又怪，還在摸索這個世界？或是只有她這樣？

「那，你對訴訟還滿意嗎？」

我猜西北大學的話題已經結束了。「因為伊娃的關係，法官說庭審會提前。我的律師很高興。」

亞歷輕笑一聲。「你的律師。真奇怪。」

「是啊？」

「誰是伊娃？」

米亞轉身，眉頭皺起。不！她不應該聊起伊娃。她回過神，對亞歷露出一個勉強的微笑。「嗯，卡蜜拉媽媽生病了。我不能聊這件事。」

「真糟。」

「是啊。」米亞來回踱步，希望亞歷不要再問伊娃的問題。

「這讓你想起媽媽了嗎？」

米亞驚訝地看著他。「對。我愛卡蜜拉和她的家人，但我還是想念弟弟妹妹。還有我媽。我怕他們不歡迎我了。」

「什麼意思？」

米亞想起卡蜜拉要她搬到客房。「你沒有真的和好友住在一起過，對吧？我擔心自己會打擾他們，或讓他們覺得厭煩。」

亞歷伸手摸米亞的肩膀。「我不覺得你煩。」

米亞笑了，渾身熱熱的。她的心臟狂跳，她相信亞歷也聽得到。「會煩到讓你受不了。」

亞歷仰頭大笑，彷彿她是個喜劇演員。她眼睛睜大。**他真的喜歡我嗎？這是怎麼一回事？**

她幾乎要鼓起勇氣，向亞歷說傑夫的事。他看了看手錶，「克里斯和絲朗會生氣的。我得回去完成印前工作。晚點聯繫？」

「好，沒問題。」她羞澀笑著，揮手道別。「謝謝你的可樂。」

他燦爛的笑容，讓她雙腿發軟。「隨時歡迎。」

走出校門，米亞感到莫名失落。亞歷幾乎不在乎西北大學的電話。雖然，實際來說，他為什麼要在乎呢？他們又不是在約會什麼的。他們是朋友嗎？她不知道。也許他覺得西北大學是他的事。

她走向卡蜜拉家。一輛髒兮兮的藍色小貨車疾馳而過，米亞抬起頭來。她跟司機四目相對，僵在人行道上。那人長得就像傑夫，古著店猥瑣男。她發誓看到他對她傻笑。

貨車停在停車標誌前，米亞的胃一陣抽搐。**如果他掉頭**，她就往學校跑。但車子沒有掉頭，而是催油往前，排氣管噴出一團黑煙。

她鬆了口氣，但隨即開始懷疑。**不可能是他。他怎麼會知道我的學校？**她一直盯著貨車，直到看不到紅色尾燈。

除了鳥兒鳴叫，街道上一片寂靜。她怦怦跳的心慢慢恢復平靜。自從開始打官司，她一直處在緊張狀態，但這次來到了一個可怕的高度。米亞搖頭。**我快要崩潰了**。

她雙腿發軟，以最快的速度行走。她只想盡快趕到卡蜜拉家。到了那裡，她會安全許多。

二十分鐘後，她走到賈西亞家那條街。看著他們家，她從未如此開心過。當她走向房子時，她看到一頭小鹿在鄰居家的草坪上。她喜歡鹿。牠們讓她想起父親。每年春天，鹿在他們的社區隨處可見，米亞和父親總是幫牠們取名字。「圓點」、「獨角獸」、「香草冰淇淋」，甚至「保留不刪」——爸爸用某個奇怪的編輯術語命名。

米亞想到可愛又傻氣的爸爸，不禁露出笑容。她非常想念他。她好想告訴他西北大學的來電，以及被毛骨悚然的傑夫嚇壞的事。如果他還在，一定會毫不猶豫保護她。但話說回來，如果他還在，就不會有訴訟，也不會有西北大學的電話。她會是成千上萬為了錄取夢想學校而追求完美成績的青少年之一。米亞寧願如此。她知道她應該為自己擁有這麼多關於父親的美好回憶而心存感激。但她滿腦子想的都是父親去世而她因此錯過的。

小鹿被她的注視嚇了一跳，飛快跑開，跳進灌木叢，消失得無影無蹤。

25 惠妮

十二月第二週，惠妮厭倦了假期。他們在十月拍攝放置的三棵聖誕樹仍然閃閃發亮，但如果不是因為孩子們喜歡，她早就拆掉了。這些樹似乎在嘲笑她：你們的完美家庭劇跟我們一樣虛假。

惠妮通常很喜歡過節。熱巧克力和薑餅屋，燈光秀和節慶活動，禮物和裝飾，她都做得有聲有色。即使她和麥可生活拮据，她也會省吃儉用，為女兒們買禮物——這裡一本書，那裡一個玩偶——並裝飾家裡和聖誕樹。在那個時候，一點點錢也能帶來很多。過去幾年，她有足夠的錢（和贊助）來滿足一切需求。今年，失去了米亞，一切變得毫無意義。

每一天都像是陷入泥濘般寸步難行。她希望假期能趕快結束，趕緊開庭。一旦判決公布，一切就會恢復正常。

她知道孩子們也很想念米亞，但他們似乎只想享受奢華假期。雙胞胎要她買奧斯汀光之軌跡，以及四季酒店泰迪熊茶會的門票。就連茱蒂絲也興致勃勃，提議砍一棵真正的聖誕樹，一起裝飾。那天氣溫攝氏二十四度，陽光普照，他們還是做了蛋酒，拿出所有裝飾。除了心中缺少的那一塊，一切都很完美。米亞一定會喜歡的，惠妮一整天不停想著。

雖然這些都可以是社群貼文的精彩內容，但惠妮卻盡量不發。每次打開IG，看到其他幸福的家庭和微笑的孩子，她都感到無所適從。她對一切產生懷疑。她的貼文，只放自己的照片或孩子的背影。最近，她收到的留言大多都是想念她的孩子。但惠妮現在需要保護他們和她自己。

聖誕節早上，孩子們爬上惠妮的床，大喊「聖誕老人來了！聖誕老人來了！」儘管惠妮被他們逗得哈哈大笑，但她內心深處卻充滿絕望。米亞不在這裡，不能和他們一起慶祝。惠妮為米亞、卡蜜拉、伊娃和奧馬爾送了禮物。女孩們去學校的時候，她把禮物留給伊娃。她希望米亞知道家人都惦記著她，但也不想強迫她和大家見面，如果她不想的話。

孩子們和茱蒂絲一起打開聖誕樹下的禮物。蘿西幫孩子們拿聖誕襪，惠妮正在煮咖啡。她準備了傳統的聖誕早餐，肉桂捲、培根、水果沙拉。她一邊等咖啡，一邊靜下心，看蘿西幫梅森打開他的培樂多黏土組合。梅森已經學會剪貼、著色、畫畫，甚至能拼出自己的名字。

她想起他出生的那天。有別於雙胞胎緊急剖腹，梅森那次速度很快，過程也很順利。沒有麥可在她身邊，握著她的手，迎接他的第四個孩子——也是唯一的男嬰——她的心情很是低落。麥可不在讓她感到不知所措，她決定採取剖腹產後自然生產，讓自己暫時無法胡思亂想。

是陶妮陪她進產房，當惠妮發誓說她再也沒有力氣了，陶妮會回她：「你可以的，你真的可以。」

她的語氣和奧運教練一樣堅定。

梅森出生後，陶妮立刻打電話給丈夫傑克遜，讓他帶米亞去醫院看寶寶。惠妮想讓米亞先見到弟弟。自從麥可去世，她那十一歲的寶貝女兒開始遠離寶寶，不願觸碰惠妮的肚子，甚至不願承認生活的變化。但隨著時間過去，隨著惠妮的肚子越來越大，米亞開始依偎在惠妮身邊，把耳朵貼在惠妮的肚子上。她會跟寶寶說說話，介紹她們家，以及三個等著和他一起玩的姊姊。

那天，當米亞走進產房，她有點猶豫，站在門口遲遲沒有進去，直到惠妮招手示意。

「嗨，寶貝。」她伸手擁抱女兒，推開蓋住嬰兒的毯子，把他轉向米亞。「這是弟弟，梅森。」

米亞輕輕撫摸梅森的小手，注視他的臉龐，眼眶閃爍著淚光。

「就是他讓我胃灼熱。」

米亞的手撫摸梅森的鼻子，從鼻梁向上，滑過他的黑眉。「他長得像爸爸。」

惠妮的眼裡滿是淚水，聲音哽咽。「真的很像。」

從那天起，梅森哭鬧時，米亞總是第一個衝上去，拿給他奶瓶或是乾淨的尿布。當梅森大發脾氣，通常是米亞讓他冷靜下來。

現在看著已經三歲的梅森在壁爐前玩，惠妮心想，**米亞應該在這裡**。深埋在她靈魂裡的悲傷揮之不去。

蘿西走來，把手放在惠妮肩上。「沒有她，一切都變了。」

「對，真的是這樣。」惠妮悲傷地笑了。蘿西也要離開了。再過幾天，她就要去澳洲了。

惠妮電話響了，希望是米亞打來的。不是。是珊蒂。這是一個驚喜——通常是惠妮主動打電話。

「聖誕快樂，媽。」惠妮接起電話說道。

「聖誕快樂，惠妮。」媽媽的聲音聽起來很小聲，很悲傷。

惠妮的心一沉，她走回廚房。「最近都好嗎？你是今天早上去史黛芬妮家吧？」

「是的。他們很快就會來接我。」珊蒂停頓一下。「覺得有點孤單。想你爸了。」

「哦，媽。對不起。我也想他。」她父親有很多缺點，像是賭博，以及為此撒謊。但他努力工作，常逗他們笑，也常稱讚他們。「你收到我寄的禮物了嗎？」上週，她寄給媽媽一包她最喜歡的零食、巧克力、毛絨絨的襪子，還有一瓶奢華乳液。

「收到了，謝謝。抱歉我還沒寄禮物給孫子孫女們。時間太倉促了。」

「沒關係，媽媽。」她媽媽每年都這麼說。雖然她因為孩子總是被遺忘而感到困擾，但惠妮知道他們根本沒注意到。他們幾乎被新的玩具和禮物給淹沒。「禮物已經夠多了。」

「我能跟他們說說話嗎？」

「當然可以。」她把電話擴音。「孩子們，跟奶奶說聲聖誕快樂。」

「奶奶聖誕快樂！」孩子們喊著，視線幾乎沒有從玩具和恐龍身上離開。

「有人想多說幾句嗎？」一片寂靜。惠妮皺眉，「抱歉，媽。雙胞胎和梅森都在玩玩具。」

「米亞呢？」

「哦，她……她剛進浴室。」

「太可惜了。幫我跟她說聖誕快樂。」

「我會的。」惠妮不敢相信自己竟然在聖誕節這天對母親撒了謊。

她把手機拿給蘿西，讓她和媽媽說話。聊了一會兒天氣，蘿西試圖告訴珊蒂出國留學的計畫。蘿西把電話還給惠妮，翻了個白眼。

「我應該在史黛芬妮來之前準備好。」珊蒂說，「我很懷念你們小時候的聖誕節。那時候的聖誕節……充滿魔力。」

惠妮回想起小時候的聖誕節，她總是擔心聖誕樹底下沒有東西可以給弟弟妹妹——如果有聖誕樹的話。但她不得不承認，她的父母總是能實現小孩的願望，哪怕只是簡單包裝的橘子和新的牙刷。他們總是能讓這一天變得不一樣。

「聖誕快樂，媽媽。」

吃完早餐，收拾好碗筷，孩子們又回到玩具堆裡。惠妮、蘿西和茱蒂絲坐在沙發上，眼神充滿倦意，一邊喝第二杯咖啡，一邊討論接下來的安排。這時，有人敲門。

惠妮驚訝地看著蘿西。「會是誰呢？」

「也許是快遞。」夏綠蒂說，但視線沒有離開驚喜寶貝蛋。

蘿西穿著浴袍和拖鞋走向門口。

「是誰呢？」惠妮大喊，發現蘿西沒有回來。

蘿西帶著手拿禮物的米亞走到客廳。惠妮從沙發上跳起來，眼睛瞪得好大。她的女兒回來了！

「米米！」梅森向米亞討抱。米亞露出燦爛的笑容，放下禮物，一把抱起梅森。

「好想你。」梅森在姊姊臉頰親了一下。

「我也想你。」米亞也親了他。「你長這麼大了！比我上次看到你的時候大了一倍呢。」惠妮發誓看到女兒的眼裡含著淚水。她知道她真的哭了。

「米亞。」惠妮的心在顫抖，克洛伊和夏綠蒂擁抱她們的姊姊，摟著她的腰。「聖誕快樂。」

「聖誕快樂，媽。」米亞的視線沒有停在惠妮身上，而是給茱蒂絲一個溫暖的笑容。「謝謝你們的禮物。我也帶了一些禮物。希望你們不會介意。」

「當然不介意。」惠妮咽下哽咽，帶大家往沙發走。

蘿西和茱蒂絲聊天，試圖掩飾尷尬的氣氛，孩子們緊緊黏著米亞。想到他們有多麼想念米亞，惠妮的心隱隱作痛。

「要喝點什麼嗎，米亞？」惠妮問道。「柳橙汁？汽水？」

「不用了。」米亞僵硬地笑了笑，然後轉向梅森，拿給他一份禮物。「這是你的，小子。」

梅森撕開包裝，發現姊姊送給他一本訂製的《汪汪隊立大功》圖畫書，高興尖叫著。「這個是我！」卡通人物和他長得一樣，和狗狗超級戰隊一起破案。「謝謝你，米米。」他非常喜歡這部動畫，禮物太完美了。

米亞送禮特別用心，尤其是送給惠妮。當你一直收到免費的贈品，別出心裁的禮物更讓人感動。米亞曾製作一幅相片拼貼，惠妮非常喜歡，掛在客廳牆上。米亞送她一個印有「性感尤物」字樣的咖啡杯，每次都讓她噗哧一笑。梅森出生後，米亞訂一條項鍊給她，串有每一個小孩的誕生石。惠妮知道伊娃或蘿西可能有幫她。這些都是她最珍貴的寶物。

米亞送給雙胞胎閃亮亮的美人魚尾巴毛毯，送給茱蒂絲一幅有四個孫子的似顏繪。「哦，米亞，我太喜歡了。」茱蒂絲說。她送蘿西一套時尚澳洲旅行指南。

蘿西跳起來擁抱姪女，然後馬上仔細翻閱。

「這是給你的。」米亞害羞地遞給惠妮一個紅色的盒子。

「你不用買禮物給我。」惠妮給女兒一個悲傷的微笑，她心裡想說的是：**我不值得**。

每個人都看著惠妮打開禮物。打開包裝紙，裡頭是一張她抱著幾個月大的米亞的照片。胖嘟嘟的米亞剛從浴缸裡出來，穿著小浴袍，一簇一簇紅髮，帶著燦爛笑容。惠妮看著她的寶貝，眼神裡滿滿都是愛。麥可坐在惠妮身後，抱著她們，驕傲地看著她們。看到這張照片，惠妮愣住了。屋子裡的氣氛變了，她彷彿回到那個幸福的時刻。

「我沒看過這張照片，是奶奶送給我的。」米亞對茱蒂絲微笑，「相框是我在北環一家古著店買的。」

惠妮輕拭眼角，努力控制自己激動的情緒。「謝謝你。我很喜歡。」她用手指撫摸精緻的相框。「太美了。我要放在工作室。」

「不客氣。」米亞臉上掛著小心翼翼的微笑，似乎也在努力保持鎮定。

接下來一個小時，米亞陪梅森、克洛伊和夏綠蒂玩，對他們的新玩具發出「哦」和「啊」的讚嘆，和他們分享在學校的趣事。他們真的很開心，這麼久以來第一次大家聚在一起，惠妮心底暖暖的。

最後，米亞說必須回賈西亞家吃聖誕大餐。在惠妮送她到門口以前，她抱了弟弟妹妹、蘿西和茱蒂絲，跟他們道別。

「謝謝你過來，米亞。」惠妮強忍住淚水，「你不知道這對他們有多重要。對我們所有人來說都是。我們想你。我很想你。」

「我也想你們，媽媽。」米亞的笑容顫抖，就要破防。當她轉身離開，惠妮伸手要她別走。

「米亞……」此時此刻，她願意答應女兒的所有要求。如果能再次團聚，再次分享快樂，她願意不再發布關於米亞和孩子們的文章。

但還來不及說出口，米亞的電話響了。

「是卡蜜拉。他們在等我。」米亞抱歉地笑了笑，把手機放在耳邊。

「我馬上來。」她回頭向惠妮揮手，走出家門。

HateFollow.com

奧莉喂呀·魏爾德 12月25日 晚上6:06

哇。聖誕節居然沒有米亞。我無法想像這個家正在經歷什麼。

垃圾熊貓 12月25日 晚上7:13

我對這個人一點也不同情。自作自受，呵呵。

經典芭比 12月25日 晚上7:48

今天是聖誕節，我為他們感到難過。不能一起過節真是太遺憾了。母親不應該與孩子分開。

94嘴秋 12月25日 晚上7:50

芭比，來黑特網站當聖母是不是搞錯了什麼？惠妮的家庭是她自己一手毀掉的，因為利用家人撈錢。就這樣。

26 米亞

遲到鈴聲響起前，米亞回到英文課座位，鬆了一口氣。這是假期結束回學校的第一天。她和卡蜜拉、伊娃和奧馬爾一起度過愉快的兩週，米亞已經準備好回到正常步調——儘管這可能是最不像青少年會做的事。

假期期間，伊娃剛結束第二輪化療，在家看了幾十部電影。卡蜜拉說服他們看完珍妮佛・羅培茲的所有經典作品，直到他們拒絕再看《絕配殺手》。下午總是很安靜，米亞有太多時間可以思考，思考關於家人（她短暫的聖誕拜訪比預期得好），思考關於即將到來的庭審，思考關於她的父親，思考關於伊娃的癌症。雖然卡蜜拉和她的父母都很快樂，但能感受到每個人內心的壓力。

在等待伊娃化療發揮藥效，等待庭審開始的期間，米亞感覺人生陷入了停滯。只有小考、測驗和論文，給她某種規律以及需要擔心的事。她確實很焦慮，指甲咬得深可見肉，她甚至反覆夢見自己手指感染、指甲脫落。（如果真的發生，她要怎麼傳訊息？）

這個夢特別可怕，因為和亞歷私訊是她現在唯一的樂趣。他們每晚睡前都會互相鬧一鬧。他們天南地北地聊，從新聞時事、官司訴訟，聊到彼此家庭。原來，亞歷的爸爸來自中國，他是獨子，承受巨大的壓力。他的父母很擔心無法負擔西北大學的學費，尤其是他父親，他不理解為什麼兒子想當記者而不是醫生。他的母親對於他要去那麼遠的地方唸書感到沮喪。他家裡的氣氛也很緊繃，儘管他的問題和米亞的不同。

米亞不得不承認，她已經澈底深陷對亞歷的迷戀。她時不時會看手機，因為訊息通知而心情起伏不定。她不再介意卡蜜拉的嘲笑。因為那是事實。每天晚上，她都希望他開口約她。但她依然在等待。

米恩斯小姐講解《奧德賽》的時候，她的手機震動，米亞的心撲通撲通跳著。也許是亞歷的訊息。她悄悄拿出手機。但不是亞歷，是迦勒。

第一次庭審日期出來了！三月十四日。
還有兩個多月。是時候加快速度。

一股寒意從腳底竄起。一切真的就要發生。「加快速度」是什麼意思？她待會兒問迦勒。手機放回口袋時，她的手在顫抖。

她很高興所有的等待即將結束。兩個月後，她會知道自己的未來：贏？或是輸？媽媽是否終於不再拿子女當話題？她會搬回家，還是繼續留在賈西亞家？（她能一直住賈西亞家嗎？）但她也很害怕。會有很多人看她，評論她和她的家人。米亞已經和迦勒來回練習許多次了，但真的要開始了。真的。

米亞咬著大拇指，撕裂表皮，直到嚐到血的味道。她尷尬地將運動衫壓在傷口上止血。下課鈴聲響起，米亞仍然陷入沉思，默默走入人群，走向下一堂課的教室，腦海傳來一陣一陣的嗡嗡聲。

接下來的時間，她感覺像是全身濕透。也許這只是因為焦慮的汗水浸濕了她的腋窩。她在學生餐廳與卡蜜拉一起吃午餐，米亞需要洗個澡，睡個午覺。

「很好啊。」卡蜜拉得知庭審日時說著，「那時候是春假，大家都不在學校，而且你終於可以知道法官的判決，然後繼續生活。」她若有所思地咬著披薩。「並且，你一定會贏。」

卡蜜拉繼續說了三十分鐘鼓勵的話，米亞終於看到希望。她**的確**有充分的理由。也許她**會**贏。至少她現在有一個日期。

她在學校沒看到亞歷，晚上她完成作業，躺在床上傳了封簡訊給他，告訴他開庭的日子。

他立即回覆。

太好了。我們開始吧！

我們？這是什麼意思？就米亞所知，只有她一個人需要出庭。
亞歷又發了一則。

正好是春假，我們不用請假。

又是那個「我們」。

為什麼要因為庭審而請假？

因為我要報導。

你？

米亞的胃一陣翻騰。她本來以為亞歷會和其他人一樣參加畢業旅行。

這是史上最重要的案件。當然要報導。
我還聯繫《政治家》，問他們需不需要學生視角。

米亞低頭哀嚎。她的隱私將一一公開……還有她家人的隱私？這簡直是噩夢。

哦。

米亞試圖往積極的一面想。也許在法庭上看到更多友善的臉孔會很不錯。一個站在她這邊的人。

在她想好要說的話以前，亞歷傳訊給她。

對了，你看到這個了嗎？

有一個連結。

點擊連結，是娛樂新聞網站Daily Buzz的一篇報導，她的母親正在接受兒少保護單位調查。

她一邊打字，一邊顫抖。

這不是真的。奶奶會跟我說的。

我也這麼想。那個網站並不可靠。

米亞對此一無所知，但她知道這段對話讓她感到不舒服。

睡了。明天見。

晚安！

米亞閉上眼睛，讓大腦進入睡眠狀態，她不知道是什麼讓她覺得被冒犯：母親被兒少保護單位調查的新聞，還是暗戀對象對官司比對她更有興趣的事實。

27 惠妮

惠妮不敢相信自己穿著華麗的紅色禮服，等待走上伸展台。這是她連續第三年在二月參加「美國心臟月」晚宴，令她驚訝的是，他們得知訴訟的消息後還是邀請她。她的手在抖，想起上次參加派對的慘痛經歷。如果她能順利走過伸展台，觀眾沒有對她人身攻擊，今晚就可以安全下莊。

主持人叫到她的名字。惠妮深吸一口氣，強顏歡笑，邁步走向舞台。「惠妮・高登，一直以來作為美國心臟協會的支持者，身穿Oscar de la Renta的禮服。」主持人讀著手卡。「讓我們給她一個熱烈的掌聲！」

惠妮做好被噓的準備，但觀眾對她滿是歡呼。至少在這些人眼裡，以麥可的故事為心臟病研究募資是合理的，是能被理解的。她停下腳步，微笑擺出姿勢，觀眾為她鼓掌、拍照。

時裝秀結束，惠妮走向人群，想喝一杯。她本來希望蘿西陪她出席。她非常想念去澳洲的妹妹。透過訊息、視訊，她知道蘿西過得很開心。

正當她走到吧檯，有人叫她的名字。

「嗯？」她轉過身，一位身穿亮紅色雞尾酒裙的嬌小黑髮女子，拉著她一臉尷尬的丈夫。

「我是珍・曼弗德。你救了我老公。我跟你提過他。就是他！」

惠妮的眼睛瞪大，她想起大約四個月前，珍在她IG留言。「哦，我的天哪！很高興見到你！」

「我也是！」珍眼眶泛淚。「這是保羅。一知道你會參加晚宴，我們就從達拉斯開三個小時的車，一定要來這裡和你碰面。」

惠妮看向保羅，他身材高大，瘦削，看起來比較想穿牛仔褲、靴子，而不是西裝。他慎重握住惠妮的手。「很高興見到你。我太太告訴我，如果不是因為你，我不可能來到這裡。我很遺憾你失去丈夫，但也感謝你救了我。」

「一切都是你妻子的功勞，她才是英雄。謝謝你大老遠開車來見我。太謝謝你了。」

聊了一會兒後，珍和保羅走向舞池。惠妮向酒保要一杯紅酒。有人拍了她的肩膀。是陶妮，臉上掛著靦腆的笑容，身旁是她可愛的丈夫傑克遜。

「希望我們在這裡不會讓你不愉快。」陶妮身穿黑色絲質上衣、彩虹色帶飄逸長裙，看起來就像舞會女王。

「好開心可以見到你。」惠妮給陶妮一個大大的擁抱。看到她最好的朋友，她如釋重負。自從幾個月前失敗的塔可聚餐，她們沒有見面，更別說是聊天。「我好想你。」

「我理解你的處境。我怎麼會不懂？看看你幫助過的人就知道了。我知道你做的一切都是為了孩子。」陶妮的聲音顯得格外溫柔。

惠妮看著好友，兩人眼中泛淚。「謝謝。相信我，我也曾懷疑過自己。」

陶妮喝一口傑克遜遞來的雞尾酒。「關於這件事，米亞的律師傳喚我。我必須出庭。」惠妮的胃抽搐。「真的嗎？」

她完全沒想過會有誰指證她。

「別擔心。」陶妮握住她的手。「我只說真話，你是一個很疼小孩的優秀母親。」

惠妮感到喉嚨緊縮，房間牆面開始向她逼近。

在她崩潰之前，陶妮抓住她的手。「我們無法決定判決，」她看著她的眼睛，「不需要多想。」

「你說得對。」她給好友一個顫抖的笑容，「我們能不能只喝酒、跳舞，開心一下？」

「當然可以。」陶妮眼睛一亮，點點頭。「我們都需要放鬆。」

接下來的一個小時，三人盡情跳舞、喝酒、歡笑。這正是惠妮需要的。

回家路上，惠妮回想這一晚。觀眾的歡呼聲，與珍和保羅相見，與陶妮和好。這是她很久以來第一次不覺得自己是個可怕的人。惠妮看著夜空，她無法再想太多。在網路上分享自己的生活，拯救了別人的丈夫，卻失去了自己的女兒。

幾個小時後，屋裡一片安靜。孩子們鑽進被窩。惠妮應該要睡，但她睡不著。自從律師打電話告訴她開庭日期，數週以來她每晚都輾轉反側。當她得知米亞的律師辯稱她不只是一位母親，而是一個品牌，從而避開「親子豁免原則」時，她認為他們已經輸了。沒有法官會選擇放棄孩子，站在營利的那一端。

現在，今晚，人們讚賞她的職業，她想知道自己是否有機會贏得這場官司。她救了保羅！法官必須看到她不僅僅是一個網紅。

現在是惠妮證明自己的時候了。她要讓所有人知道，她是一個好母親，也是一個充滿愛心的妻子。她發布麥可的照片並不是為了侵犯他或米亞的隱私——她這麼做是因為她知道，如果能正面看待人生的悲劇，也許有一天可以幫助另一個家庭。

儘管她在晚會喝了很多，惠妮還是給自己倒一大杯紅酒。酒精順著喉嚨直衝胃裡，緩解她緊張的情緒。她輕輕嘆息，心情平靜許多。

她打開工作室的燈，喝了一大口酒。大腦一片模糊，那種美妙的感覺讓人放鬆，無憂無慮。

她坐在辦公桌前，不知道該做什麼。又喝一口，感覺更加暈眩。

打開筆電，她不自覺在搜尋欄輸入「Hatefollow.com」。惠妮知道這個舉動不利於她的身心健康，但今晚她沒有意志力抵抗。也許她只是想要找人吵架。

她做好準備，迎接那些可能的惡評。如果鍵盤真的噴出髒水，她也不會感到驚訝。

她對「黑特網紅」已經觀察很久了。當她的部落格剛紅起來的時候，惠妮花了太多時間瀏覽討論區，閱讀那些刻薄、陰暗，有時甚至粗俗的推文，這些對她有偏見的人，大部分是女性。這讓她覺得自己很糟糕。有一天，她熬夜瀏覽陌生人對她的評價，直到早上六點不得不去顧孩子。她發誓再也不去看那些酸言酸語。有什麼意義呢？那些人只看到她公開的那一面，真的。如果他們不喜歡，那也沒關係。不是每本書、每部電視劇或每齣電影都適合所有人。人也是一樣。她當時下定決心，她可以接受網路鄉民不喜歡她，所以再也沒有瀏覽那個網站。

但現在她還是去看了，在酒醉、虛弱的時候。點擊「媽媽網紅」連結，很快就可以找到討論她的專區。她震驚地發現，共有兩千四百頁的黑特留言。**這些人是誰？他們不用上班嗎？**

她從後面幾頁開始瀏覽。他們指責她酗酒。哎喲，惠妮看了看酒杯。管他的，媽媽不能小酌嗎？

有人猜茱蒂絲是政府的兒少保護社工。惠妮笑了。哦，拜託。如果需要她聊婆婆，她很能聊的。

往下滑、滑、滑。她一邊喝酒，一邊瀏覽，發現有人批評她的外貌、米亞的外貌，批評她的育兒方式。很多關於她神祕男友的話題——甚至有人猜測他甩了她。當然，關於訴訟的討論串也不少。她的皮膚突然變得粗糙，她的身體從內到外都在燃燒。喝下最後一口紅酒，酒杯推得遠遠的。儘管她還想再來一杯，但她不允許自己這麼做。

惠妮瞥見鏡中的自己。她頂著昨天做的盤髮，凌亂並且被壓得一邊高、一邊低。睫毛膏暈染脫妝，她看起來很瘋狂，但她沒有瘋。她很生氣。這些人怎麼敢評論她的生活？他們根本不了解她。

她把手放在鍵盤上，做了件不該做的事：註冊帳號。不到一分鐘，她發布第一則討論。

2月5日 凌晨2:37

惠妮本人：你們沒別的事情可以做嗎？我很好，我的孩子也很好。順帶一提，老婦人是我婆婆。

回覆來得又快又猛。

2月5日 凌晨2:38

布鹿斯威利：樓上是惠妮本人嗎？

2月5日 凌晨2:38

惠妮本人：是的。

2月5日 凌晨2:39

血拼療法&彩虹：哇。大部分網紅都不承認有在看耶。Respect。

2月5日 凌晨2:39

惠妮本人：我喜歡做自己。儘管衝著我來，不要把我的孩子牽扯進來。

2月5日 凌晨2:40

94嘴秋：你現在是在要求隱私？為了小孩？有夠諷刺。是你先公開的。去問米亞唄。

惠妮往後一靠，像挨了巴掌一樣震驚。沒過多久，尷尬消失，憤怒取而代之。

2月5日 凌晨2:44

惠妮本人：如果你真的認識我，了解真正的我，你就會知道我做的一切都是為了孩子。

在她繼續打字之前——告訴這些人麥可在她剛懷孕時去世，對她造成多大的打擊；說她如何撫養三個年幼的孩子，解決他們的財務問題；問這些人憑什麼批評她；跟他們說今晚有那麼多人為美國心臟協會籌集巨額資金，而他們卻對一切視而不見時——出現新的一則貼文。

2月5日 凌晨2:46

布鹿斯威利：你解釋再多也沒用，米亞一定會恨你一輩子。其他孩子也會恨你。等他們發現米亞不過是要求個人隱私，媽媽卻自私只顧PO文。

惠妮內心在煎熬。他們怎麼敢？這些人根本不了解。她開始打字，情況很快陷入失控。

2月5日 凌晨2:47

血拼療法&彩虹：別擔心。我相信你可以去亞馬遜買玩具來假裝是自己的小孩。

2月5日 凌晨2:48

94嘴秋：誠心建議：遠離網路和酒精，好好過日子。

惠妮關掉電腦。如果這些陌生人都認為她是個糟糕的母親，法官怎麼可能站在她那邊？她會輸掉官司，失去事業，失去生計。

她把空酒杯放在廚房水槽，回房間睡覺。

HateFollow.com

血拼療法&彩虹 2月5日 凌晨3:05

惠妮？人勒？去哪兒了？

94嘴秋 2月5日 凌晨3:07

我們把她嚇跑了。太可惜了。剛才還挺有趣的。

垃圾熊貓 2月5日 上午8:13

哇。我剛爬完推文，惠妮整個失控耶。真的需要有人保護那些孩子。

28 米亞

睡前和亞歷互傳訊息，是米亞這幾個月的習慣。他們分享彼此的一天，開開玩笑，然後互道晚安。

這一次，在即將結束前，他發了一則訊息，讓她心跳驟停。

你明天要做什麼嗎？

去學校，沒有別的。怎麼了？

她屏住呼吸，看著對話框的點點在跳動。

放學後過來嗎？我們一起看電影什麼的。

米亞難以置信，站在床邊，發了瘋一樣扭動身體。一分鐘後，她意識到需要回訊息。她想保持輕鬆隨意的感覺。

好啊。第七節下課約在你置物櫃？

他回覆得很快。

好。到時候見。

她幾乎沒有睡，六點起床，洗澡、吹頭髮。她甚至塗口紅和一點點睫毛膏，儘管不知道效果如何。她穿上最好的牛仔褲和合身T恤。

米亞到廚房吃早餐時，卡蜜拉的眼睛為之一亮。「在我面前的是哪位超級名模？」

伊娃和奧馬爾若有所思地看著卡蜜拉仔細端詳米亞的臉。「你塗睫毛膏！我就知道。有約嗎？」

米亞的臉頰發熱。「亞歷邀我放學後去他家。」

卡蜜拉尖叫。「終於！」她在廚房裡跳舞。

米亞低下頭，掩飾笑容，坐到椅子上。「沒什麼大不了的。不需要這樣。」

「哦，拜託。」卡蜜拉坐在米亞身邊，滿臉笑容。「你以前沒有喜歡過任何人耶。真希望我能拍下整個過程。」

米亞害怕地看著她。她最不希望的就是有人紀錄她的約會。

「哦，對。用詞不當。」卡蜜拉叉起淋上莎莎醬的炒蛋。「我只是太激動了。」

米亞也很激動，但她必須努力克制，假裝一整天都不緊張。

最後一節課鈴聲響起，她直奔亞歷的置物櫃，發現他已經在等，嚇了一跳。他一定也很期待。

「嘿。」她緊張地對亞歷笑了笑。

「嘿。」他回以微笑。深邃的眼神讓她心跳加速。「準備好了嗎？」

「走吧。」

可能是她自己多想，但米亞發誓，當她和亞歷走到停車場，人們紛紛回頭看他們。儘管她知道亞歷開的是Jeep Wrangler，和他的Converse一樣是紅色的，但她還是故意慢他一步，這樣他就不會知道她知道了。

他幫她打開副駕駛門，她心花怒放。亞歷繞到駕駛座，包包扔到後座。

汽車發動時，音響傳出嘻哈音樂。

「抱歉。」他不好意思地尬笑，把音樂調小聲。「我早上就跟活屍一樣，需要音樂醒腦。」

車開上街道，風拂過米亞的秀髮，陽光灑在她臉上，感覺太棒了。如果這就是有男友的感覺，米亞很喜歡。

抵達他家時，她注意到裡頭非常安靜。亞歷和卡蜜拉都是獨子，沒有兄弟姊妹出來迎接。她猜他的父母應該在上班。

「我們去吃點東西吧。」亞歷把包包放在玄關，脫鞋，米亞也跟著脫鞋。

來到廚房，米亞看著亞歷拿出冰箱裡的食材。

亞歷拿出火腿、起司和芥末，檯面旁邊有一塊麵包。「要吃三明治嗎？」他從櫃子裡拿出盤子。

「不用了，謝謝。」她的胃不舒服，暫時不想吃東西。

做好三明治，亞歷拿一袋洋芋片，走出廚房。「跟我來。」

他穿過走廊，來到一個類似書房的房間，裡面放兩張L型沙發。亞歷坐在電視前的沙發上，開始狼吞虎嚥吃三明治。

「請坐。」他邊吃邊說。

米亞急忙走到另一張沙發坐下，雙手緊握，掩飾緊張。她瞄了一眼亞歷，他很專注地吃東西。她不知道該做什麼或說什麼。這是什麼？約會？聚會？他對她有意思，還是只是喜歡傳訊息？她很困惑。

亞歷非常速度地吃完三明治，從角落的迷你冰箱拿出一罐可樂。「汽水？」他問道。

「好啊。」也許氣泡能讓她的胃好一點。

亞歷給她一罐飲料，然後坐下——坐在她旁邊。「跟我聊聊你的訴訟吧。你知道你的律師會提出什麼論點嗎？」

米亞心想，**只是朋友之間的閒聊**。「嗯，他打算談美國在社群媒體和兒少隱私方面，還沒有制定完善的法律規範，但其他國家像是法國，已經制定相關法規。你知道根據法國隱私法，未經同意而發布和傳播他人照片的任何人，都可能面臨最高一年徒刑和四萬五千歐元罰款嗎？」

「這太不可思議了。」亞歷注視著她。

他的目光讓她想要繼續說。「他請心理學家和其他專家證人出庭，談《庫根法》之類的。」

亞歷向她靠近，伸手輕輕纏繞她的頭髮。「你的頭髮好美。火一樣的顏色。」

他撥弄她的頭髮，她不禁屏住呼吸。「你知道《庫根法》嗎？」

「哦，呃，以一九二〇年代知名童星傑基‧庫根命名的法條。他年滿二十一歲時，發現以前賺的錢都不翼而飛。於是他起訴自己的媽媽，他媽媽也是他的經紀人。」

「聽起來很耳熟。」亞歷笑著把手從米亞的頭髮上移開，手指沿著她的手心畫過。

米亞因為這輕輕觸碰，手臂像被電到一樣，傻傻笑著。「是的。《庫根法》保護了加州的年輕演員。」

「哇。你和庫根一樣，拯救全世界的年輕人。」

「可能吧。」

「說真的，米亞。我為你感到驕傲。」亞歷將手臂搭在她肩膀上，把她拉近。他盯著她的眼睛，兩人之間的距離只剩幾公分。「你很勇敢。」

米亞心跳得飛快，心臟快爆炸了。亞歷要吻她。

「亞歷，我回來了！」一個聲音喊道，接著是關門聲。

他們跳起來，有人探出頭來。「哦，你好。」

「嗨，媽。」亞歷一邊說，一邊用手梳理頭髮。「這是米亞。」

「你好，米亞。我看到門口有背包和鞋子，以為是絲朗。」

絲朗？米亞的眼睛瞪得好大。她腦海浮現校刊室裡那個女孩的臉。**亞歷在和她交往嗎？**

亞歷媽媽衝進房間，拿起亞歷留在桌上的洋芋片袋子和空盤。「我要做晚飯了。義大利麵——你最喜歡的。」她對兒子微笑，然後看向米亞。「很高興認識你。」

他們再次獨處，米亞滿腦子想的都是絲朗。這讓她對當下的情況更加困惑。「我該走了。」

「別這樣，留下來吃晚飯？」亞歷眼中流露希望的光芒。

「呃，謝謝。但我得走了。」她起身離開房間。

「等等。」亞歷跳起來。「你走之前，我想給你看樣東西。等一下。」

他快步走出房間，三十秒後帶筆電回來。亞歷坐在沙發上，拍了拍旁邊的位置。她勉強坐回他身旁，看著他輸入網址：thedailybuzz.com。

「我又找到一些報導，我覺得你應該看看。」

其中一篇詳細介紹網紅收入，一篇採訪心理學家，探討讓兒少接觸網路會如何影響他們的心理健康。（米亞心想，**這可不是開玩笑的**。）除了關於她媽媽被兒少保護單位調查的假報導，還有一篇文章寫著聳動的標題：惠妮・高登瀕臨破產。

「這不是真的，不可能。」米亞喘不過氣。但她又知道什麼？下一條新聞讓她非常不安：「惠妮・高登案驚人發展：米亞的監護人罹癌。」她倒抽一口氣。「搞什麼？他們為什麼要寫伊娃？」

亞歷點擊連結讓米亞瀏覽報導。不具名來源寫道：「米亞選擇與朋友生病的母親住在一起，而不是自己不健全的家庭，令人震驚。」讓米亞真的震驚的是，伊娃最不希望發生的事還是發生了：她的隱私被侵犯。

這篇文章的作者知道伊娃罹癌，正在接受化療，但似乎不了解詳細情況。更讓她驚訝的是，作者提到伊娃幫米亞取的小名：南瓜籽。除了伊娃和她本人，知道這件事的只有奧馬爾和卡蜜拉。

米亞再次起身。「我真的得走了。」

「你確定？我媽媽很想留你下來吃晚飯。」

「我確定──我得走了。」

米亞恍惚抓起背包。她坐在亞歷的車裡，看著窗外，努力拼湊事情的真相。不可能是奧馬爾──他為什麼要違背妻子的意願，透露她的病情？那麼只剩下卡蜜拉了。但她為什麼要這麼做？他們不可能付錢給她來買這些私事。幾百元值得出賣你最好的朋友和你的母親？也許卡蜜拉嫉妒米亞和伊娃的關係？也許她只是想報復米亞奪走伊娃的關注？

抵達卡蜜拉家，米亞跳下車，在道別之前衝上人行道。「謝謝你送我。」她喊道。

一進賈西亞家，米亞靠在牆上，氣喘吁吁。

卡蜜拉走來。「怎麼了？」

「這個。」米亞用手機打開文章，給她的好朋友看。

卡蜜拉掃了一眼，臉色變得很難看。「媽一定會崩潰的。」

「你是唯一了解我的人，」米亞輕聲說，仍努力喘氣，「包括伊娃叫我南瓜籽。」

當卡蜜拉意識到她在說什麼時，嘴唇嘟起，「什麼？」

「是你把這些透露給媒體嗎？」

卡蜜拉把手機推回米亞。「你在開玩笑嗎？真不敢相信你竟然會這麼問。」

米亞心想，**這不是否認**。「如果不是你，那會是誰？沒有人知道南瓜籽，連我媽都不知道。」

「我真不敢相信。當然不會是我。」卡蜜拉走出房間，回頭看米亞。「再說，這與你無關。這是我媽媽和她的隱私，她心裡會多難過。如果你認為我會對她或對你做出這種事，那你根本就不了解我。」

卡蜜拉又停頓一下，「你知道嗎，你比你自己承認的更享受被關注。」

米亞心灰意冷看著朋友憤然離去。卡蜜拉說得對。她不應該指責她做出如此愚蠢的事。她只是太困惑了，還有誰會出賣她？米亞回到臥室，希望能收回剛才的話。但一切都太遲。

29 惠妮

惠妮帶著三個孩子和茱蒂絲，推開南奧斯汀一家色彩繽紛的高級童裝店大門。他們今天要為這家店拍攝IG廣告。她依然不敢相信他們邀請她和家人來拍——也許他們不知道訴訟的事？或者他們真的相信任何的宣傳都是好宣傳？無論哪種情況，惠妮都不會質疑。她需要這筆錢。

「你們來了！」一位身材高挑，穿深藍色工裝褲，紅色圓點T恤的三十多歲女士，面帶微笑向他們走來。「歡迎。我是店長萊絲莉・康寧漢。我是你們的超級粉絲。」

惠妮和她握手。「感謝邀約。我們很高興能來到這裡。」她微笑看著孩子們，孩子們正驚訝地環視這家店。每個角落都擺滿了玩具。「你的店太可愛了。」

萊絲莉點點頭。「可不是？謝謝你們來。我知道這可能不正規，但我想把我們的店當作拍攝背景。」她轉身招手呼喚髮型師和化妝師。「幫你們梳妝，然後就開始吧。」

惠妮坐在化妝椅上，心跳加速。她從未被邀請去商店拍攝——通常，品牌會寄來一整套衣服讓她在家試穿，然後在IG發布——這次的工作邀約她無法拒絕。現在，只需要孩子們在接下來的四個小時裡乖乖聽話。

她瞥向化妝區的另一邊，雙胞胎正在梳頭、上淡妝，梅森與茱蒂絲玩，萊絲莉送他一個全新的綠巨人玩偶，惠妮頓時精神振奮。他們能做到的。一切都會好起來的。

穿上當天第一套衣服——如陽光般亮麗的黃色套裝，惠妮轉身，看著她漂亮的孩子。「你們看起來棒極了。」她抱一抱雙胞胎和梅森，為他們感到驕傲。

他們跑向攝影師，他叫作詹姆斯・金，高個子黑人，穿黑色牛仔褲、黑色T恤，戴金屬框眼鏡。

「準備好了嗎？」他微笑問道。

詹姆斯給每個孩子一束人造花，遞給惠妮一個空的澆水壺。

詹姆斯按下手機按鈕，Kidz Bop音樂響起。「可以開始了。我們玩得開心點。」

梅森高興地尖叫，把花抱在胸前。他開始跳舞，動作非常滑稽，所有人都笑了，攝影師、萊絲莉、化妝師、造型師，就連茱蒂絲也笑了。惠妮微笑看著茱蒂絲，兩人四目相對。來吧，她準備好了。

「太完美了，梅森！」詹姆斯的相機喀嚓喀嚓響個不停。

十五分鐘後，他們完成第一組造型。「一切都很順利。」惠妮對茱蒂絲說，兩人回到造型區換裝。

「你們看起來很棒，」茱蒂絲讚賞，「梅森很有趣。」她看了看手錶，「已經快十一點了。我得在他餓了之前先買吃的。」

「好主意。」惠妮接過造型師遞來的白色衣服。

萊絲莉在他們開始行動前說：「我們可以拍完這一組再吃嗎？不能弄髒衣服。」

惠妮與茱蒂絲交換眼神，然後看向梅森。他正開心玩著綠巨人玩偶，造型師幫他穿上白色短褲時他笑個不停。惠妮點點頭。「他看起來還好。拍完這組我們就去吃飯吧。」

結果，她該擔心的不是梅森。在她們穿好衣服，詹姆斯告訴她們該站的位置後，惠妮發現克洛伊臉上露出不高興的表情。

「怎麼了？」她問。

「我不想穿這件。」克洛伊跺腳。「我想穿那件。」她指著妹妹的衣服，上面全是白色亮片。夏綠蒂高興地轉了一圈。惠妮看了她一眼。

「我喜歡你的裙子。」她摸著克洛伊奶油色的裙擺。「很漂亮。」

「我討厭它。它不好看。」克洛伊的眼裡滿是淚水，「我想要閃閃發光的。」

「好吧，好吧。」惠妮僵在原地，意識到每個人都在看她要如何處理。她看了一眼詹姆斯，注意到他饒有興致的表情。這讓她心裡有點崩潰。「萊絲莉，你有兩件亮片裙嗎？」

店長搖了搖頭。「沒有。很抱歉。我只準備每種衣服各一件。調貨需要一個月。」

惠妮點點頭。現在只能靠她解決這個問題了。「夏綠蒂？」她滿懷希望看著女兒。「你能和姊姊換一下衣服嗎？那樣就太好了。」

「不。」夏綠蒂用手撫摸亮片，它們閃閃發光。「我喜歡這件。」

她明顯在捉弄姊姊。

克洛伊的手捂住臉，哭著跑進洗手間。

惠妮看了一眼天花板，咬緊牙關。為什麼一切總是這麼難？她抓住夏綠蒂的手，把她拉近。「我給你五元，你和姊姊換衣服。」她悄悄在她耳邊說道。

「十元。」夏綠蒂眼睛一亮。

惠妮扶額。她知道這是很糟糕的行為。但她實在沒辦法了。「好。但你不要跟姊姊說。」

過了二十分鐘，克洛伊才從浴室出來，換好衣服，補了妝。詹姆斯再次開始拍攝，惠妮頭疼到不行。

「你們看起來棒極了。」他一邊說，一邊按快門。「再拍幾張，就可以吃午飯了。」

梅森已經開始打瞌睡了，聽到「午飯」兩個字，他睜大眼睛。「但我現在餓了。」

「我知道。」惠妮揉了揉他的手臂。「再過幾分鐘，我們就能吃午餐了。」

梅森的臉變得通紅，「我現在好餓！」

「好吧，好吧。」茱蒂絲從佈景另一側悄悄走過來，遞給梅森一個起司條。「這個怎麼樣？」惠妮感激地看了婆婆一眼。

「不！我要餅乾！」梅森抽泣，鼻涕流下。

惠妮走出鏡頭，抱起梅森。「沒事的，寶貝。」她用手輕輕撫摸梅森紅通通的小臉，擦乾他的眼淚，盡可能清理鼻涕。「抱歉，但我想我們需要休息一下。」她看著萊絲莉，她顯然不太高興。「詹姆斯，你有拍到可以用的東西了嗎？」

「我不確定。」詹姆斯走到連接相機的筆電前瀏覽照片。「我想應該可以。」

「太好了。」惠妮一邊撫平正在打嗝的梅森那一頭亂蓬蓬的頭髮，一邊轉向雙胞胎。「準備好吃飯了嗎？吃完回來完成拍攝，回家看電影。」**假設接下來都會順利進行**，她心想，雖說打從心底不相信。

吃過午飯，惠妮和孩子們換上最後一組服裝：泳衣。惠妮沒有時間擔心自己的大腿看起來如何。梅森快要睡午覺了，她知道再過不到一個小時，他很可能會再次哭鬧。

詹姆斯讓女孩們坐在地上，拿著沙桶，惠妮把海灘巾放在肩上，梅森應該拿著沙灘球。

當詹姆斯開始拍攝，梅森把球扔給惠妮。

她看了他一眼，但笑著撿球。「梅森，拿著就好。」

惠妮讀出梅森眼裡的調皮。梅森捲起袖子，用盡全力將球扔向惠妮的頭。惠妮向左閃避，球從她面前飛過。

「梅森！」看著周圍震驚的表情，惠妮臉頰變得滾燙。

茱蒂絲從陰影中走出。「我來抱他。」

惠妮舉起手。「不，我來。」

她走向兒子，梅森變成了真正的小綠巨人，握緊拳頭，彎曲膝蓋，發出刺耳的尖叫。她抓住他的手臂想把他抱起來，但梅森掉到地上，翻過身，揮舞雙臂，踢著雙腿。

「我不想要你！我要米亞！」

「米亞不在這裡。」惠妮蹲下，把梅森翻過來，試圖拉他起來。梅森拼命掙扎，推開她，然後突然向前衝，她的臉頰被狠狠地撞擊。

周圍的人們不禁打了個寒顫。

惠妮摸著自己的臉，用力閉上眼睛，因為她被撞到了地面。她的兒子就在旁邊繼續發脾氣，淚水淹沒了她的視線。

「哦，我的天哪，梅森。」她嗚咽著說。「媽媽很痛。」她現在還控制得住音量，但她幾秒鐘後就會和他一起尖叫。

茱蒂絲衝過來，抱起梅森，遞給惠妮一個冰袋。

梅森終於不再尖叫，開始抽泣，惠妮把他從茱蒂絲的懷裡抱到自己懷裡。「你會為了打到媽媽而道歉嗎？」

梅森用手臂擦了擦流鼻涕的鼻子。「對、對不起。」

「謝謝。」她揉了揉自己的顴骨。「真的很疼。」

惠妮在梅森臉頰上親一下，為自己又一次度過危機而感到勝利。

這時，她感到有東西濕濕的、暖暖的。

梅森的腿上流著尿，浸濕了他的泳褲和她的高跟鞋。

惠妮眼前一片模糊，她真希望自己能當場消失。但她不能。只有她才能收拾這個爛攤子。

一個小時後，他們換了衣服——她提出賠償，但萊絲莉向她保證泳衣可以洗乾淨——化妝師幫她遮住顴骨上的圓形瘀傷。詹姆斯終於拍到他需要的照片。

結束後，惠妮和家人一起坐進休旅車。雙胞胎聽著音樂進入夢鄉，梅森立刻昏睡過去。

惠妮精疲力竭，疲累滲透到骨髓，蟄伏在那裡，直到哪一天能逃離工作兩週，用spa、按摩和冥想，恢復活力。她也很尷尬。她無法控制孩子。每個人都看著她被球砸到臉。她最喜歡的高跟鞋也毀了。

「你為什麼要這樣折磨自己？」茱蒂絲問道。

惠妮的腦袋嗡嗡作響。她沒有力氣和婆婆分析這地獄般的一天。

「這對你和孩子們來說壓力太大了，」茱蒂絲繼續說，「大部分人的事業與孩子無關。」

惠妮想哭。但她還是得專注開車。

茱蒂絲並沒有因為惠妮沉默而停下。「說實話，這種情況能持續多久？人們想看你的時間還有多長？孩子怎麼辦？梅森開始拒絕拍照後，你還要再生一個？我很確定這種情況隨時會再發生。」茱蒂絲深吸一口氣，直視前方。「你這麼聰明能幹，做什麼工作都行。」

惠妮不得不咬住臉頰內側，忍住想要尖叫的衝動。在理想的世界裡，只要聰明能幹就夠了。「我沒有大學學歷，還記得嗎？」**這就是你認為我是拜金女的理由之一**，茱蒂絲。

「老話一句。」茱蒂絲翻遍包包，直到找到一塊口香糖。「一定有更好的選擇。」接下來的車程，兩人沉默不語。惠妮數著還要幾分鐘她才能爬上床，躺得越久越好。

她把車停妥，大家擠進屋裡，著手處理晚餐。她從冰箱拿出剩菜，茱蒂絲開始做沙拉。克洛伊和夏綠蒂在做友誼手鍊，梅森在客廳玩《汪汪隊立大功》玩偶。他從車裡醒來後，心情好很多。

惠妮的手機響了，她看到來電顯示是布蘭登，不禁嘆口氣。她現在最不想做的就是和弟弟說話。她讓電話轉到語音信箱。

幾分鐘後，手機又響。她聽了語音訊息。

「還好嗎？」茱蒂絲邊切蕃茄邊問。

惠妮放下手機，靠在廚房中島旁。「我媽骨盆摔傷。我得回家一趟。」

HateFollow.com

礙事莉 2月23日 晚上7:06

最近惠妮的話術很無趣，有人有同感嗎？這女的很缺錢吧。總是得付律師費，呵呵！

俗氣外露 2月23日 晚上7:38

至少她現在很少發小孩文了。我不相信這些網紅推薦。葉佩。

94嘴秋 2月23日 晚上7:42

拜託，各位。大多數網紅就是在廣告啊。有些很有創意，總歸都是一樣。工作是為了賺錢，誰跟你交朋友。

30 米亞

米亞現在最不想去的地方就是派對。但是，當你最好的朋友陪伴你度過人生第二糟的一年（以及更早以前，最糟糕的四年），在年滿十五歲時舉辦盛大的派對，你不得不去。尤其當你愚蠢地懷疑她向小報網站販售你的私事。米亞醒悟後，馬上為自己的行為深表歉意。（現在她確信奧莉薇亞・班克斯是罪魁禍首。）

米亞知道卡蜜拉還沒有真的原諒她，她們還需要時間。但今晚是屬於卡蜜拉的。

站在宴會一側，米亞希望自己有勇氣邀請亞歷做她的舞伴。但她沒有。他們依然天天傳訊息，但她沒有勇氣問絲朗的事。這不重要。她在這裡是為了她最好的朋友。

她看著壽星和她從埃爾帕索趕來的表哥、表弟跳舞，笑容燦爛得足以照亮全世界。卡蜜拉如願以償：她穿著紫紅色單肩長裙，裙擺前面齊膝，後面的荷葉邊長到拖地，腰間上有一條閃亮的腰帶，讓人不得不將視線放到她最纖細的地方，綁帶銀色高跟鞋讓她看起來比平常高了八公分。最引人注目的是她閃閃發光的鑽石頭飾，波浪般飄逸的捲髮。她看起來就像公主。壞女孩公主。

儘管米亞不想參加派對，但她喜歡看卡蜜拉、伊娃和奧馬爾在親朋好友的簇擁下盡情享受。伊娃坐在房間最前面，就像王座上的女王，人們排隊和她聊天，詢問她的近況。奧馬爾一直待在舞池。她非常確定，他正在和朋友狂歡，和他的女兒一樣開心。也許比她更開心。

奧馬爾與米亞四目相接，手指向她，一邊扭動身體，一邊靠近。

「跳舞嗎？」他在震耳欲聾的音樂聲中大喊。

他朝她擺動肩膀，米亞笑著說，「不了，謝謝。我在這裡很好。」

「如果你改變主意，你知道可以在哪裡找到我！」奧馬爾額頭冒汗，他撥開頭髮，咧嘴一笑再跑回人群。

米亞眼角餘光看到有人向她招手。是伊娃。米亞走到伊娃的桌子，坐在她旁邊。

伊娃熱情注視著她。「我發現我還沒有告訴你，你今天晚上好美。」

米亞低下頭，臉頰發熱。她用媽媽給她的零用錢買了第一件小黑裙。裙長及膝，裙擺是薄紗材質，領口微微閃亮，卡蜜拉幫她把頭髮梳成大波浪，深紅色長髮顯得更加亮麗。她讓卡蜜拉幫她化妝，包括眼線。米亞覺得自己很漂亮——可惜亞歷沒來。今晚的她更自在，不同於以往為媽媽拍照、穿上色彩鮮艷的衣服、臉上塗滿厚厚的妝。

「謝謝。你也很漂亮。」伊娃確實很美。她穿銀色長裙，頭戴華麗珠飾頭巾，遮住稀疏的髮量。她看起來很高貴。

「謝謝你，南瓜籽。」伊娃伸手拍了拍頭巾。「我可能每天都會戴。」

聽到她的暱稱，米亞想起奧莉薇亞・班克斯——那個刻薄女孩不會知道伊娃幫她取的暱稱。

她們還來不及繼續聊天，一隻溫柔的手搭在伊娃肩上。一位身材矮胖，擁有一頭濃密白髮與一雙深棕色眼眸的女子說道：「還好嗎？親愛的。」

「還撐得了，阿姨。」伊娃轉向米亞。「這是我親愛的阿姨康蘇薇拉，她從麥卡倫趕來，為了卡蜜拉的大日子。阿姨，這是米亞，卡蜜拉最好的朋友。」

康蘇薇拉握住米亞的手，輕輕拍了拍。她撫平身上紫色長裙和成套的紗質外套，坐在伊娃的另一側。「化療後的你看起來氣色不錯。」她說。

米亞倒抽一口氣，伊娃卻仰頭大笑。

「哦，親愛的。我不是那個意思。」康蘇薇拉說。

伊娃對露出驚恐表情的阿姨笑了笑。「不，不，不。我就是因為這句話而大笑的。我希望化療後看起來還不錯。通常看起來不太好。」

「我的意思是，你看起來又健康又美麗。」

「謝謝你，阿姨。」

阿姨壓低聲音。「復原情況還好嗎？」

「還好。」伊娃回答。雖然米亞從她臉上僵硬的笑容中讀出，她現在最不想談的就是癌症。

康蘇薇拉伸手拍伊娃的手臂。「很好。我們需要你。」

伊娃看著奧馬爾和卡蜜拉跳舞、歡笑，眼中閃爍光芒。「我會盡可能多待一會兒。」她說。

正在播放的曲目是一首讓米亞很喜歡的嘻哈歌曲。音樂結束，DJ宣布一件事。

「奧馬爾・賈西亞先生想對大家說話！」

奧馬爾快步走到舞池中央，DJ遞給他麥克風，全場鼓掌。

「首先，感謝各位的光臨。在經歷艱難的日子之後，我們很珍惜這一切。」奧馬爾與伊娃對視，眨了眨眼。伊娃握住米亞的手。「我很高興告訴大家，伊娃和我現在非常幸福健康，我們很開心能慶祝女兒卡蜜拉十五歲生日快樂！」卡蜜拉假裝行屈膝禮，全場歡呼。

米亞知道她的好友正在享受人生。她們稍早換禮服時，卡蜜拉說：「我喜歡這樣。」

「什麼？」米亞盤腿坐在鏡子前，塗著睫毛膏。但她看起來像浣熊。

卡蜜拉站在她身後，很熟練地修容。「派對。盛裝。關注。」

米亞搖了搖頭，感嘆於她們之間的差異。不過，她很高興好友能在自己的大日子過得開心。

奧馬爾為女兒自豪。「現在，我們的主角要講幾句話。歡迎大家欣賞她的演出——她要跳舞啦！」

奧馬爾親吻卡蜜拉的臉頰，遞給她麥克風，眾人期待高呼。他的臉上寫滿對她的愛。

卡蜜拉完全投入，微笑接受大家的歡呼以及「生日快樂」的祝福。「謝謝大家。我一直夢想這一天，這比我想像的更棒。」她仰頭大笑，就像幾分鐘前的伊娃。「我要感謝我的父母。我知道不是每個人都像我一樣幸運。」

米亞哽咽了。卡蜜拉不是特別提到她媽媽的，對吧？她懶洋洋坐在座位上。每個人都知道米亞家發生的事。她看了一眼低頭不語的伊娃。沒錯，賈西亞一家都很好。米亞努力不去多想。

她深吸一口氣，重新望向舞池，卡蜜拉站在那裡，準備表演拿手舞步。音樂響起，卡蜜拉雙臂高舉。米亞為好友讚嘆，她就像珍妮佛・羅培茲，在觀眾面前自信十足地跳舞。

米亞轉向伊娃，這時她注意到，伊娃癱在一旁。

她把手放在伊娃手臂上，發現她的身體又熱又濕。

「伊娃？」她輕輕搖晃著伊娃，「伊娃？」米亞起身，試圖引起奧馬爾的注意。

她的動作讓康蘇薇拉意識到不對勁，她看到伊娃癱坐，大聲尖叫。

音樂瞬間停止，卡蜜拉大喊：「媽！」

奧馬爾跑向伊娃，一邊輕拍妻子的臉頰，一邊將她抱在懷裡。「醒醒，親愛的。」伊娃的眼睛短暫睜開，然後又閉上。

奧馬爾將伊娃放在地板上，轉頭看米亞。「快叫救護車！」

她點點頭，急忙從卡蜜拉借給她的銀色包包裡拿出手機。

救護車在幾分鐘內趕到。兩名急救人員抬擔架進入派對，伊娃已經清醒，奧馬爾不願讓她起身。雖然她意識清醒，沒有昏昏沉沉，但她說人工血管傷口周圍有些疼痛。急救人員聽到「化療」，堅持帶她去醫院檢查。

「一定要注意。」其中一人說道。

眾人看著伊娃被抬上擔架，派對結束了——雖然伊娃不喜歡這樣。急救人員將伊娃推到溫暖晴朗的夜空下，迅速將她送上救護車，米亞和卡蜜拉扶擔架兩側。

急救人員關上車門前，奧馬爾在伊娃的手上輕輕一吻。「我們的車就在後面。醫院見。」和朋友、家人一一告別後，奧馬爾和卡蜜拉默默與米亞一起上車。醫院的路不到十分鐘，但感覺像過了好久。

「派對以這種方式結束，我很抱歉。」米亞在紅燈前對卡蜜拉低聲說道。

「我不在乎派對。」卡蜜拉抽泣，「我只希望媽媽沒事。」

「她會沒事的。」奧馬爾在駕駛座上說。

米亞注意到，綠燈一亮，他就踩下油門。

他們進入急診室，看到躺在那裡休息的伊娃，看起來如此渺小，米亞十分震驚。她仰慕的、堅強的、充滿活力的女性，無論身體還是精神都變得渺小。即使睡著，她的臉也因痛苦而扭曲。看到伊娃這個樣子，米亞很難過。她只能想像卡蜜拉的感受。

米亞轉向朋友，握住她的手。卡蜜拉感激地看著她。她們站在那裡，一動不動，不知道在這個只有機器發出嗶嗶聲的安靜空間裡該做些什麼。

「孩子，你可以坐在床上，握住她的手，」奧馬爾輕聲說，「她會喜歡的。」

卡蜜拉盯著他看，猶豫了一下，然後放開米亞的手，走到母親床邊。她沒有坐下，而是爬上床，緊緊抓住母親的手臂，一言不發。卡蜜拉的紫紅色長裙是病房裡唯一醒目的顏色。

「醫生怎麼說？」米亞小聲問奧馬爾。

「化療讓她很虛弱。可能有感染。他們為她注射抗生素、吊點滴，回家應該就會沒事了。」

「嗯。」她踱著腳，看著房間。米亞不知道還能說什麼或做什麼。但她知道自己需要離開。「我去自動販賣機買東西。有人要買M&M巧克力嗎？品客洋芋片？花生？」

奧馬爾微笑著搖搖頭。卡蜜拉懶得回應。

米亞走向長廊，被白色的牆壁、隨時突然打開的門、忙碌的護理師弄得暈頭轉向。這是父親去世後她第一次到急診室。

她右轉，聽著聲音走向電梯，然後左轉，找到候診室。**自動販賣機一定在附近**。她終於找到了，藏在角落里。

打開小包包，米亞鬆了口氣，看到幾張她忘記什麼時候塞進去的紙鈔。她拿出一美元，塞進機器。**鹹的還是甜的？**說實話，她根本不餓。但她必須離開那個房間。最後，她看著一袋起司餅乾掉落。

她在旁邊的汽水販賣機又投了一美元，選了可樂。**鹹的和甜的。**

她回到電梯，回到大廳。推開玻璃門，米亞坐在門外的長椅。現在已經過了午夜，但二月的天氣好悶熱。她吃一口起司餅乾，喝一口可樂，一次又一次。咖啡因、鹽和糖讓她平靜下來。走出醫院，離開裡頭的情緒和痛苦，如釋重負。

遠處傳來警笛聲，每秒都在靠近。米亞的皮膚冒汗，她無法動彈，一輛救護車疾馳而來。

救護車在六公尺外急剎，兩名急救人員跳下車，繞到車後，打開後門。急救人員搬下擔架，米亞開始顫抖，擔架上躺著戴氧氣罩的老先生。

看著男子送入急救室，米亞嚇一大跳。他和她父親一樣心臟病發作？他能活下來嗎？她伸手想拿另一塊餅乾，但手抖得好厲害。她胃口全失。

沉默取代警笛聲。米亞低頭看自己顫抖的手。她一直想成為醫生，但如果連看到救護車都在發抖，她怎麼能做心臟手術？她真的可以放下因為父親突然去世而承受的痛苦？如果她不去醫學院，不做心臟科醫生，這是否表示她辜負了爸爸？

手機發出聲音，把她拉回現實。是卡蜜拉。

她步履蹣跚回到醫院。米亞靠在電梯牆上深呼吸，幸好裡面沒有人。她要為卡蜜拉堅強。

回到病房，她發現好友坐在伊娃的床上，伊娃閉眼。

米亞的臉垮了下來。

「她沒事，只是睡著。」奧馬爾疲憊地笑了笑。「你們該休息了。」

卡蜜拉給她爸爸一個擁抱。「明天見嗎？」

奧馬爾點點頭，揮手告別，坐在伊娃床邊的扶手椅。米亞想他今晚會睡在這裡。

護理師對著她們的禮服微笑，走向電梯。

「我明白了。」電梯門關，電梯緩緩往下到大廳，卡蜜拉說道。

米亞看著她，露出困惑的表情。「你明白什麼？」

卡蜜拉低頭看著自己的雙手。「我不喜歡這樣。所有的人都在看著我們，竊竊私語討論一些難過的、關於我們的隱私。」她抬頭看米亞，眼神充滿痛苦。「這種關注很糟糕。」

米亞點點頭，將手搭在卡蜜拉肩上，小小捏了一下。這種關注——你從未要求過的關注——很糟。

被生命中一位最重要的人所理解，感覺真好。

31 惠妮

連續駕駛六個小時，惠妮只停下來加油和上廁所一次。她把車停在預訂的旅館，地點在老家郊區。她打開車門，伸展雙腿，享受肌肉釋放緊張的感覺，這種感覺已經困擾她好幾個小時。

她從後車箱拿出行李，關上車門，迎面吹來一陣風。沙土撲到她臉上。她用手遮住眼睛，一邊等風停，一邊匆匆走向旅館大廳。她都忘了塵土飛揚的日子。在狹長地，除非用濕毛巾遮住縫隙，不然風沙會從緊閉的窗戶鑽進屋內。

一進門，惠妮從手提包拿出紙巾，輕拭她的臉。白色方巾碰過的地方都變成米色。她不能髒兮兮地去醫院看望母親。她想要洗個澡，但沒有時間。布蘭登隨時會到。

辦完入住手續，行李拿到房間，惠妮換了一套衣服，盡力清除頭髮和臉上的灰塵。

她走出電梯，布蘭登的紅色跑車停在外頭，車身鏽跡斑斑。

「姊！」布蘭登趕緊下車。「還好嗎？」他張開雙臂擁抱她。惠妮看著他結實的胸膛，她最小的弟弟已經是一個男人了。他已經二十九歲，身材魁梧，簡直帥呆了。看到他的棒球帽、髒兮兮的破牛仔褲，搖滾樂團Grateful Dead T恤，她鬆了一口氣。她身上穿的是黑色休閒褲和荷葉邊圓點襯衫。也許她根本不需要洗澡。

「看到你真的是太好了。」她的弟弟說，「真希望蘿西和你一起來。」

「我知道。昨晚和她聊過。她沒辦法來看媽，她很難過。」

布蘭登轉身為她打開副駕駛車門。「從澳洲飛回來也太長途跋涉。」

惠妮爬進車裡。「我忘了沙。」她說，「我已經覺得髒了。」

布蘭登笑著坐進駕駛座。「是啊，風沙很討厭，但夕陽彌補了這一切。」

「沒錯。」這裡的日落值得人們為它寫歌。

兩人繫好安全帶，布蘭登駛離停車場，開上高速公路，前往醫院。

惠妮看著弟弟側臉，無法想像他會關注網紅。也許，很神奇的是，他不知道她的訴訟。

「媽怎麼樣？」她問道。

「難纏的老傢伙。」布蘭登咧嘴一笑，眼角看她一眼。

「說真的，」布蘭登把注意力重新集中到車上，「手術很順利，他們已經讓她起床走路了。過幾天就會轉到復健病房，據說要住在那裡一個月。」

是布蘭登在電話中告訴惠妮，母親早上泡第二杯咖啡的時候摔倒了。

「知道她是怎麼摔的嗎？」

布蘭登的臉僵住。「我覺得她喝多了。」

「才早上十點！」

「她要不還沒清醒，要不一醒來就開始喝。」

「天哪。」她母親確實會喝——惠妮記得她偶爾喝點啤酒，但喝得酩酊大醉到摔倒？那不是記憶中的媽媽。「等等，她為什麼有酒？」

惠妮看著弟弟的臉，變得像是偷了三明治的小狗一樣。「布蘭登！」

「怎麼啦？」他聳聳肩。「我覺得她很無聊。自從爸去世，她搬到那個地方，除了看《茱蒂法官》和喝琴湯尼，她沒有別的事可做。」

「有戶外活動、賓果遊戲、畫畫。」惠妮的聲音充滿憤慨。是她親自挑選養生村，她知道所有的活動。評論說這裡很不錯。把媽媽送進去住之前，她沒有時間參觀，但她做了調查。而且布蘭登或其他弟弟妹妹也沒有說什麼。

布蘭登輕碰她的手臂。「那裡不錯，姊。但媽已經習慣每天工作一整天。我覺得她很沮喪。」

「我們不都一樣？」惠妮看著窗外，如果把看到的泥土都視為「風景」，那她會忘了這個小鎮的顏色。房屋、建物，甚至廣告招牌，都是由深到淺的褐色。

「所以，」布蘭登在紅燈前減速。他們離醫院還有五分鐘路程。「官司進展如何？」

惠妮嘆了口氣。好運就這麼結束？她拿出水瓶，喝了一大口。「你知道這件事？」

「是的。我們這裡也有網路。」布蘭登意味深長看她一眼。「別擔心，我沒有跟其他人說。」

「謝謝。」惠妮鬆了口氣，幸好媽媽不知道她這個「成功」的女兒是個騙子。「判決訂在下個月。我已經好幾個月沒見到米亞，太糟了。」

「真的很糟。我想念那個小鬼。」他最後一次見到米亞還是個可愛的六年級學生。「工作怎麼樣？」

惠妮發出一聲苦笑，回想起童裝店的災難。「我現在不知道該怎麼回答。每個人都討厭我，但我有在賺錢。」

布蘭登沉默不語，車開進醫院停車場，停在第一個空位。他關掉引擎，看著惠妮。「再次感謝你幾個月前給我的現金。我很感激，特別當你承受這麼大的壓力。」

惠妮努力不讓淚水奪眶而出。「謝謝。這段時間很難熬。」

「我能想像。」布蘭登笑著說，「事實上，我無法想像。我沒有孩子，也沒有家庭。」

惠妮搖了搖頭，微笑看著弟弟摟住她的肩。「你應該生一個。很有趣。」

他們走過停車場時都還在笑，但在走入醫院後，惠妮的笑容消失了。布蘭登查看手機，她開始緊張起來，他們靜靜等待電梯。她知道母親會批評她太久沒來看她了。

布蘭登帶她來到四樓。空氣中有一股醫院特有的消毒水味，刺鼻的味道讓她想起麥可去世那天，在急診室的那一幕。除了死亡，她還能把醫院和什麼聯想起來？

布蘭登輕輕推開房門，傳來低聲交談。惠妮努力不要緊張。他們看到媽媽，還有妹妹史黛芬妮。史黛芬妮抱著四個月大的孩子，丈夫大衛也在。

「原來要你回家還要我先摔到骨折啊？」媽媽看到惠妮的時候說。

「嗨，媽。」布蘭登擁抱史黛芬妮，惠妮走到床邊。媽媽不喜歡擁抱，所以惠妮把手放在床邊。

「你感覺怎麼樣？」

珊蒂是一位辛勤勞動的德州婦女，一頭灰白短髮，皮膚粗糙，看起來比惠妮上次見到她時更蒼老、更虛弱。雖然她知道，自己很少看望她，是她的錯。歲月總是過得飛快。

「還好，他們照顧得很好。」

惠妮想問母親是否想和朋友愛麗絲那樣，搬去跟孩子和孫子住。媽不想去奧斯汀。她知道母親絕對不會原諒她的離開，畢竟為了撫養她和弟弟妹妹，付出了多少心血。母親也不會為她的努力，為她建立的事業，為她如今能養活自己和家人感到驕傲。母親太固執了。她知道母親在心裡以她為榮，儘管她從未親口說過。

「我的孫子孫女怎麼樣了？」

她該怎麼說呢？女兒恨她，她的家正在分崩離析？為了避開回答，她轉向妹妹。「看來你有更多的孫女。」

「見到你真是太好了。」史黛芬妮給她一個擁抱。「這是艾蜜莉亞。」她讓惠妮可以看到嬰兒。

「真漂亮。」惠妮說道，嬰兒用一雙藍色眼睛看著她。「我可以抱抱她嗎？」

「當然可以。」史黛芬妮自豪地笑著，把嬰兒放在姊姊懷裡。

「你好，小傢伙。」惠妮開始自然地搖晃。她用手指撫摸嬰兒的小手和光滑柔軟的皮膚，同時胸口也悶悶的。她為什麼這麼久才回家？艾蜜莉亞出生她就應該回來。多年前離家的愧疚感，讓她不再親近而今都已經成年的弟弟妹妹。

惠妮微笑看著史黛芬妮，眼睛發亮。「她很完美。當媽媽很適合你。」她想起以前妹妹除了起司義大利麵其他什麼都不吃。現在的她也有了自己的孩子。

艾蜜莉亞的眼睛眨了眨，閉上了。「嘿，我還是很會哄孩子。」她低聲說道。

抱著嬰兒，她想起懷米亞的時候。那時她二十二歲，深深愛著丈夫以及他們的新生命。那段時光多麼美好。雙胞胎的到來，改變了她的生活。麥可去世，帶走她的一部分。她的部落格和社群大受歡迎。梅森出生。官司。生活回到單純。

「媽，你的孫子孫女已經不是嬰兒了。」她含糊其辭回答，儘管內疚感壓得她喘不過氣。「大家都很好。很忙，很忙。」

「好。我想看看他們。」母親撥弄毯子上的線頭。

「我知道。今年夏天會規劃一趟家族旅行。」惠妮把艾蜜莉亞還給史黛芬妮。她坐在床邊的椅子上，撫平頭髮，露出佯裝的笑容。「你看起來很好！布蘭登說你很快就會轉到復健中心。是這樣嗎？」

惠妮立刻進入長女模式。她讓布蘭登、史黛芬妮和大衛去吃點東西。她收拾母親的房間，給水杯加水，點午餐。護理師為珊蒂檢查時，惠妮詢問接下來的治療方式以及之後會需要什麼。

大家吃完午飯回來，媽媽看起來也準備小憩，惠妮要布蘭登帶她去媽媽家收拾。她明天會把行李送過去。然後去湯姆家打招呼。一切就像旋風一樣。

布蘭登把惠妮送到旅館，惠妮已經精疲力竭。她洗完澡，撥了通電話給茱蒂絲。

「你媽媽還好嗎？」茱蒂絲問。

「還好，雖然看起來很虛弱。他們讓她起床走動，我知道她不想依賴別人。」惠妮停頓一會兒，「孩子們怎麼樣？有收到米亞的消息嗎？她不知道我出門了，感覺好奇怪。」

「孩子們很好。我有收到米亞的訊息。昨晚是卡蜜拉生日派對，伊娃暈倒了，他們送她去醫院。」

「太可怕了。」此時此刻，惠妮多麼希望和女兒待在家裡，保護她免於焦慮。

「伊娃傷口感染，但應該沒事。米亞說她們太累了，穿著晚禮服睡著。」

「希望伊娃盡快康復。」

她們又聊了一會兒才道別。惠妮鑽進柔軟的床鋪。這應該是每個母親夢寐以求的——獨自享受一夜好眠。但她無法停止思考，滿腦子想的都是米亞和珊蒂。她為什麼會和生命中最重要的兩人失去聯繫？

接下來三個小時，惠妮不停切換頻道，一下看節目，一下看電影。沒有一樣能吸引她的注意力。她需要見見母親。重新建立關係。告訴母親自己很想念她，感謝她為她所做的一切。也許還能向她請教一些青少年教養的經驗。

惠妮穿上鞋，大半夜的離開旅館。她不知道自己能不能進醫院，但還是想試試看。

在前往醫院的短暫車程中，她一直在想米亞。她不想讓她的母女關係，變得像她和母親那樣的冷漠、疏遠。因為彼此不理解，所以不再嘗試。如果二十年後，她和女兒的關係，就像她和母親的關係那樣，惠妮無法接受。她必須盡快修復。

醫院除了幾個閒晃的工作人員以外，一片寂靜。惠妮徑直走向電梯，努力強作鎮定。當電梯抵達四樓，她在走廊快速疾行，來到母親病房。

打開門，裡頭一片漆黑，浴室門縫透出微弱的燈光。寂靜中傳來母親輕輕的鼾聲。

「媽？」她小聲說。

「惠妮？」珊蒂的聲音聽起來很困惑。「怎麼了？」

「我睡不著。」惠妮輕輕關上門，找到椅子坐下。

「哦。」珊蒂摸索打開床頭燈。把一個剛摔斷髖骨的人吵醒不是惠妮的本意。

「我搞砸了。」惠妮的手放在母親床上。

「什麼意思？」珊蒂按下按鈕，把床立起。

「很抱歉一直沒有和你聯繫。也很抱歉讓孩子們離開太久。」惠妮考慮是否要說官司的事。「而且我讓米亞很難過。我們一直在爭吵。經常吵架。」

珊蒂伸手拍拍她，笑著說：「米亞是青少年。這很正常。」

惠妮保持沉默。她知道母親不知道事情發展到什麼程度。

「我唯一的建議是順著她。就像我希望我當年可以順著你一樣。」

惠妮驚訝地眨了眨眼，「什麼意思？」

「還記得你等我下班回家的那次嗎？」珊蒂問道。「那時已經半夜，你要我坐下，告訴我你不想再照顧弟弟妹妹了。你說這不公平，你沒有時間學習或是和朋友出去。」

惠妮對此毫無印象。她一定是把記憶埋藏了。

「我回你，你不幫忙不行。」珊蒂搖搖頭。「你對我非常生氣。你應該的，你是我的小孩，不是我的保姆。但當時我的心思只在自己身上，只在自己的問題上，沒有辦法想出更好的方法。這幾年，我一直在思考。我每天都很後悔。」

惠妮深吸一口氣。她從未想過母親會說出這樣的話。從來沒有。「哦，媽。」

母親咳了幾聲。惠妮把水杯遞給她。

「我以前一直以為你理所當然要照顧弟弟妹妹。你是長女。但現在我知道我要你負擔得太多了。你從來沒有機會當個小孩。我很抱歉。」

對惠妮來說這是當頭棒喝，她意識到自己正在對米亞做出一樣的行為。她沒有尊重女兒的意願，這是導致她家庭破裂的原因。更糟糕的是，她甚至沒有徵求同意，就把照片和花絮展示給百萬人觀看。她意識到自己剝奪了孩子的自主權，就像她父母對她做的那樣。她怎麼會如此盲目？

她的母親反省了，道歉了，而惠妮自己卻從未反省，尤其事件已經過了這麼久。母親還是一樣頑固，而她也一樣，不是嗎？她從未對米亞表示過歉意。從未因為發布米亞不喜歡的照片，侵犯她的隱私而道歉。現在，她意識到自己應該毫不猶豫答應女兒的要求。她固執己見，在她們之間築起一道高牆，甚至可能永遠無法翻越。她為什麼會這樣？為什麼會如此固執？米亞是她的一切，而她卻讓她們的關係澈底毀滅。

「惠妮？」母親擔憂地看著她，「你還好嗎？」

惠妮長吐一口氣。「還好。我剛意識到自己必須改變。」

珊蒂靠著枕頭，露出疲憊的神情。「永遠都不嫌晚。」然後把手放在惠妮的手上，「謝謝你過來。我很想你。」

「我也是。」惠妮看著母親入睡。

她們就這樣坐了一整夜，惠妮在母親身旁睡著。第二天早上醒來，她下定決心改變與女兒的關係——趁還來得及。

HateFollow.com

礙事莉 2月28日 晚上7:31

惠妮到底在哪？好幾天沒更新。

素食吸血鬼 2月28日 晚上7:38

我很擔心她，但不想第一個承認。

經典芭比 2月28日 晚上8:06

我也是！希望一切都好。

奧莉喂呀・魏爾德 2月28日 晚上9:02

她剛剛PO文了，她因為緊急情況離開市區。

94嘴秋 2月28日 晚上9:05

既然知道她平安無事，那就繼續？上面的甜言蜜語都讓人蛀牙惹。

32 米亞

米亞仰起頭，享受陽光帶來的溫暖。放學後，她坐在學校前的草地，想著下午該做些什麼。

卡蜜拉要去上輔導課，伊娃在養病，需要休息。米亞無處可去。她是一個沒有家的孩子，一個沒有首都的州，一座孤島。她知道每個人都很期待春假，但米亞滿腦子想的都是即將到來的判決。

通常三月是她最喜歡的月份，風箏節即將到來。在她父親去世之前，三月一日是一個重要的日子。他們會花一整個月的時間，做最大、最絢麗的風箏。父親去世前一年，他們的風箏是一條紅黃相間、耀眼奪目的龍。前幾年，他們曾做過彩虹色鸚鵡、有八支長腿的章魚，和一艘外星人飛船。

所有的努力最後會在奧斯汀一個微風輕拂、藍天白雲的日子裡實現：米亞和爸爸一起放風箏，整座城市的人來到齊爾克公園，慶祝陽光。他們奔跑在蓬鬆的雲朵底下，看著風箏忽上忽下，時而下墜，時而翱翔，歡聲笑語不斷。爸爸會追著她大喊：「你成功了，米亞寶貝！」媽媽和雙胞胎坐在野餐墊上，一邊看他們，一邊吃吃三明治和洋芋片。那一天總是那麼完美。她只要想到就會情緒激動。

這時，她想起她和亞歷之間的一件事。幾個月前，他們剛開始傳簡訊，亞歷曾跟她說，七年級萬聖節那天，他打扮成知名主播華特・克朗凱，從此他媽媽就這樣叫他。他把頭髮梳到腦後，用媽媽的眼線筆畫鬍子，還繫上一條細領帶。

米亞覺得這個故事很可愛。然後亞歷問她有沒有暱稱。她告訴他，父親叫她米亞捲餅，她弟弟叫她米米，伊娃叫她南瓜籽。

她的呼吸變得急促，腦中思緒紛飛。是亞歷。是亞歷。是他把她、她的家人和伊娃的消息賣給八卦網站。為什麼？他為什麼要這樣對她？她以為他們是朋友，甚至比朋友更親。

看著四周，米亞發現大家都離開了。校園很安靜，她知道亞歷還在校刊室。

她走向學校大門。打開門，向左、向右看有沒有警衛，或是更糟的——濾鏡女孩。她現在不想見到任何人。她集中所有注意力，身體輕微顫抖。

米亞一次踩踏兩階，跳著爬樓梯，到達校刊社時已經氣喘吁吁。她花了一點時間調整呼吸，慢慢吸氣、呼氣，等待心跳恢復正常。

她終於往裡頭看，亞歷果然如她所料，坐在電腦前，喝著可樂，雙腳翹在桌子上。以前，米亞會情不自禁注意他亮麗的頭髮、濃濃的眉毛和紅色的Converse，但今天她帶著滿滿的憤怒，隨時可能爆發。

她大步走進校刊室，雙拳緊握，氣勢十足地說：「是你，對嗎？」

「哦，嗨。」亞歷看到她時，臉上露出笑容。他把腳放回地上。「怎麼了？」

她站在他的桌前，雙手放在桌面，試圖讓自己鎮定。

「是你跟八卦網站說我的事。」她說到一半就聲音哽咽，亞歷臉上的震驚表情就是她所需要的全部證據。他顯然從未想過會被抓個正著。

亞歷的臉慘白，他站起來，背對著她。「你在說什麼？」

米亞雙手插腰。「你知道我在說什麼。Daily Buzz說我媽媽破產，接受兒少保護調查。還說伊娃罹癌。」她停頓一下，看著亞歷的脖子、臉頰和耳朵泛紅。「你知道嗎，我本來以為是卡蜜拉做的。卡蜜拉！因為她是唯一知道伊娃叫我南瓜籽的人。我竟然以為我最好的朋友會做出這種事，我非常慚愧。」

米亞向前逼近，直到亞歷的背緊貼黑板。「但我突然想起，我曾經跟另外一個人透露我的暱稱。你。我想——不，這太瘋狂了。亞歷是真正的記者，他相信真相、正確和公正。他絕不會為了賣給八卦網站關於同學——更確切地說，關於朋友的——隱私而做出如此卑劣的行為。他得到西北大學的新聞獎學金！他不可能做出這種事。」

亞歷的眼睛一直掃視房間，似乎在尋找脫困的方法。

「但真的是你，對吧？」

亞歷沉默一會兒。然後聳聳肩，雙臂抱胸。「好吧。是我。」

儘管知道是他做的，但聽到亞歷親口承認，米亞還是非常驚訝。「為什麼？」

亞歷翻了個白眼，似乎很不情願解釋。「主編答應明年夏天幫我爭取《紐約時報》的實習機會。你知道競爭有多激烈嗎？」

米亞沒有回答。

「他們每篇稿費三百元，我需要這筆錢，好嗎？西北大學不便宜，即使有部分獎學金。」

「哇。」米亞搖了搖頭，「所以亞歷・梁的行情是九百元。還真是好消息。」

亞歷的臉閃過一絲內疚。「隨便你。」

「為什麼要寫我、我媽媽和伊娃的消息？」

「點閱率，米亞。那些文章有很高的點閱率。這是現在唯一重要的事。」

苦澀在米亞嘴裡蔓延。她真是太傻了。「拋開金錢和實習不談，你為什麼要這樣對我？我以為我們是朋友。我還喜歡過你！」

亞歷聳聳肩。「我知道你暗戀過我。對我來說，你只是消息來源而已。」

世界開始崩壞。她真的以為他們之間有什麼，以為他也可能喜歡她。她真是個白痴。

她想起他們之間所有的對話和簡訊，數百則，甚至上千則。「哦，是嗎？所以我知道你小時候口吃，好幾年才治好。我還知道你爸爸希望你更務實，像是當醫生。我知道你媽媽叫你華特・克朗凱。你覺得自己很失敗，因為只得到部分獎學金。」

亞歷臉上得意的笑容就此消失。「我……呃……告訴你這些……呃……只是為了要你告訴我……呃……你的祕密。」他的頭越來越低。「這些根本不是真的。」

米亞冷笑，知道自己占上風。這些都是真的，她可以順著他的遊戲規則走。「如果這是真的，那麼我敢肯定你違背了新聞準則。也許我應該打給西北大學新聞學院，聽聽他們的意見。」

看著亞歷的臉漸漸慘白，米亞內心湧上一股力量。她走向門口。

「等等，米亞……你不會對朋友這麼做吧？」

她轉過身看著他。「還好我們不是朋友，不是嗎？」

米亞以飛快的速度跑到賈西亞家，儘管她腎上腺素上升，但她還是跑了個馬拉松。她在客廳找到卡蜜拉和伊娃。伊娃躺在沙發上，卡蜜拉坐在她腳邊，正準備咬一口燕麥棒。

「哇，發生什麼事了？」卡蜜拉問。「你的頭在冒煙。真的。」

「是亞歷。」米亞無視卡蜜拉，直接坐在對面的椅子上。

「亞歷怎麼了？」卡蜜拉繼續問，忘了手中的零食。

米亞仰頭長嘆。「就是他在散布我和我們的事。」卡蜜拉歪頭，眨了眨眼，眼神往伊娃的方向示意。「我沒想到會這樣。」

米亞看著她們，眼裡含著淚水。「我很抱歉。」如果說她認為卡蜜拉會背叛自己，那她就是最差勁的朋友。這話還說得輕了。

「哦，南瓜籽。」伊娃說，「這不是你的錯。你又不知道他是……他是……」

「爛咖？」卡蜜拉補充道。

伊娃看卡蜜拉一眼，「我本來想說『混蛋』。但沒錯，就是這個意思。」

米亞雙手抱頭。與亞歷對質的衝動開始消退。「我以為我們是朋友。但他說我們不是。他說我什麼都不是，不過只是消息來源。」

「哎呀。」卡蜜拉做了個鬼臉，「那也是在說謊。」

米亞點點頭，「最糟的是，他一副充滿記者精神的模樣，好像自己會成為下一個羅南・法羅之類的。老師們也以為！但他的新聞生涯從開始就沒有道德底線。」

「壞人總是可以避開很多壞事。」伊娃溫柔地說。

「我知道。」米亞低頭，「你們都知道我有多麼不喜歡被關注。我不想報復他，但也不能讓他逃過懲罰，對嗎？他賣出那些假報導，完全違反新聞工作的專業倫理。我甚至一度以為是卡蜜拉！」

伊娃的眉毛挑起，卡蜜拉搖了搖頭。「對不起。」米亞小聲說著。

「不用道歉，」伊娃說，「每個人都會犯錯。」

米亞覺得自己說再多抱歉都不夠。亞歷不會道歉，至少現在不會。「有什麼辦法反擊嗎？」

「我知道！」卡蜜拉露出笑容。「你可以把你的真實說法在社群媒體公開。用我的帳號，很快就會傳遍學校。」

一想到又要成為學校的八卦題材，米亞的胃就開始抽搐。但她不得不承認這是個好主意。「好，我已經厭倦別人講我的事。是時候為自己發聲了。」

「你確定嗎？」伊娃一臉懷疑。

「我確定。」米亞心跳加速、手心出汗，「我沒有什麼好失去的。」

事情就這樣開始。卡蜜拉試圖說服她換裝、做造型，但米亞拒絕。她要以自己的樣子來說。

米亞構思內容時，伊娃和卡蜜拉布置燈光。她們沒有米亞媽媽的環形補光燈，只好打開餐廳的每一盞燈，又搬來兩盞。希望一切順利。

一小時後，米亞準備好了。

「需要我讀一下嗎？」卡蜜拉問。

「不用了。我很好。」米亞緊緊握著草稿。

「確定要這麼做嗎？」伊娃最後一次問道。

「確定。我必須這麼做。為了自己。」

伊娃點點頭。「好吧。」

「加油。」卡蜜拉在一旁應援。米亞用白眼回敬。

卡蜜拉站在一旁，手機和腳架放在餐桌，米亞手指顫抖。雖然米亞非常緊張，但卡蜜拉向她保證，她們可以一直重錄，直到她感到滿意。卡蜜拉會把所有內容發布到她的IG限動和TikTok。

「準備好了嗎？」卡蜜拉對於扮演導演的角色駕輕就熟，伊娃緊張地站在她身後。

「好了。」米亞深吸一口氣再吐出，抬頭挺胸。

卡蜜拉指著米亞，示意她開始。米亞點點頭，露出一個顫抖的笑容。

「大家好。我是米亞・高登。你們可能知道，我為了捍衛個人隱私而對我的網紅媽媽提告。」她緊張地笑了笑。「但你們可能不知道，有人向八卦網站洩露我、我的家人和我好朋友家人的私事。今天，我終於知道是誰——亞歷・梁，我們高中校刊社總編。不到兩個小時前，他向我承認這麼做是為了錢。」

米亞低頭看一眼她寫的草稿，但她並不需要。

「雖然我不是新聞領域的專家，但這樣似乎很不道德：自稱記者，獲得多個新聞獎項，以及西北大學梅迪爾新聞學院獎學金。」

米亞從卡蜜拉的手機螢幕，看到自己臉上炙熱的眼神。

「我說這些並不是為了羞辱亞歷，雖然也可能會產生效果。我會這麼做，是因為一直都是別人講我的事，包含媽媽、媒體、亞歷。現在該輪到我了：亞歷私下販售的、你可能在網路上讀過的，都是假的。更重要的是，我想提醒大家，每個人都享有隱私權，都有為自己發聲的權利，無論他們是兩歲還是一百歲。就像我父親說的，『你必須為正確的事挺身而出。』他是對的，我不會再袖手旁觀。我希望你們也能如此。謝謝。」

米亞看著卡蜜拉按下停止鍵。「你覺得怎麼樣？」

「太完美了。」

「同意。」伊娃眼中閃著淚光。「我為你感到驕傲。」

看著她最重視的人們，米亞心中暖暖的。「謝謝。太好了，我再也不想說這些話了。」

「要再看一遍嗎？」卡蜜拉問。

米亞緩緩地搖頭。「不用了。上傳吧。」

三人屏住呼吸，看著卡蜜拉在IG和TikTok操作自如。「好了。上傳好了。」不到一分鐘，卡蜜拉手機開始收到通知。她正要打開時，米亞阻止她。「別管了。不重要。」她相信有人贊同她，也會有人反對她。無論哪種情形，她都不在乎。她現在只按照自己的方式生活。

卡蜜拉點點頭，手機放回口袋。

「你們覺得……」——伊娃等待片刻，吸引她們的注意力——「來烤餅乾怎麼樣？」

米亞咧嘴一笑。「如果是巧克力豆餅乾，我要參加。」

「我也是。」卡蜜拉說。

「當然。」伊娃摟住女孩，帶她們走進廚房。

33 惠妮

通常，惠妮在離開老家的路上，必須很有意識地呼吸，才能擺脫跟家人相處太久而產生的窒息感。但這次，當廣闊的平原從後視鏡中漸行漸遠，她的心中充滿喜悅。看到弟弟妹妹過得很好（布蘭登除外，但她知道他最後還是會），見到艾蜜莉亞，多年來第一次和母親真誠的交談，這一切讓她改變。那句對媽媽說的「我很快就會帶孩子來看你」，她是認真的。

現在的她正開車回奧斯汀。回到現實生活。回到官司和即將到來的判決。這些都讓她感到胃痛。誰會想到她在老家，比在新家還快樂？

事情本來不會這樣。她很清楚。她需要做出改變，而且只有她才可以。

她的車在高速公路上奔馳，惠妮越來越堅決想修復與米亞的關係。但該怎麼做呢？她跟著泰勒絲的歌輕敲方向盤。她知道女兒要什麼：米亞希望她澈底放下社群媒體。理想上，她可以放棄一切——Instagram、TikTok和部落格。但在理想的世界裡，麥可還活著，她也不必擔心房貸。

惠妮用力敲打方向盤。她感覺自己就像活在一本名叫《多元結局大冒險》的書，每一個決定都指向死路。和米亞的那條最慘烈，似乎沒有答案。她知道沒有其他工作能像網紅一樣讓她賺到這麼多錢。所以，唯一的選擇就是削減開支。她在老家裡的最後一晚，弟弟湯姆把她拉到一邊，悄悄跟她說可以分擔媽媽的租金。雖然她很感激，但這不足以讓她放棄事業。她應該停止支付蘿西的學費嗎？惠妮猶豫了。她不能這樣對待自己的妹妹。賣掉房子嗎？想到又要讓全家搬走，她就想要哽咽。惠妮無法想像，米亞才住了三年就要搬走。

天哪，三年後米亞就會離家去上大學了。惠妮的眼睛發亮。一定有辦法可以解決現在的問題。她要重建和米亞的信任，同時維持她的事業。也許她可以成為另一種類型的網紅？如果她轉向時尚或美容，她的社群還會關注她嗎？她對這兩個領域不特別感興趣，也沒有天賦，但她可以嘗試一下。雖然她認識的大多數時尚教主、美妝達人也會發布家庭動態。粉絲喜歡。

手機鈴響，打斷她的思緒。螢幕通知顯示陶妮的名字。

惠妮按下擴音。「怎麼了？」「你看米亞的影片了嗎？」陶妮的聲音很急切。「沒有。我正在開車回家。應該還有三十分鐘到奧斯汀。」惠妮說，「米亞的影片怎麼了？」

「回家後看一下卡蜜拉的TikTok。」

惠妮嘆了口氣。「很糟嗎？」

「嗯……很有意思。」

「是我現在必須馬上停車打開來看的那種意思？」

「不，可以回去再看。」陶妮要她保證安全駕駛，回家看完影片再打電話給她。

惠妮加快速度，以最快時間趕回家。她本來想在孩子們發現她到家之前，看完影片。但克洛伊、夏綠蒂和梅森從前門跑出來迎接她，她的車甚至還沒停好。她知道，獨處的時間暫時不可能有了。但她也開心能看到孩子們。

惠妮給每個人一個長長的擁抱，行李帶進屋內，感謝茱蒂絲——她看起來精疲力竭——照顧孩子們一週。她把婆婆送到房間休息，然後開始做晚飯，孩子在旁邊跳來跳去，詢問她奶奶珊蒂、阿姨、舅舅以及表妹的問題。雙胞胎跟她分享科展和博物館參觀，梅森只是希望她抱抱他。當惠妮拿出在路上買的一袋蛋糕，給他們當甜點吃的時候，孩子們像興奮的小狗一樣蹦蹦跳跳。

下廚、吃飯、洗碗、哄大家睡覺，惠妮總是惦記米亞的影片。當她哄孩子們入睡、收拾好廚房並準備去工作室時，茱蒂絲出現在廚房裡。

「無法置信，我竟然睡著了。」她打了個哈欠。

「孩子們讓你太累了。」惠妮對她笑了笑。「我弄晚餐給你。」

「謝謝。」茱蒂絲在餐桌旁的椅子坐下。

「謝謝你幫忙照顧孩子。」惠妮把熱茶放在茱蒂絲面前。「沒有你，我走不了。我真的需要離開。」

「回老家一趟開心嗎？」

「很愉快。」

微波爐發出「叮」一聲，惠妮拿出茱蒂絲的餐盤。

「看起來很好吃。」茱蒂絲看到惠妮做的義大利麵和沙拉。開動前，茱蒂絲嚴肅地看著她。「不過，我想和你談談。」

「哦，不，怎麼了？哪個孩子出事了嗎？」

「不，不，是關於我的事。」茱蒂絲深吸了一口氣。「那次拍攝我對你太嚴厲了。」

惠妮搖搖頭。「沒關係。那次真的是一場災難。」

「不。老實說，你和麥可結婚前，我對你很不好，我很抱歉。婚前協議以及所有的事。我想給兒子最好的，但方法不對。我甚至沒有了解你。我知道你是他生命中最重要的人。」

「哦，茱蒂絲。」她吸了吸鼻子。「你怎麼了？」

茱蒂絲聳聳肩，吃了一口義大利麵。「我照顧孩子一週已經筋疲力盡。自從麥可去世，你一直獨自承擔這一切。四年來，你是他們的母親和家裡唯一的經濟支柱。你一直優雅堅強地活著。」

惠妮揉一揉額頭。這一切需要時間消化。她靜靜坐著，旅途的疲憊加上茱蒂絲的歉意讓她頭暈。

終於，她開口了。「我也想了很多。我需要和米亞解決所有問題。雖然還不知道怎麼做，但我會想辦法的。」

茱蒂絲點點頭。「很好。我知道你會的。」

惠妮走向工作室，終於可以觀看影片了。她打開筆電，在TikTok搜尋卡蜜拉的暱稱「辣卡蜜」。米亞美麗認真的臉，出現在電腦螢幕上。「大家好，我是米亞・高登，你們可能知道，我為了捍衛個人隱私而對我的網紅媽媽提告。」

惠妮按下暫停鍵。她的手在顫抖。她不敢相信女兒竟然在社群媒體發布影片。她不知道自己能不能看完接下來的內容。這是要檢討她嗎？如果是的話，這表示她們可能來不及修補關係了。她搓揉太陽穴，鼓起勇氣看完整段影片。

深吸一口氣，按下播放鍵，做好心理準備。惠妮聽到女兒的聲音，她注意到內容不是關於她——而是關於米亞。米亞描述一個名叫亞歷・梁的臭小子，賣給一家小報他們家和卡蜜拉家的私事，惠妮太吃驚了。**現在的小孩怎麼了**？惠妮用盡全力克制自己不要拿起手機，打給男孩的家人。

影片結束，她再按一次播放鍵。看著女兒為自己發聲，她為米亞的成熟感到震驚。米亞長大了，她現在才意識到。她為米亞說出自己的故事並反擊亞歷感到無比自豪，但也為米亞不得不這樣做而感到難過。惠妮知道，這一切都是因為她。如果不是她的網紅職業，這一切都不會發生。沒有人會賣他們家的私事，沒有人在意。

惠妮關閉TikTok。這是她幾個月來第一次頭腦清晰。她應該為米亞做什麼，就像多年前自己的母親為她所做的。她需要傾聽，認真傾聽。她需要道歉。以及，她需要改變。

惠妮可以繼續相信，當網紅是她唯一能做的事，但這樣可能會失去女兒。或者，她也可以大膽嘗試，將事業轉向一個全新的方向，一個不侵犯孩子隱私的方向。她可以相信自己。她懂得寫作，善於宣傳，而且顯然知道如何經營社群。這些才能都非常寶貴。有另一種方法可以發揮。

獨自坐在安靜的工作室，惠妮知道，關閉社群媒體和部落格，是彌補她和米亞關係的唯一方法。

正如母親所說，一切都還來得及。

現在，她需要的是邁出第一步的勇氣。像米亞一樣勇敢。

她看了看時鐘。現在打給陶妮已經太晚，但打到加州還可以。

惠妮拿起手機，按下通話。

「泰勒？現在方便說話嗎？」

HateFollow.com

經典芭比 3月1日 晚上6:22

有人看米亞的影片了嗎？她在影片提到學校有人向八卦網站販售她的私事。可憐的女孩真是倒霉透頂。

礙事莉 3月1日 晚上6:25

太可怕了。這些網紅小孩長大後需要接受治療。

94嘴秋 3月1日 晚上6:33

你如果不喜歡網紅分享孩子的照片，那就取關。至少不要按讚。讓網紅越來越難賺。

血拼療法＆彩虹 3月1日 晚上6:49

可是我就是喜歡！沒什麼營養，我就是愛看。

34 米亞

「謝謝你載我一程。」米亞跳下車，關上車門。

「別客氣。結束後打電話給我。」奧馬爾揮揮手，駛離路邊。

米亞回到迦勒的辦公室，準備出庭。

過去一週，他們一直在練習，面對母親委任律師質詢該怎麼回應，每晚都練習幾個小時。迦勒不確定米亞是否希望或需要出庭指證，但他希望米亞做好準備，以防萬一。

助理正在打電話，她微笑向米亞招手，示意讓她進入迦勒辦公室。

米亞開門，迦勒正在會面。深棕色長髮的女子，坐在他對面的椅子上。

「哦，呃，抱歉。」米亞結結巴巴，停下腳步。女子轉身看著她。

「媽媽？」

「嗨，親愛的。」她媽媽站了起來。她穿著牛仔褲、一件印有「我愛奧斯汀」字樣的海軍藍T恤、運動鞋，看起來幾乎像是成為網紅以前的樣子。

「怎麼回事？」米亞轉身睜大眼睛看迦勒。

迦勒露出燦爛的笑容，示意她坐下。「進來吧。案子有進展。」

她紅著臉，坐在母親旁邊的椅子上，身體微微後傾，用困惑的眼神看著律師。「什麼進展呢？」

「米亞，你媽媽有話要對你說。」迦勒向惠妮點點頭。

「我想要和解。」

米亞的心跳加速，媽媽的話讓她陷入迷霧。「什麼意思？」她的聲音小到幾乎聽不見。

「意思是你母親同意你的所有條件，」迦勒說道，「她將給予你和你弟弟妹妹這些年的工作報酬，刪除所有你想要刪除的照片，不再發表與你或你弟弟妹妹有關的文章。」

米亞搖搖頭，試圖阻止耳鳴。她得到她想要的一切。為什麼會這樣？為什麼？

她終於看向母親，臉上沒有笑容。「為什麼是現在？」

迦勒站起來。「你們單獨談談吧？我去準備文件。」他離開辦公室前，拍了拍米亞的肩膀。

兩人獨處時，惠妮給米亞一個顫抖的笑容。至少米亞不是唯一緊張的人。

「在更多解釋之前，我想先道歉。我處理葬禮照片、入浴照——以及所有事情——的方式都錯了。你提告讓我很生氣，但我一開始就不應該讓你處於那種情境。我很抱歉。」

米亞低頭看著自己。媽媽說了她一直想聽的話。感覺極不真實。她突然想咬指甲，但還沒來得及把手伸出，媽媽就握住她的手。她沒有說話，但這種感覺真好。

米亞把手抽回，看著媽媽的臉。「為什麼現在才改變心意？」

惠妮嘆了口氣。「原因很多。首先，是你的影片。」

米亞驚訝得張大嘴巴，「你知道？」

「知道。你的影片太棒了。我為你能堅持立場而感到自豪。我知道你爸爸也會為你感到驕傲的。」

米亞感到有些茫然，閉上眼睛。

媽媽繼續說：「還有，你的兩個奶奶各自為很久以前發生的事，向我道歉了⋯⋯。」

米亞睜大眼睛。「什麼？」

惠妮停頓一下。「以後再告訴你，我保證。重點是，她們讓我明白，做錯了，道歉永遠不會太晚。而我真的錯了。你要求我保護你的隱私、你父親的隱私、你弟弟妹妹的隱私，我拒絕了。我以為這會毀了我的事業、破壞我們的生活方式。但事情還是發生了。老實說，失去贊助、失去粉絲對我來說並不重要。但失去你，讓我心碎。」她看著女兒，露出悲傷的笑容。「我不能失去你，米亞。」

米亞心軟了。事實上，米亞也無法失去母親。她愛她，希望她們能像以前一樣親密。媽媽剛才說的沒有錯。也許情況真的改變。

「你的網紅事業怎麼辦？」米亞壓低聲音說著。

「我要暫停活動。」
米亞跌坐在椅子上。「什麼？」
惠妮的手在空中揮舞。「嚇到了嗎？。」
「家裡怎麼辦？」
「我也擔心，但泰勒給我一個建議，把我經營社群的專業知識，提供給那些曾和我合作過的公司。我熬夜寫了一份提案。已經有兩個客戶回應。」
「太棒了。」
媽媽的臉頰泛紅。「謝謝。我不知道我是否能賺到當網紅的收入，但我會努力。我們要控制支出，可能不得不賣掉房子。我會盡力留在原來的學區。」
「好。」米亞不知道該說什麼。時間才過幾分鐘，一切都變了。沒有爭吵，不再試探。她可以回家了。
「你知道嗎？影片發布後，我跟卡蜜拉說我不會看留言。」
媽媽挑了挑眉。「明智之舉。」
「但我無法不在意。」
「我明白那種感覺。留言大多是好的，還是壞的？」

「大多是好的。許多人鼓勵我分享自己的故事。很多和我同年齡的人，不喜歡父母在社群媒體上分享他們的事。」

惠妮點點頭。「我相信。你感覺如何？」

「感覺很好。原來和我一樣的人比我想像的更多。這就像是一個……」

「社群？」

「是的。」

米亞咬著唇。「這讓我有點理解，你為什麼開始寫部落格，在社群媒體上分享。」

「我也是這樣開始的。你父親去世後，社群真的給我很大的幫助。」媽媽的聲音很溫暖、很溫柔。

「我很高興你理解我，但我還是不應該害你必須經歷這些。」

米亞的臉上露出笑容。她仍然不敢相信媽媽會說出這些話。媽媽似乎完全理解米亞的觀點。

「既然今天要分享祕密，那我也來說一個吧。」米亞雙臂抱在胸前。「我沒有告訴過任何人：我不想當醫生了。」

「真的嗎？」媽媽的聲音帶著驚訝，但沒有批評。「是什麼讓你改變主意？」

「我討厭醫院。每次進醫院，我都會焦慮，腦海立刻浮現爸爸去世的那天。」

「說實話，我也不喜歡。」

「看著伊娃化療，我很難受。我不知道自己是否有能力每天面對痛苦和折磨。」

「哦，親愛的。」惠妮起身，走到米亞面前，擁她入懷。「我為你感到驕傲，你很成熟，知道你以前的夢想不再適合。」

米亞撲倒在母親懷裡。「如果我不能成為心臟科醫師，」她哽咽著說，「我會覺得……我失敗了……我辜負爸爸的期望。」

惠妮雙臂環抱米亞，輕聲說：「你怎麼會這麼想呢？」

米亞抽泣，把臉貼在媽媽身上，就像小時候一樣。「我害怕他的死沒有意義。」

「爸的遭遇當然有意義。」惠妮撫摸米亞的頭，用手指梳理她的紅髮。米亞好想念這樣。

「爸創造了你、克洛伊、夏綠蒂和梅森。你們是他的摯愛，也是他留給我的一切。你不必為了他而成為醫生。我知道他只希望孩子能幸福。這是每個父母的心願。」

「是嗎？」米亞抽泣著。

「是的。」媽媽點點頭。「我保證。」

這時，有人輕輕敲門。

是迦勒。「你們還好嗎？」他問道。

米亞擦了擦眼角。「一切都好。」

「太好了。」迦勒舉起一疊紙。「準備好看文件了？」

米亞抓住媽媽的手。「我們準備好了。」

35 惠妮

自從告訴米亞她要停更已經過了十天，惠妮花費很長一段時間整理。首先，她和泰勒長談，泰勒對她的決定表示理解。惠妮寫了一封電子郵件，發給所有合作過的品牌，告知他們她要暫停活動。與此同時，泰勒仔細檢查惠妮的合約，確保她的每一篇業配或廣告都有收到報酬。

惠妮也有很多時間反思。每個父母都相信自己會為孩子做正確的事，但是當問題接連發生，惠妮卻做了錯誤決定。而且她錯了不只六個月。事實上，已經好幾年。一切都是因為她害怕無法找到其他出路。她無法依賴一份普通的工作養家糊口。她喜歡「粉絲」的關注和讚美。她害怕了太久，也自私了太久。現在，她準備做出改變。

每當她因為關閉社群帳號和部落格而感到焦慮，她會打開米亞的影片。（那支影片她有儲存，每次快要失去勇氣前都會點開來看。）看到十五歲的女兒勇敢面對一個對她撒謊、把她當作商品而不是朋友的男孩，惠妮都會燃起鬥志。惠妮聽說男孩被開除了——還是被同學開除——而且他的西北大學獎學金資格正在接受審查。事實證明，出售假消息賺取金錢，違反道德條款。她還聽說他的父母非常生氣。

但惠妮也曾經對女兒——以及其他的孩子——做過同樣的事。她把孩子們當道具。雖然不是經常這樣，但已經埋下伏筆。想到別人也會這樣對待米亞，惠妮意識到這是多大的錯誤。

惠妮為米亞感到自豪。拍攝那段影片需要勇氣。比這個年紀的她更有勇氣。

她看了手錶。米亞隨時會到家。

惠妮聽到梅森和雙胞胎在廚房和茱蒂絲一起做布朗尼蛋糕。婆婆會多待一段時間，直到惠妮適應新工作。茱蒂絲會幫她賣房。惠妮與孩子們商量後，決定盡可能縮減支出。米亞和雙胞胎都說，只要能繼續就讀原本的學校，他們不介意搬家。他們需要在一個不會到處都是照片的家，展開新的生活。

米亞提到她想要找份工作，幫忙家裡。惠妮堅決不同意。這些年來，米亞為這個家庭付出太多。她需要享受童年，弄清楚自己是誰，什麼能讓她快樂。米亞在了解一些訴訟案件後，開始對法律感興趣。她爭取到在迦勒的事務所實習的機會。惠妮很贊同，只希望米亞把實習的錢存起來，上大學的時候用。

惠妮迫不及待想知道，她出色的女兒將來會有什麼成就。

「嘿，媽媽。」米亞邊吃布朗尼邊走進工作室，彷彿一個非常自然的舉動。但就在幾週前，她們還在打官司。

惠妮對著女兒笑。「嘿，女兒。」她的內心興奮、滿足。「你有時間嗎？我想給你看個東西。」

「當然有啊。」米亞在她旁邊拉一張椅子。

「這是我今天寫的。」

米亞湊近惠妮的筆電，看了一會兒，然後看著媽媽。「哇。就是今天嗎？」

「是的。我準備好了。」

米亞點點頭，繼續閱讀惠妮寫給粉絲的告別信。

八年了，是時候告別部落格和社群媒體了。

我相信你們都知道原因，但我想公開說明：我總是說家人第一，但行為卻不是那樣。

是時候改變了。

感謝你們在我起起伏伏的人生中一直陪伴著我。你們的支持，對我來說意義重大。

愛你們的，惠妮

「太完美了，」米亞說，「簡潔有力。」

「沒錯。」她是可以在IG發布幾篇自誇的貼文，用兩千五百張照片和三百五十六頁文章來總結她過去八年的職涯和家庭生活。但這已經不再是她關注的事。她關注的是她的孩子，尤其米亞。

「你來PO好嗎？」惠妮問米亞，米亞眼睛一亮。

道別聲明在IG公開，幾秒鐘內，惠妮收到大批留言、tag和私訊。

告訴我這不是真的！

不！惠妮，別走！

我想看梅森長大！

我要向誰尋求育兒建議？

看到這些好評，她有些激動。她知道惡評很快就會紛至沓來。如果說惠妮並不懷念她所建立的社群，那是謊言。即使這個「社群」都是一群素未謀面的人組成的。（她提前聯繫了珍・曼弗德，告知她關閉社群帳號的事，希望和她保持聯繫。）

「部落格呢？」米亞問。

「所有內容都存檔了。」惠妮按照WordPress的建議匯出所有內容，但她不覺得自己還會再看一遍。

她沒有告訴米亞，那時她的手懸在紅色的「刪除」按鈕上，不停顫抖。「注意！此動作無法還原」，網站善意提醒。她心想，這正是我所想的。她深吸一口氣，按下按鈕，露出微笑。

WordPress寄給她最後的訊息：任何試圖瀏覽該網站的人都會看到通知，說明網站不存在。

沒錯，被作者刪除了。這是她的選擇，這是正確的決定，惠妮毫不懷疑。

她闔上筆電，看著米亞。「你知道現在做什麼最好嗎？」

「什麼？」

「散步。外面太美了。」

米亞跳起來。「跟你一起去。」

當女兒伸手握住她的手，惠妮的心好雀躍。這麼短時間發生了這麼多變化。

她們走出大門，走入一個完美的春日下午。惠妮在網路上的網紅生涯已經結束。

在現實生活中，陽光普照、微風輕拂、鳥兒鳴叫，生活還在繼續。

惠妮向正在拿信的鄰居揮手致意，米亞指著一隻正在吃草的小鹿。

「你的生物小考怎麼樣？」

「還好。」米亞聳聳肩，「我不擔心。」惠妮微笑著說，「很好。」

她們轉過街角，不知道要去哪，也不知道要離開多久。但惠妮不在意。她不知道未來會怎麼樣，但有一點她很確定：孩子會陪在她身邊。

離線。

HateFollow.com

血拼療法&彩虹 3月12日 下午4:36

哇。不敢相信惠妮真的消失了。她做得對。家庭更重要。

布鹿斯威利 3月12日 下午4:38

慢走不送！

94嘴秋 3月12日 下午4:42

我不信。她太愛現了。她不會離開太久。

權勢凱倫 3月12日 下午4:48

讚耶。她學到要尊重隱私。如果其他媽媽網紅也跟進更好。

94嘴秋 3月12日 下午5:03

我在此大膽預測，她一定會回來。

謝辭

二〇〇九年，我為《Self》雜誌採訪多位健康和健身部落客，大多數人後來在Instagram擁有大量粉絲。當時，沒有人知道網紅文化會如此流行和普及。在過去的十五年裡，隨著生活的改變，我轉向網紅尋求有關婚禮、室內設計和育兒方面的資訊。做為雜誌編輯，我見證社群與出版的競爭消長，網紅成為值得信賴的訊息來源。

我在二〇二〇年萌生寫這本書的想法。就像許多疫情期間在家照顧孩子的媽媽一樣，社群媒體成為我不可或缺的一部分。我需要照顧孩子，他們每天吃飯、上學、遊戲。我看到網紅們發布他們的生活、家人、料理，甚至癌症診斷和死亡。對於我們許多人來說，社群媒體既是一本紀念冊，也是我們應對生活的一種方式。那段時期讓我深入思考父母應如何使用社群媒體，以及社群媒體對於和我孩子同一個世代的小孩的意義，他們從未有機會選擇是否在社群媒體露面。我希望這本書能引起關於兒童和社群媒體的討論。

感謝我的經紀人瑞秋・嘉納（Rachelle Gardner）從一開始就理解這本書並看到它的潛力。我還要向我的編輯致以最深的謝意：亞桑緹・西蒙斯（Asanté Simons）為這本書在威廉莫洛出版社（William Morrow）找到歸宿，從一開始就全力支持；泰莎・詹姆斯（Tessa James）則帶這本書走到終點。與威廉莫洛出版團隊的每一位共事都是一種享受，包括藝術總監普洛伊・希利帕（Ploy Siripant），她與藝術家羅倫絲・班茲（Laurence Bentz）共同創作我夢寐以求的封面；文稿編輯史蒂芬妮・伊凡斯（Stephanie Evans），她幫我糾正時間線和錯別字；以及出色的行銷宣傳團隊：潔西卡・柯奇（Jessica Cozzi）、迪安娜・貝利（Deanna Bailey）、丹妮兒・巴特雷（Danielle Bartlett）、伊麗莎・羅森貝里（Eliza Rosenberry）和艾蜜莉亞・伍德（Amelia Wood）。

對我來說，創作小說的一大樂趣就是一路走來結識這麼多優秀的人。首先，我要感謝我出色的寫作夥伴：哈德莉・萊格特（Hadley Leggett）、艾咪・納夫（Amy Neff）和蘿倫・帕維茲（Lauren Parvizi）。感謝你們給予我寫作（和生活）上的鼓勵，感謝你們的Zoom通話、靜修會、數以百萬計的簡訊以及更多。你們是我的夥伴。

感謝奧斯汀寫作夥伴的黛博拉・杜林納（Debra Doliner）、卡洛琳・佛里曼（Caroline Freedman）和蕾西・瑞墨（Lexi Riemer），感謝你們的聚會和支持。感謝錢德勒・貝克（Chandler Baker）和艾莉克絲・基斯特（Alex Kiester）為我們引薦！感謝萊西・菲利普（Lacy Philips）、娜塔莉・基奇希（Natalie Kiki）、伊麗莎白・布魯克斯（Elizabeth Brooks）、貝絲・麥尼爾（Beth McNeil）和莎拉・穆恩

（Sarah Munn），感謝她們提前閱讀並做了精彩的筆記，還要感謝碧昂卡・馬萊（Bianca Marais）為我們牽線！我透過女性小說作家協會（Women's Fiction Writers Association）和德州作家聯盟（Writer's League of Texas）結識許多可愛的作家，包括凱特・塔格（Kate Taggart）和莎拉・科契克（Sara Kocek），她們為這本書做了出色的編輯工作。

致KJ・戴爾安東尼亞（KJ Dell'Antonia）：我永遠感激我們透過女性小說作家協會的「導師計畫」結緣，也感謝你在沒有義務的情況下閱讀整本書！你的回饋非常寶貴。

感謝我的朋友們，他們閱讀我的作品，聽我談論這本書，支持我度過出版過程的起起伏伏，梅格・穆洛伊（Meg Mulloy）、圖拉・卡拉斯（Tula Karras）、艾琳・霍華（Erin Howard）、艾許莉・溫布爾（Ashley Womble）、芮妮・戴波（Rennie Dyball）、康妮・芬瓦德（Connie Fennewald）、邦妮・朗恩（Bonnie Lang）、瑟萊絲特・普斯卡（Celeste Pustka）和卡蜜兒・巴特利（Camille Bartley）。

這本書得到了許多專家的幫助，包括解答法律問題的艾莉森・科恩（Allison Korn）、提供醫療建議的娜塔莉・戴爾（Natalie Dale），以及閱讀米亞故事的部分內容，解答高中相關問題的露西・卡崔爾（Lucy Cottrill）和茱莉亞・蘭茲（Julia Lentz）。如有任何錯誤，概由我本人承擔。

致我最親愛的讀者、我的媽媽，感謝您閱讀所有的草稿，並始終看到我的優點。致我的爸爸，他一直支持我，啟發本書的兩個特定部分——臭魚和鬍子只刮半邊。我知道你會喜歡。

致我的丈夫雷（Ray），我真的很幸運，能找到一位為我及家人付出如此多的生活伴侶。感謝你做的美味佳餚、熱心的採購以及帶孩子們冒險，讓我得以寫作。沒有你，這本書不可能問世。

還有我的孩子M和K，直到你們出生，我才找到自己的聲音，挖掘自己的內心。謝謝你們的擁抱、你們的可愛，以及每天帶給我的靈感（拜託不要告我，好嗎？）愛你們的媽媽。

original OO1

網紅家庭以及黑特網紅那些事 HATE FOLLOW

作　　者　艾琳・昆恩-孔 Erin Quinn-Kong
譯　　者　郭庭瑄、陳培儀
副總編輯　林祐萱
責任編輯　陳美璇
執行編輯　林映妤
封面設計　朱疋
內頁設計　劉醇涵
排　　版　菩薩蠻電腦科技有限公司

出　　版　有樂文創事業有限公司
地　　址　235 新北市中和區宜安路173號3樓311室
網　　址　www.facebook.com/ule.delight
電子信箱　ule.delight@gmail.com
電　　話　(02) 8668-7108

發　　行　遠足文化事業股份有限公司（讀書共和國出版集團）
地　　址　231 新北市新店區民權路108-2號9樓
電　　話　(02) 2218-1417
傳　　真　(02) 2218-1142
電子信箱　service@bookrep.com.tw
郵政帳號　19504465（戶名：遠足文化事業股份有限公司）
客服專線　0800-221-029
網　　址　www.bookrep.com.tw

法律顧問　華洋法律事務所 蘇文生律師
印　　製　博創印藝文化事業有限公司

定　　價　新台幣420元
初版一刷　2025年1月

I S B N　978-626-99004-3-5 (平裝)
I S B N　978-626-99004-4-2 (EPDF)
I S B N　978-626-99004-5-9 (EPUB)

國家圖書館出版品預行編目（CIP）資料

網紅家庭以及黑特網紅那些事 / 艾琳・昆恩-孔(Erin Quinn-Kong)著；郭庭瑄、陳培儀譯. -- 初版. -- 新北市：有樂文創事業有限公司出版：遠足文化事業股份有限公司發行, 2025.01
面；　公分. -- (Original ; 1)
譯自：Hate follow.
ISBN 978-626-99004-3-5(平裝)

874.57　　113018594